러시아에서는 여행이 아름다워진다

러시아에서는 여행이 아름다워진다
10년째 모스크바 거주하며 다닌 소도시 여행의 기록

초 판 1쇄 2024년 05월 17일

지은이 이지영
펴낸이 류종렬

펴낸곳 미다스북스
본부장 임종익
편집장 이다경
책임진행 김가영, 윤가희, 이예나, 안채원, 김요섭, 임인영, 임윤정

등록 2001년 3월 21일 제2001-000040호
주소 서울시 마포구 양화로 133 서교타워 711호
전화 02) 322-7802~3
팩스 02) 6007-1845
블로그 http://blog.naver.com/midasbooks
전자주소 midasbooks@hanmail.net
페이스북 https://www.facebook.com/midasbooks425
인스타그램 https://www.instagram/midasbooks

ⓒ 이지영, 미다스북스 2024, *Printed in Korea*.

ISBN 979-11-6910-648-1 03810

값 22,000원

미다스북스는 다음세대에게 필요한 지혜와 교양을 생각합니다.

러시아에서는 여행이 아름다워진다

이지영 지음

10년째 모스크바 거주하며 다닌 소도시 여행의 기록

Travel becomes beautiful in Russia

미다스북스

그러므로 우리는 여행을 소망한다

전쟁 중인 나라에 사는 것은 생각보다 많은 불편이 따른다. 하루아침에 집 앞 스타벅스가 사라졌다. 아이들 옷을 사러 주말마다 들르던 자라, 갭, 나이키도 문을 닫았다. 점심 한 끼 때우기 만만하던 맥도널드는 물론이고 이케아도, 애플도 모두 러시아를 빠져나갔다. 넷플릭스, 인스타, 페이스북도 더 이상 볼 수 없다. 러시아에서 한국 신용카드 사용은 불가능하고, 반대로 러시아 카드는 해외에서 사용할 수 없다. 하루아침에 일어난 일들이었다.

당연히 모든 곳이 어수선해졌다. 전쟁이 시작되고 루블화의 가치가 반토막이 났을 때는 다들 겁에 질렸다. 사람들은 통장의 돈이 휴지 조각되기 전에 환전해야 한다며 가방에 현금을 들고 나섰고, 한국 기업들은 러시아에서 황급히 철수하기 시작했다. 곧 나라가 사라질 것만 같았다. 사람들은 새로운 정보를 묻기 위해 수시로 연락만 주고받으며 우왕좌왕, 혹시나 모를 위험에 집 밖에는 나서지도 못했다.

금세 끝날 줄 알았던 전쟁은 벌써 2년이 넘도록 진행 중이다. 그 사이 대부분은 아무 일도 없다는 듯 일상으로 돌아왔다. 비워진 매장에는 새로운 러시아 회사가 자리를 잡았고, 스타벅스가 있던 모든 공간은 스타스 커피라는 러시아의 황당한 브랜드가 채웠다. 심지어 로고도 눈매만 다를 뿐 비슷한 여신상. 어찌 됐든 텅 비었던 쇼핑몰들이 한순간에 러시아 브랜드들로 채워지면서 실질적인 불편함은 점점 사라져 갔다.

불편함은커녕 오히려 갑갑함이 스멀스멀 올라왔다. 팔이 떨어져 나간 채 피를 흘리고 있는 우크라이나 소녀를 보며 훌쩍이던 것이 엊그제 같은데, 이미 내 마음은 조금씩 무덤덤해졌다. 나라의 부름을 받고 전쟁터로 끌려간 청춘들을 보며 안타까워 울었지만, 언제 끝날지 모르고 희망만 품고 사는 일이 갈수록 버거웠다.

코로나와 전쟁을 연이어 겪으며 사람들은 많이 지쳤다. 조심하던 일들은 '괜찮겠지?'로 바뀌어 갔다. 잠시 멈추었던 여행도 조금씩 되살아났고, 마음이 고됐던 만큼 더 떠나려고들 했다. 알음알음 안전한 도시를 찾아 조용히들 떠났다 돌아오곤 한 지도 벌써 꽤 되었다.

우리도 별수 없었다. 밥 먹듯이 다니던 여행을 멈추고 처음엔 그럭저럭 지냈지만 몸이 근질거리던 것은 어쩔 수 없었다. 우리는 떠나기로 했다. 러시아 밖으로 나갈 수 있는 곳이 줄었으니 안을 둘러보는 것도 괜찮지 않을까 싶었다. 비행기 대신 자동차로. 매해 겨울에 그랬던 것처럼 러시아 근교부터 천천히 다시 시작하면 되었다.

오히려 간결해진 여행이라 숨이 벅차지도 않았다. 내가 총을 겨눈 것도 아닌데 러시아에 산다는 이유로 죄인처럼 고개를 숙이고 지낸 날들.

그 시간에서 한 발짝 겨우 벗어난 것만 같아 마음이 편해졌다. 내 불편함 쯤은 아무것도 아닌 것 같아서 참고 견디던 것들이 실은 괜찮지 않았나 보다.

그제야 내 상처가 보였다. 떠나고서야 그 상처를 어루만질 여유가 생겼고, 그렇게 새살이 돋아날 수 있었다.

아직 전쟁은 끝나지 않았다. 하늘에서는 여전히 공격용 미사일이 격추된 채 드문드문 떨어지지만, 일상을 멈출 수 없기에 아무렇지 않은 척 살아간다.

올겨울은 모든 것이 마무리된 채 안전히 떠날 수 있을까. 벅찬 일상일수록 더 간절히 여행을 바란다. 오늘도 작은 희망을 손에 담고 버티는 중이다. 다시 새살이 돋아날 여행을 여전히 소망하며.

우리는 매해 겨울, 러시아 시골로 자동차 여행을 떠난다.

"한국 가는 비행기가 없습니다."

- 어느 날, 베란다에서

　겨울의 나라, 낭만의 나라로 기대하고 살다 이게 무슨 날벼락인가. 지인의 아파트와 아이들 학교 앞에 공격성 드론이 떨어졌다. 우리는 역사책으로만 익숙한 전쟁이 실제 벌어지는 곳, 태풍의 눈 안에서 숨죽이며 살아가게 됐다.

　설상가상으로 세계 많은 항공사가 러시아와의 직항 노선을 중단했다. 한국행 항공편이 없다며 놀란 지인들의 연락에 설마 또 그럴까 싶어 기다려보자며 보낸 이삼일. 좋은 소식이 안 들리기에 이른 아침, 눈곱도 안 떼고 항공사에 전화부터 걸었다. 30분이 넘어서야 연결된 직원은 혹시나 하는 나의 희망을 칼같이 잘랐다.

"한국 가는 비행기가 없습니다. 언제 다시 생길지는 저희도 알 수가 없습니다."

　우리는 코로나19 이후 또다시 발이 묶였다. 이번엔 중국, 터키, 우즈베

키스탄 등의 나라를 거쳐 갈 방법은 있다고 위로해야 하나. 9시간이 걸려 갈 때도 엉덩이가 아프니 어쩌니 엄살을 부렸는데, 경유하고 기다리는 일정 탓에 당연히 비행시간도 훌쩍 늘었다. 가장 좋은 선택지가 줄면서 나머지 선택지들의 비행깃값도 거침없이 오르기 시작했다. 한숨이 절로 나왔다.

한국행 직항편이 처음 끊긴 것은 2020년이었다. 코로나바이러스가 러시아까지 침범했을 때. 3개월간 현관 밖도 나갈 수 없다는 러시아 정부의 명을 따랐다. 아이들의 학교는 온라인 수업으로 대체됐고 남편도 재택근무가 시작됐다. 방학을 틈타 한국을 나갔던 한국 친구들은 다시 돌아올 길이 막혀 발만 동동 굴렀다.

당연한 말이지만 남아도는 시간에 여행을 갈 수 있는 것도 아니었다. 여행은커녕 집 앞 슈퍼 가는 일도 허락되지 않았음은 물론, 오로지 가능한 것은 쓰레기 버리러 나가는 것과 강아지 산책. 사람들은 우스갯소리로 이참에 강아지를 키워 하루에 두 번이라도 밖에 바람 좀 쐬러 나가야 하는 것 아니냐며 답답한 마음을 에둘러 말하곤 했다.

그럼에도 그 시절 우리는 집 안에서 제법 잘 살아갔다. 신기하게도 집 안에서 여행하는 법을 매일매일 터득해 나갔다. 코딱지만 한 베란다에 10여 가지 식물을 심어 정원도 만들었고, 매주 토요일은 남편이 치킨을 튀기는 특별한 날이 되었다.

굳이 일찍 잘 필요도 없으니 밤마다 책을 쌓아 두고 열심히들 읽었다. 집안에서 방콕 여행을 시작하며 십 대 시절 무슨 의미인지도 모르고 눈으로만 읽은 『안나 카레니나』, 『폭풍의 언덕』, 『제인 에어』, 『위대한 유산』,

『올리버 트위스트』들을 다시 만났다. 억지로 만들어진 시간에 황금 같은 기록이 마음에 차곡히 쌓여갔다.

남편은 여전히 재택근무를 해야 했고 아이들은 온라인으로 수업을 들었지만, 우리 삶에 둘러놓은 작은 울타리 하나가 벗겨진 듯했다. 저녁이면 여유롭게 베란다에 다다닥 붙어 앉아 어두워진 밤하늘을 보며 소소한 이야기에 웃느라 시간 가는 줄도 몰랐다. 아이들은 날마다 '베란다 여행'을 기다릴 정도였다. 돗자리, 간식, 보드게임, 그림 도구 등 다른 주제를 찾아 즐거움을 주는 것도 행복한 일거리였다. 멈춰진 일상에 특별함을 한 스푼 담는 일은 생각보다 어렵지 않았다.

3개월은 순식간에 지나갔다. 밖에 나가도 된다는 소식을 들으면 오래된 갈증에 물 한 컵을 들이켠 듯 황홀할 줄 알았는데 전혀 아니었다. 제재가 풀리고 이틀이 지나자, 아이들 자연 공기 좀 마셔야 하지 않겠냐고 남편이 물었다. "그래볼까?"라고 대답은 했지만, 마음이 썩 내키지는 않았다.

사실 그 당시 코로나 세균이 화장실 하수구로 타고 온다는 둥 엘리베이터 공기를 타고 온다는 둥 온갖 소문을 뉴스로 접했다. 긴장도 높은 나에게 바깥세상은 오염의 덩어리와 다를 바 없었다. 아이들의 여리디여린 몸으로 괴팍한 세균이 들어가면 어쩌나, 내가 걸려 아이들을 두고 어디로 끌려가 격리되면 어쩌나, 잔뜩 겁을 먹고 있던 시기였다.

코로나 초창기 시절, 아이들은 코로나 확진을 받으면 어딘지 알 수도 없는 소련식 병원에 부모도 없이 입원해야 한다고들 했다. 어른도 마찬

가지였다. 러시아어 한마디 못 하는 아이들을 어찌 두고. 남편과 나는 '누구 하나 걸리면 끝이다.'란 두려움에 지독할 만큼 조심하고, 또 조심했다.

그런 마당에 밖에 나가도 된다 한들 집이 편한 것은 당연했다. 하지만 아무리 환기를 매일 시키고 집 안에 초록 식물들을 가득 심어놔도 남편 말마따나 아이들 건강이 걱정이긴 했다. 제법 해가 뜨거운 늦봄이었는데도 아이들에게 모자를 씌우고 마스크에 면장갑까지 끼운 채 도둑고양이처럼 조심조심 집 앞의 공원으로 나갔다.

인적이 끊긴 듯했다. 평소 같았으면 활기 넘쳤을 집 앞 공원은 폭풍이 지나간 자리처럼 한없이 고요했다. 삭막함을 깨우듯 아이들은 나무에 올라온 꽃봉오리를 만지작거리며 웃었다.

"우리가 집안에만 있는 동안 나무에 봄이 왔네. 아직 겨울인 줄 알았는데 봄이었어."

남편과 나는 불안한 내색을 숨겼다. 함께 민들레를 따서 씨를 날리고, 가방에 챙겨간 비눗방울을 꺼내 불고, 새로 돋아나는 새싹들과 사진을 찍으며 잠시나마 자연을 만끽했다. 돌아와서는 눈이 맵다며 툴툴거리는 아이들의 온몸 구석구석을 비누로 박박 씻

3개월 만에 집 밖에 나온 날

겪냈지만 잠시 숨을 돌린 아이들은 한결 편안해 보였다.

지금은 또 다른 이유, 전쟁으로 한국은 물론 가까운 유럽 나가는 항공편도 막혔다. 주말에 책 읽으러 가던 스타벅스도 문을 닫았다. 전쟁으로 인한 불편함이 겨우 이것뿐일까. 불편하고 걱정되는 것들이 하나씩 수면 위로 떠오를 때마다 이 또한 지나가리라 믿으며 집안에만 갇혀 생활하던 그 시절을 떠올린다.

간식 잔뜩 챙겨 베란다에서 피크닉 놀이

우리는 동굴 속에서 지내던 3개월 동안 한 걸음 떨어져 스스로를 바라보는 기회를 맞았다. 한 치 앞을 내다볼 수 없었던 남편의 회사 문제로 불안했음은 물론이다. 학습을 다 놓치고만 있는 것 같은 아이들의 교육이 걱정되던 것들을 어찌 다 말로 할 수 있을까.

그런데 지나고 보니 닥쳐진 일들이 나쁜 것만은 아니었다. 앞만 보고 달리던 일은 멈췄고, 밖으로만 나가던 여행은 서로 좋아하는 일을 찾는 것으로 대체됐다. 각자 자신을 발견하는 것만으로도 작은 점을 서로 이어가는 듯한 즐거움이었다.

새벽 기상의 맛을 들인 것도 그 당시였다. 새벽 4시 30분에 일어나 잠시 명상을 하고 30분간 내 몸에 집중하는 시간은 황홀했다. 새로운 호흡법을 익히며 요가를 하고, 뜨거운 차와 함께 하루의 일기를 쓰거나 책을 읽는 시간. 그 시간은 나를 편안히 달래주는 시간이었다. 이 또한 지나갈 것이라고 괜찮다고 다독여 주는 시간.

베란다에서 그림 그리며 노는 두 아이

아이들도 엄마, 아빠가 좋은 만큼 자기들만의 시간 역시 필요했던 걸까. 다 같이 우르르 잘 놀다가도 소풍 가방에 공통점 하나 없는 온갖 살림들을 다 챙겨 넣고는 베란다로 나갔다. 대낮의 해에 얼굴이 벌겋게 탈 때까지 놀았다. 가끔 간식을 건네주면 아이들은 또 마냥 둘만의 시간을 베란다에 물들였다. 한낮의 해가 초저녁의 노을빛으로 바뀔 때까지 하염없이.

"엄마가 좋아하는 노을 시간이야. 오늘은 분홍빛이야. 이리 와서 봐봐."

엄마가 좋아하는 노을이 물드는 시간에는 엄마, 아빠를 불러 그 순간을 함께 하는 것도 잊지 않는 매일의 반복이었다. 짧은 노을과의 시간. 베란다에서의 여행이었다. 새집으로 이사 갈 때 우리가 모두 그리워해 눈물이 맺혔던 곳도 역시 베란다였다. 그곳에 쪼르륵 앉아 시시콜콜한 이야기를 나누던 밤. 지나가는 차를 세며 먹던 아이스크림과 그 맛이 깊게 밴 저녁. 매일 다르게 물드는 노을을 보며 환호성을 지르던 시간. 그 집에 묻어 두고 나온 베란다 여행의 시간이었다.

그때 배웠다. 여행이란 것이 꼭 먼 곳일 필요는 없다는 것을. 어디서 내 마음이 쉬어갈지는 스스로 결정하는 것이 아닐까. 한국으로 가는 비행기도 주변국으로 가는 비행기도 대부분 중단되었지만, 오히려 우리에게는 보지 않던 곳을 볼 수 있는 날들이 흩뿌려진 셈이었다. 이미 익숙해져 버린 불편함에 지금 다시 닥친 현실에도 조금 더 인내하게 되었다.

돌이켜 보면 얼마나 고마운 시간인지 모른다. 지나고 보니 다른 길로 이끌어진 이유는 반드시 있었다. 내가 어찌할 수 없는 것은 지나고 보면 또 별거 아니었던 것이 태반이니까.

세상이 그랬다. 여행도 그랬다. 하나의 길에만 절절매지 않아도 괜찮은 것, 그래서 오히려 더 나은 이유가 되기도 하는 것.

캄캄하던 시간이 지나고 보니 다른 눈으로 여행을 바라보게 됐다. 평범한 하루에도 내가 주는 작은 특별함. 베란다에 펼쳐진 어쩔 수 없었던 그 시간의 여행들, 오히려 그게 막막한 우리 앞날의 첫 '진짜' 여행이 될 줄 그 누가 알았을까.

차례

Part 2. 처음이라 두렵지만, 설레기도 해

Part 3. 어쩌면 우리가 아직 모르는

Part 4. 마음을 두드리는 바람 소리를 들어봐

Part 5. 비가 오는 날에도 무지개는 뜨니까

에필로그

Part 1.

모든 것이
멈추었을 때

Travel becomes beautiful in *Russia*

Travel becomes
beautiful in
Russia

1 내 곁에 머무는 어색함
– 성 바실리 성당

아이들은 러시아 로컬 학교에 다니고 있다. 4년간 놀이터 드나드는 기분으로 다니던 꿈같은 국제 학교를 나와 새로 들어가게 된 학교. 남편이 러시아에서 사업을 시작하면서 제일 먼저 아이들 새 학교부터 알아봐야 했다.

사업을 시작한 지 한 달 만에 전쟁이 터져 짐작할 수도 없을 만큼 머리가 복잡한데, 아이들에게 우리 선택지 안에서 최고의 학교를 찾아줘야 했기에 밤낮 골머리를 앓았다. 다니던 학교에 불만이 전혀 없는 아이들을 설득해 옮기려면 반드시 더 나은 학교를 찾아야만 했다.

이미 로컬 학교에 다니고 있는 주위의 한국인들을 끊임없이 만났다. 틈날 때마다 모스크바 내 좋다는 학교들을 방문하며 보낸 시간이 1년이었다. 각 학교 사이트에 있는 글자를 빠짐없이 번역해 엑셀 파일에 정리해 가며 비교했다. 아이들 첫 학교를 찾을 때처럼 남편과 온 시간을 다 내어 공들여 찾은 학교는 러시아 내 '유대인 학교'였다.

30여 년 전쯤 유대인들을 위한 학교로 지어졌으나, 10년 전 러시아 공립학교로 인정받았다. 러시아 학교이면서 유대인의 전통과 문화를 이어가는 학교. 대부분의 선생님들과 학생들도 유대인의 피가 흘렀다.

들어가기 어렵다는 말에 이미 그 학교에 다니고 있는 유일한 한국 가족의 도움을 받아 6개월간 입학시험 준비를 했고, 운 좋게도 단번에 합격했다. 학교를 알아보며 눈물, 콧물 다 쏟아 낸 1년간의 세월이 아까울 만큼 첫날부터 모든 것이 만족스러워 얼마나 홀가분했는지 모른다.

하지만 합격이 문제가 아니었다. 러시아어를 잘 못 하는 두 아이가 학교생활에 적응해 가려 밤낮으로 애쓰는 와중 학교에 난리가 났다. 입학후 한 달 남짓 지났을 무렵이었다. 이스라엘-하마스 전쟁 이후 무슬림 테러리스트들이 전 세계의 유대인들을 다 없애겠다며 10월 13일 밤의 금요일을 공격의 날로 정한 것이다.

엄마들 단체 메시지창에는 '학교를 보내지 않겠다.', 학교에서는 '사설 경비까지 보완하여 철저히 신경 쓸 테니 안심해라.'라는 수백 개의 알아듣기 어려운 대화들이 오갔다. 그럴 때마다 불안한 마음에 구글 번역기를 돌려가며 흐름을 따라가려 애썼다. 뭐? 이스라엘 전쟁이 애들 학교까지 영향을 미친다고? 학교를 안 보낸다고? 사설 경비? 운동장에 경찰들?

전쟁 속에 또 다른 전쟁. 얼마나 더 초연해져야 하는 건가. 얼마나 더 마음을 다잡고 지내야 하는 건가. 예전 학교 앞에 미사일 드론이 떨어졌을 때도 주위에 차를 세워 두고 혹시 모를 상황에 대기하고 있었을 뿐 아이들에게는 내색하지 않았다. 이번에는 상황이 더 심각해 보였다. 누가 총이라도 들고 오면 어쩌나. 나도 아이들도 말을 못 알아들으니 초조함이 극에 달해 혹시나 무슨 일이 있으면 어디서 엄마를 만나야 할지 미리 언질도 해두었다.

철저히 준비할 만큼 해 놓고도 다음 날 아이들을 학교에 보낼 수는 없었다. 학교 하루쯤 빠지면 어떠하랴. 간만에 늦잠이나 재우지 뭐. 안 그래도 따라가기 힘든 수업에 헉헉거리며 벅차 하던 아이들은 갑작스러운 휴일에 신이 났다.

전쟁이 지속되면서 모스크바 시내는 내비게이션도 작동을 잘 안 한다. 푸틴이 있는 크렘린 근처의 위성을 다 어지럽혀놔 내비게이션이 안 된다는 소문은 믿음이 갔다. 1년에 한 번 있는 5월 9일 '승리의 날'에는 기념행사를 위해 전날 비구름도 다 분산시켜 쨍한 날을 만든다는 것은 유명한 이야기다. 설마 했지만 실제로 비 예보가 100%였던 날도 매년 행사 날에는 어김없이 햇볕 가득한 날로 변하곤 했다.

지금도 시내는 여전히 내비게이션이 안 돼 뒤엉킨 차들이 즐비하다. 택시도 길을 못 찾아 약속 시간에 늦는 것은 물론이고, 전화 연결이 잘 안 되기도 한다. 전쟁이 터진 후 크렘린은 관광객 출입을 막아 놓은 상태였다. 아무래도 그 근처에 가는 것이 위험해 보여 한동안 발길도 끊었다. 그런데 이상하게도 위험한 국가에서 또 위험한 상황에 놓이고 보니 매주 찾아가던 성

성 바실리 성당과 굼 아이스크림

바실리 성당이 오히려 그리워졌다.

 허구한 날 들르던 성 바실리 성당은 테트리스 성으로도 불린다. 사실 우리의 목적은 오색찬란한 양파돔이 뒤섞인 성 바실리 성당도, 푸틴이 집무를 보고 있을 그 옆의 크렘린도 아니었다. 성 바실리 성당과 크렘린을 감싼 붉은 광장 한 편에 있는 고급 백화점 '굼!', 그곳에서만 파는 단돈 1,000원짜리 아이스크림을 먹으러 주말 밤이면 들르곤 했다. 아이스크림을 들고 성 바실리 성당을 배경으로 사진 한 컷 찰칵. 주말여행의 마무리 루틴이었다.

 느지막이 일어난 아이들에게 아이스크림 먹으러 성 바실리 성당을 가자 해 볼까 잠시 망설였다. 아니지. 내 그리움을 끄집어내 혹시 모를 위험을 감수하는 게 맞나 싶어 들뜸을 가라앉혔다. 슈퍼에 가듯 쉽게 드나들던 곳을 사진으로만 꺼내 봐야 하는 것이 못내 아쉬웠지만 당연히 안전이 우선이었다.

 전쟁이 시작되고부터는 러시아에 있으면서도 러시아에 없는 기분이 든다. 답답한 상자 안에 갇혀 지내는 게 천천히 받아들여지면서도 여전히 익숙해지지는 않는다. 우리는 그날 역시 그저 시내 주위를 드라이브하며 이야기 나누는 것으로 저녁의 산책을 마무리했다.

 전혀 알아듣지 못하는 러시아어가, 나와 전혀 다르게 생긴 사람들이, 흰밥에 불고기를 먹는 대신 감자에 꼬치고기를 구워 먹는 문화가 매번 나를 설렘 가득한 여행자로 들뜨게 했었다.

 하지만 그나마 익숙했던 스타벅스가 혼란 속에 사라지면서부터였을까. 웅성웅성 하루가 다르게 한국 사람들이 귀국길을 택하면서였을까.

이제는 나를 설레게 하던 모든 것들이 조금 불편하고 많이 어색해졌다. 동그란 나를 네모 틀 안에 욱여넣는 것처럼 어깨가 움츠러들었다. 나도 모르게 불안이 스며들었다.

여행객이라 말할 수 있는 설렘이 지나서일까. 이곳에 익숙하게 물들어 가면서도 남아 있는 어색함. 그럼에도 절대로 버리고 싶지 않은 낯섦을 꼭 쥐고만 있고 싶었다.

붉은 광장 옆의 굼 백화점

성 바실리 성당을 가면 다양한 국적의 관광객들이 쏟아져 나온 듯하다. 그제야 나는 마음이 편해졌는지도 모른다. '아, 나만 외지인이 아니구나!'하는 안심이었을지도.

돌덩이들을 쌓아 올려 지은 붉은 광장 입구의 커다란 문을 몇 번이나 통과했을까. 그 문을 통과할 때면 내가 러시아에 있다는 게 절실히 실감나곤 했다. 오른쪽 국립 역사 박물관과 카잔 성당을 지나, 붉은 돌바닥을 밟아 북적거리는 광장을 잠시 걷다 보면 생각보다 크지 않은 양파 건물이 보이기 시작한다. 돔마다 색도 모양도 달라 이곳저곳 구경하며 돌아보는 맛이 매번 새롭다. 건축을 지시한 이반 4세는 완공된 성당의 모습에 반해 다시는 같은 건물을 세울 수 없도록 건축가의 눈을 뽑아 버렸다는 잔인한 이야기도 전해진다.

실제로 성당을 보고 나면 그 이야기가 사실일 수도 있겠다 싶을 만큼 입이 떡 벌어지게 아름답긴 하다. 수십 번을 봤는데도 갈 때마다 새로운 무늬가 눈에 들어온다. 어떨 땐 '생각보다 아담하네.' 하다가도, 붉은 광장에 둘러싸인 다른 건물들이 무색하게 묵직함을 담아 경건하게 만드는 때도 있다. 처음엔 촌스러움에 키득거리게 되는 할머니 집의 오래된 겨울 이불 같으면서도, 이제는 한동안 안 보면 그 촌스러움이 눈에 아른거리곤 한다.

모스크바의 상징인 성 바실리 성당은 마음만 먹으면 10분 안에 도착할 수 있는 동네의 예쁜 건물 중 하나지만, 나는 여전히 이곳에 오면 사진을 찍는다. 여전히 여행객이 되고 싶어서일까. 여행객이라고 하면 내 몸을 감싼 어색함이 당연하게 받아들여지니 익숙해져도 아닌 척, 이 어색함을 꼭 잡고 있는 것은 아니었을까.

다른 곳을 여행하면 이제는 그곳의 기억을 마음에 담고 그곳의 하루를 눈에 담으려 애쓰는데, 아직도 나는 성 바실리 성당에서만은 관광객이고 싶다. 러시아라는 나라가 익숙해지는 것이 어색한 요즘. 여전히 어색함을 내 곁에 두고 여전히 여행객으로 남고 싶은 마음. 참 희한하다.

2
같은 오늘, 다른 하루
- 볼쇼이 극장

유난히 추운 겨울이 있다. 침대 안에서 얼굴만 빠끔 내밀고 아무 생각 없이 째깍째깍 시간만 흘러가길 바라는 겨울. 모자도 장갑도 나를 보호해 줄 수 없을 만큼 매섭게 추운 겨울이 누구나 있더라. 그런 날 굳이 마음을 다잡고 일어나 하루를 더 바삐 살아보려 애쓰는 사람이 있는가 하면, 충분히 쉬면서 보내는 나 같은 사람도 있다.

먼저 잠도 더 오지 않을 만큼 푹 자고 일어난다. 그제야 생긴 에너지로 맛있는 음식을 찾아 먹고는 기운을 차린다. '벅찬 하루를 그럭저럭 보내다 보면 반드시 봄날이 온다.'는 것을 알고 기다리는 겨울은 얼마나 다행인가. 불안한 마음을 안심시켜 준다.

하얗디하얀 겨울로 세상을 채운 이곳에서도 참고 참다 '이제는 됐으려나?'라는 마음을 세 번 정도 먹고 나면 봄이 찾아온다. 생각지도 못한 날 오후, 창밖에 빛줄기가 드디어 수줍게 방을 비춘다. 그렇게 내 하루도 빛줄기와 함께 어제와 다른 날이 되는 봄날.

'이제 어떡하지?'라는 마음으로 내일이 캄캄하던 사건이 내 인생에 세 번 정도 있었다. 무서울 만큼 앞이 보이지 않아 막연했다. 내가 가는 이 길만이 정답인 양 옆길은 돌아보지도 않던 지난날들의 막막함. 돌이켜

보면 이불 밖에 손을 내밀기도 겁날 만큼 매서운 겨울이었다. 지나고 보니 뭘 그렇게 다급했나 싶기도 하지만 그 겨울의 조바심을 이제 와 뭐라 다그칠 수 있을까.

하루가 지나면 새로운 고민거리가 턱 하니 쌓여 있던 시간에 오히려 다른 곳에 눈을 돌렸다. 창밖의 봄날을 기다리는 동안 있는 힘껏 용기를 내 마음속에만 품고 있던 일을 시작했다. 내 고민과는 전혀 상관없는 일로 직선 위에 펼쳐진 일상을 살며시 요동치게 흔들었다. 나이 마흔에 시작한 발레, 발레가 바로 그 당시 나의 동아줄이자 빛줄기였다.

첫 아이를 뱃속에 품고 엄마와 보러 간 발레 〈백조의 호수〉, 기억하는 한 내 인생의 첫 발레 공연이었다. 맨 앞줄에서 본 새 하얀 튜튜는 아기새가 숨 쉬듯 살콤살콤 조심스레 나부꼈다. 그 작은 몸짓이 나를 설레게 했다. 차이콥스키가 생명을 주어 세상에 나온 음악들은 무대 위의 요정들과 딱 들어맞아 아름다움이 살아났다. 발레 동작 하나 제대로 알지 못하던 때였는데도 '발레'에 홀딱 빠져들던 순간이었다.

첫눈에 반하고도 일이 바쁘다 보니 한동안 잊고 지냈다. 그러다 운명처럼 발레의 나라, 러시아에 오자 마음속에 '발레'가 살며시 다시 싹텄다. 짐을 다 풀기도 전에 딸아이의 발레 수업을 찾아 등록했다. 아이가 싫다 하면 어쩌나 콩닥거렸지만 다행히 딸아이는 첫날부터 발레의 매력에 푹 빠졌다.

"발레를 하고 있으면 음악이 나에게 말을 거는 것 같아."

딸아이의 말은 나를 또다시 설레게 했다. 배탈이 나 병원을 다녀와야 할 때도, 눈이 무릎까지 쌓인 날에도 빠짐없이 발레 수업에 갔다. 아름다움이 온몸에 묻어 있는 선생님, 혹은 사랑스럽게 사탕 공주를 연기하는 친한 발레리나 언니 때문이었는지도 모른다. 어쨌건 말 한마디 안 통하는 나라에서 매주 일요일은 아이에게 행복한 기억이었다.

두 아이가 학교에 입학하자 나도 덩달아 성인반 발레 수업에 발을 들였다. 맨바닥에 어정쩡하게 누워 긴 두 다리를 연신 양옆으로 찢었다. 눈앞에 아른거리는 것은 마음속에 자리 잡은 새하얀 백조들인데, 매주 수업을 나가도 여전히 참 못 봐줄 만한 몸놀림으로 낑낑거리기만 할 뿐이었다.

조금이나마 군살을 가려보려 위, 아래 검정 운동복을 입었는데도 사방에 둘러싸인 거울에 비친 내 모습이 여간 민망한 게 아니었다. 러시아의 거울은 유난히 맑디맑아 내 구부정한 몸동작들이 걸러지지 않은 채 고스란히 반사됐다.

이 정도 자괴감을 맛봤으면 미련 없이 포기하는 게 평소의 나였는데 발레가 어지간히 좋았나 보다. 부끄러움도 참았고 수업 다음 날 밀려오는 온몸의 고통도 견딜만했다.

"포인트요!", "그렇죠, 할 수 있어요.", "거봐요. 좋아요!"

선생님의 말을 듣고 용기를 내다보면 한두 시간쯤은 후딱 지나갔다.

나와 아이의 첫 발레 지도를 해 주신 배주윤 선생님. 우리 모녀가 모스크바로 오자마자 사랑에 빠져 지금까지 한결같은 마음을 품고 있는 분이다. 모든 세상을 한국에 놓고 하루아침에 이곳에 와야 했던 6살 꼬맹이 딸. 스스로 왜인지 읽어낼 수 없는 답답한 마음들이 조금씩 생겨나는 듯 보였고, 그런 딸의 마음을 매주 따뜻하게 고요히 붙잡아 주시던 분이 바로 선생님이셨다.

선생님은 볼쇼이 발레학교를 졸업하시고 유일한 한국인으로 볼쇼이 발레단에 입단하신 분이다. 작은 몸으로 온 관객의 시선을 사로잡으며 무대를 장악하셨던 한국의 자랑스러운 발레리나, 배주윤.

볼쇼이의 발레리나. 배주윤 선생님이 창립한 아카데미 '소울 발레' 정기 공연

지금은 무대에서 함께 카리스마를 뽐내던 최고의 러시아 발레리노 '안드레이 볼로틴'과 가정을 꾸려 천사 같은 두 아이도 얻으셨다. 큰아이가 이미 중학생인데도 선생님은 여전히 옷깃만 스쳐도 발레리나임을 단번에 알아볼 수 있을 만큼 빛이 나신다. 머리부터 발끝까지, 겉모습과 속마

음까지 모두 그 자체로 맑고 아름다운 발레리나. 내 머릿속에 항상 남아 있던 하얀 백조, 그 모습으로 딱 눈앞에 살아 움직이고 있는 발레리나가 바로 선생님이셨다.

볼쇼이 극장에서 처음 발레를 본 것도 선생님 덕분이었다. 발레가 제일 좋다는 딸을 키우면서도 건물 앞에만 가보았을 뿐 공연을 볼 엄두를 못 냈다. 오페라, 오케스트라는 비교적 저렴한데, 아이들과 함께 볼 만한 〈백조의 호수〉, 〈호두까기 인형〉은 표 구하기도 어려울 뿐만 아니라 네 식구가 가자면 좋은 자리가 아니어도 100만 원이 훌쩍 넘었다. 친구들처럼 볼쇼이 극장에 한 번만 가 보고 싶다고 늘 노래 부르던 딸에게 우리도 한국 가기 전에 가보자며 달래곤 했었다.

어느 날 선생님께 메시지가 왔다.
"내일 저녁 시간 되시나요? 승희 첫 콩쿠르 나갔던 〈파키타〉 발레 공연이요. 티켓 2장 선물할게요. 승희와 다녀오세요."
딸과 함께 펄쩍펄쩍 뛰면서 날아갈 듯한 마음에 기쁨의 환호성을 질렀다. 받은 티켓이 2장뿐이니 남편과 아들에게 변명하기도 덜 미안했다. 볼쇼이의 수석 무용수로 무대를 빛내고, 현재 볼쇼이 무용수들의 안무 지도자로 명성을 떨치고 계신 선생님의 남편, 안드레이 볼로틴에게 증정된 초대권이었다.

웅장한 볼쇼이 극장에서 공연을 보게 된 것만으로도 감지덕지했는데, 발레리나들의 표정과 미세하게 떨리는 포인트 슈즈, 심지어 오케스트라 지휘자의 턱시도 단추 색까지 한눈에 다 보이는 VVIP 자리였다. 3시간

모스크바의 볼쇼이 극장 앞에서

가까이 딸은 미동도 없었다. 볼쇼이는 아니더라도 수많은 극장에 데려가 발레를 함께 봐 왔지만, 발레를 잘 모르는 내 눈에도 확연한 차이가 느껴졌다.

"볼쇼이는 볼쇼이네."

다른 말이 필요 없었다. 볼쇼이는 그냥 볼쇼이 그 자체였다. 무대, 의상, 오케스트라, 발레리노의 엄청난 점프와 인형 같은 발레리나들의 우아함까지 뭐하나 '완벽'에서 빠지는 것 없이 그저 볼쇼이라는 말 하나로 충분히 설명되었다.

지금까지 우리는 성 바실리 성당 맞은편의 볼쇼이 극장을 수없이 지났다. '와, 겨울에도 사람이 많네.'라며 낮에도 밤에도 차를 타고 가며 바라봤다. 원할 때면 언제고 직접 두 눈으로 볼 수 있음에 감사했다. 하지만 머리로 생각하는 것과는 달리 매번 아쉬움이 남는 행복이었을까. 공연장에 직접 들어가 코트 안에 아이의 예쁜 옷을 꺼내 보이며 발레를 보던 날은 우리에게 조금 다른 하루였다. 춥지만은 않은, 극장 밖 하얀 눈에 젖은 손이 시린 줄도 모르고 카메라 셔터를 눌러내던, 조금은 다른 하루.

우리는 선생님 덕분에 차디찬 겨울에 볼쇼이의 빛을 새겼다. 딸과 함께 연신 웃고 사방을 둘러보며 가슴이 콩닥거리던 시간이 우리 모녀에게는 잊을 수 없는 특별한 봄날이었다. 평범하게 지나갈 수 있었던 그날이, 그 겨울이, 아직도 소름 돋게 벅차던 하루로 남았다.

그녀가 없었다면 타국에서의 고됐던 언덕을 과연 웃기만 하며 오를 수 있었을까. 러시아에서 이룬 발레와의 만남은 우리 모녀에게 '희망'이고 '봄날'이었다. 그 길을 한결같이 평온히 이끌어 주신 분을 어찌 존경하지 않을 수 있을까.

고마워요, 배주윤 선생님. 우리에겐 영원한 볼쇼이의 그녀. 오늘도 또 감사합니다.

3

이 겨울이 괜찮지 않아

- 다차 마을

"눈이 또 오네?"

러시아의 겨울은 9월의 서늘한 가을을 지나 쉴 틈도 없이 바로 시작된다. 10월이면 함박눈이 내리고 아이들은 위아래로 스키복을 입은 채 학교에 간다. 눈 밟으랴, 눈덩이 굴리랴, 눈 뭉쳐 던지랴, 집 앞에서 차까지 가는 짧은 거리도 더뎌지는 겨울이지만, 아이들에게는 꿀처럼 달콤한 계절이다.

겨울을 기다리던 아이들과는 달리 나의 이번 겨울만큼은 유달리 괜찮지 않았다. 한국에 있는 엄마의 수술 이야기를 전해 들었다. 아빠는 곁에서 당신이 다 알아서 할 테니 아무 걱정 말라 하셨지만, 멀리 떨어져 지내는 딸의 마음은 그렇지 못했다. 당장 가 보고 싶은 마음이 무색하게 직항 비행기는 없었다. 여기저기를 경유해 혼자라도 다녀올까 며칠을 고민하다 어린 두 아이가 마음에 걸려 포기했다. 여름 방학까지 기다리자 결정하고는 그 시간이 오기까지 내내 마음이 깎여내려 쓰라림이 멈출 줄을 몰랐다.

다차 마당에서 샤슐릭과 마시멜로를 구워 먹는 아이들

　방학이 되자마자 겨울 속의 겨울을 제대로 즐겨보려 열흘간 다차에 머무르기로 했다. 말은 그랬지만 사실 내 얼굴에 드리운 그늘을 알아챈 남편의 배려였다. 다차는 사전으로 번역하면 별장과 비슷한데, 사실 별장이라기보다는 시골집 정도가 적당할 듯싶다.

　모스크바에 사는 사람들 중에는 주말이나 여름에 다차에 머무는 이들이 많다. 시내에 공원이 아무리 많다 해도 탁 트인 시골의 경치를 누릴 수는 없으니 시간 날 때면 자연을 품은 다차로 향한다.

　우리가 매번 가던 곳은 노란 벽으로 지어진 2층짜리 널따란 집이었다. 집이 섬이라 치면 사방은 바다 대신 마당으로 둘러싸여 있다. 마당 한 편에는 자그마한 사과나무 한 그루가 있고, 나무에는 겨울에도 새들에게 먹이를 주려는 배려로 누군가가 만들어 놓은 새 집이 두 채 걸려 있다. 2층에 올라가 창문으로 내다보면 한겨울의 하양이 오히려 따뜻한 색으로 느껴질 만큼 집안에는 온기가 가득하다.

아이들은 도착하자마자 현관에 가방을 벗어두고 마당에 나가 눈밭에 뒹구느라 정신이 없었다. 그 해 첫 다차에서 아이들은 삽으로 눈길을 만들고, 이글루를 짓고, 아빠 키보다 더 커다란 눈사람도 만들었다. 눈밭에서 뒹굴다가 손발을 녹이러 들어와서는, 다 녹을 새도 없이 다시 나가 눈에서 뒹굴었다. 그동안 내가 할 일은 자그마한 러시아식 사우나에 들어가 책을 보거나 창밖으로 아이들의 웃음소리만 건너 들으면 그만이었다.

지루할 만큼 잔잔함이 이어지는 다차에서의 하루. 슬슬 집에 돌아가고 싶을 만도 한데 그곳에서는 무료함이 매번 새로운 것도 신기했다. 지칠 만큼 자기도 하고 내복을 두 겹이나 껴입고 노을이 질 무렵 동네 산책을 하기도 한다. 저녁이면 마당에 불을 피워 샤슬릭(러시아식 바비큐)을 해먹거나 마시멜로를 구워 먹으며 잠시 분주해지고. 또, 그동안 미뤄두었던 영화를 보다 누구는 잠들고 누구는 과자 한 봉지를 다 끝내며 나름대로 같은 공간의 다른 시간도 보낸다.

저녁에 아이들은 이층으로 올라가는 계단 어딘가에 걸터앉아 그림을 그리거나 책을 읽거나 혹은 일기를 썼다. 마냥 즐겁다고 했던 학교생활이었지만 아이들은 모든 규율의 울타리를 벗어나 자유롭게 하루를 펼쳐놓는 생활을 하염없이 만끽했다. 아무렇지 않게 흘러가는 시간 속에 내그늘진 마음도 '결국엔 다 잘될 거야. 엄마 수술도 다 잘될 거야.'라는 마음으로 천천히 바뀌어 가며 안정을 찾았다.

2층까지 이어진 높다란 창문으로 새벽마다 쏟아지는 아침의 희미한 겨울빛이 나를 충분히 위로하고 달래준 듯했다.

우리에게 다차를 처음 소개한 것은 나의 첫 러시아 친구였다. 러시아어 한마디 못 할 때 아이들 유치원에서 만난 안젤리나는 서툰 영어로 말을 걸어왔다. 내가 외국인으로 불이익을 받는 일이 있을까 싶어 모스크바에 살며 필요한 정보들을 일찌감치 서둘러 다 퍼내 주었다.

햇살 쨍한 여름날에는 초록빛으로 온 세상이 물든 공원으로 뜬금없이 우리 가족을 불렀다. 얼음이 얼어가기 시작하는 초겨울에는 알지 못했던 로맨틱한 스케이트장으로, 가을에는 경치 좋은 근처 휴양지로 초대했다. 딸아이의 생일에는 한글을 배워 아이의 이름을 십자수로 새겨 액자에 담아줬다. 매해 우리는 안젤리나의 가족과 함께 진한 추억을 쌓아갔다.

그러다 코로나로 이동이 자유롭지 않던 날 중 또 갑작스레 연락이 왔다. 느닷없이 주소 하나를 찍어주며.

'너희 가족의 방이 준비되어 있으니 이번 주에 와서 자고 갈래? 별빛 가득한 밤을 보여주고 싶어.'

우리는 안젤리나의 초대에 실망해 본 적이 없기에 당장 짐을 싸고 출발했다. 시골에는 없을 만한 것을 고민하다 알록달록 몸에 안 좋을 것이 뻔한 커다란 케이크를 샀다. 케이크가 흐트러지지 않게 무릎 위에 고이 올려놓고 2시간을 정신없이 달려간 곳은 그들의 다차였다. 러시아의 일

안젤리나의 두 딸과 함께 뛰어노는 아이들

러시아에서는 여행이 아름다워진다

반적인 자그마한 다차는 아니었지만 그들은 여행을 못 가는 대신 그곳에 세 달간 머물 계획이라고 했다.

3층 집은 벽마다 창문으로 둘러싸여 있었다. 따사로운 봄날의 공기가 집 안에도 가득히 채워졌다. 아이들은 맨발로 마당에 나가 연을 날리고, 고슴도치를 찾고, 피크닉 매트를 깔고 드러누워 보드게임을 즐겼다.

남자들은 한쪽 구석에 지어진 별채에 들어가 불을 피우고 샤슬릭을 구웠다. 아이들이 처음으로 마시멜로를 불에 구워 맛본 날이었다. 하얀 마시멜로 덩어리가 쭉 늘어날 만큼 노릿하게 구워졌을 때 쿠키 사이에 끼워 베어 물면 아이들은 세상 더 필요한 게 없었다.

안젤리나는 나와 남편에게 너희의 날을 즐기라며 마당에 두 개의 벤치를 펴주고는 우리의 시간에 다가오지 않으려 사라졌다. 밤까지 아늑하던 날이었다. 안젤리나 말대로 밤하늘의 별빛이 머리 위로 우드드드 떨어질 것만 같던 아름다운 별밤. 뭐 하나 건네줄 것 없는 우리에게 외로울 틈 없이 늘상 불러내어 새로운 러시아를 맛보게 해 준 친구. 우리에게 다차에 머무는 자유로움을 알게 해주고 떠난 친구다.

전쟁이 시작되고 얼마 안 있어 안젤리나 가족은 갑자기 사라졌다.

'우리는 다시 모스크바에 돌아갈 수 없을 것 같아. 하지만 우린 꼭 다시 만날 거라 믿어.'

메시지 하나만 달랑 남겼다. 어딘지도 말할 수 없다는 곳으로 떠났다. 괜찮지 않았던 날들을 괜찮게 해 주었던 친구는 한순간 사라졌지만, 그가 남겨준 다차의 기억 덕에 우리는 매 겨울 우리의 다차로 향한다. 겨울도 혹독하지만은 않다는 것을 배웠으므로. 따뜻한 다차의 기억을 남겨주었기에, 여전히 행복을 꿈꾸며 우리는 다차로 간다.

안젤리나. 나의 첫 러시아 친구 안젤리나의 사랑 넘치던 가족은 이 겨
울, 어디에 있을까. 24시간 문이 열려 있는 러시아 꽃집처럼 나의 낭만을
지켜주던 친구. 딸아이 생일날 나에게도 수고했다며 커다란 꽃다발을 건
네던 친구. 옆에 있었다면 엄마의 건강을 위해 함께 걱정해 주었을 것이
뻔한데. 오늘은 유독 사라진 친구, 안젤리나가 많이 보고 싶다.

다차에 가면 하루 종일 마당에 나가 눈사람을 만드는 아이들

4 어둠 속의 용기를 본 날
- 노보데비치 수도원

멀리 여행을 갈 수 없는 날들이 차곡히 쌓여 가는 날은 아직도 가 보지 못한 모스크바 시내 중 어딘가를 어슬렁거린다. 늘 여행 다니던 것이 몸에 습관처럼 배 있던지라 몇 달을 꽁꽁 집 근처에만 머물러 있자니 온몸이 근질거렸다. 맛있는 것을 해 먹어도 뭔가 아쉬웠고 아껴두었던 책을 꺼내 읽어도 어딘가 허전했다.

모스크바에는 여행 기분을 낼 수 있는 공원들이 수없이 많다. 버스를 타고 가다 어디에 내려도 멀지 않은 공원에 몇 분 내로 도착할 수 있다. 그중 유네스코 세계문화유산에 등재된 노보데비치 수도원은 어느 계절에 가도 색다른 모습을 볼 수 있기에 시간이 날 때면 나들이를 가는 곳이다. 겨울이 걷어지고 봄기운이 도는 5월이 가장 아름답고, 수도원 앞 호수가 꽁꽁 얼어붙은 12월은 로맨틱하다.

실제로 호수 앞에 서서 바라보는 수도원은 이루 말할 수 없이 고상하고, 잔잔한 호수의 윤슬 위에 남겨진 수도원의 모습은 또한 신비롭다.

차이콥스키는 탑들을 품고 있는 수도원이 호숫가에 비친 모습을 보고 발레 음악 〈백조의 호수〉를 탄생시켰다고 한다. 아마도 러시아 최고의 음악가가 발레 음악의 영감을 얻은 곳이라 하니 더 마음이 갔는지도 모르겠다. 수줍게 침묵하고 있는 호숫가 주변을 거닐다 보면 나도 모르게 귓가에 음악이 들리는 듯하니까.

노보데비치 수도원과 그 앞 호숫가

딸이 발레를 시작한 지 7년이 됐다. 일주일에 한 번 하는 수업이지만 한 번도 발레에 마음이 벗어났던 적이 없었다. 아이의 노트에는 '발레는 나에게 숨 쉬는 것과 같다.'라고 쓰여 있었다. 발레 연습실은 집에서 한 시간이 넘게 걸리고 주말까지 빼곡히 짜인 일정이 벅차지만, 발레가 숨 쉬는 것과 같다는 아이를 어찌 데려가지 않을 수 있을까.

매해 공연하며 딸은 발레에 더 흠뻑 빠졌다. 발톱이 빠진 날도, 장염으로 하루 종일 굶은 날도, 친한 친구가 다른 학교로 가 밤새 울던 날도 끄떡없이 수업에 갔다.

그런 아이에게 공연은 얼마나 손꼽아 기다리던 날이었을까. 6살 때는 얼떨결에 공연 연습에 합류했고, 7살에는 첫 솔로 작품으로 무대에 설 기회도 주어졌다. 8살에는 또래 친구들과 함께, 9살에는 두 번의 콩쿠르를 비롯해 두 번의 공연까지 발레에 많은 힘을 쏟았다. 모스크바에서의 딸아이는 발레로 수없이 점찍어진 삶을 이어나갔다.

10살에는 음악으로만 듣던 차이콥스키의 '세레나데' 작품에 참여했다. 호수 빛 하늘거리는 의상에 별처럼 은은히 빛나는 왕관까지 머리에 얹었다. 리허설 때마다 아이 얼굴에 드리운 행복이 절로 읽혔다. 언제나 가슴 벅차했지만 유독 작년 공연에는 아이의 기대감이 훨씬 더 크게 부풀어 올랐다.

"엄마, 내가 가장 행복한 곳이 어디인 줄 알아? 하나는 따뜻한 내 침대 이불 속이고, 하나는 공연 날 내 차례를 기다리며 서 있는 무대 뒤야."

그 말을 듣자 발레슈즈에 리본을 달다 바늘에 찔려 피가 찔끔 나던 순간도, 늦잠도 못 자고 주말 아침 아이를 태워 발레 수업에 데려가던 일도 다 날개가 된 것 같았다. 아이가 저렇게 행복하다는데, 다 '잘했다, 잘했어.'라며 나를 칭찬하고는 덩달아 기대에 부풀어 공연날을 기다렸다.

작년 공연 날 아침, 언제나처럼 새벽에 일어나 한입 크기의 꼬마김밥을 싸고, 화장품 빠진 건 없는지 점검하고, 여벌 타이즈와 슈즈까지 꼼꼼하게 챙겨놓고는 출발 한 시간 전쯤 아이를 깨웠다.

"엄마… 나 배가…."

그러고는 말을 잇지도 못하고 다시 침대에 눕던 딸.

상비약을 서둘러 먹이고는 매실액, 꿀물도 펄펄 끓여 한 숟가락씩 먹였다. 다 부질없는 듯 배를 움켜잡은 딸의 얼굴은 노래지고 입술은 하얗게 메말라갔다. 선생님께 리허설 조금만 늦게 참여한다고 말씀드리고는 전기장판을 배에 올려주고 침대에 눕혔다.

한 시간쯤 쉬고 나니 좀 나아진 듯했다. 어제 늦은 리허설을 마치고 배고플까 싶어 서둘러 만들어 먹인 퀘사디아가 탈이 났나 보다. 평소 좋아하지도 않는 새우를 단백질이랍시고 잔뜩 넣고, 채소도 먹어야 하니 양파와 파프리카도 듬뿍 넣었던 것이 과했던 걸까. 이번에도 나는 내 탓을 하느라 미안한 마음에 눈물부터 고였다.

공연을 빠지고 병원을 가자 해도 아이는 싫다며 울먹거렸다. 사실 솔로 작품 하나면 어떻게라도 설득하겠지만, 친구들과 함께 연습해 온 군무 작품이 있었다. 몇 달을 연습해 온 다른 친구들에게 피해를 주면 안 되는 것을 알기에 아이의 몸을 어떻게든 낫게 해 보려 마음이 급했다. 누워서 쉬던 딸은 리허설 시간이 한 시간이 넘게 지나서야 겨우 몸을 일으켰고, 따뜻한 보리차와 꿀물을 보온병에 따로 담아 곧장 극장으로 향했다.

차를 두어 번 세워가며 쉬엄쉬엄 가다 보니 리허설이 다 끝난 시간에 겨우 도착했다. 매년 딸의 메이크업과 헤어를 도와주시는 어머니께서 빠른 손놀림으로 매무새를 봐주셨고, 아이도 친구들과 있으니 괜찮아 보였다.

손발이 얼음장처럼 차기에 전기장판을 꺼내 대기실 의자에 깔아주고는 따뜻하게 데워 간 꿀물로 살짝씩 목만 축이게 했다. 하필 이번 공연장은 대기실과 공연장이 연결되어 있어 엄마들이 공연을 보는 중간에 대기실에 왔다 갔다 할 수도 없었다. 처음으로 무대의상도 혼자 갈아입어야 했고, 왕관도 거울 보고 스스로 써야 했다. 걱정은 됐지만 믿기로 했다. 두 시간이 넘는 긴 시간 동안 아픈 걸 참을 수 있을까. 다른 아이들의 무대는 눈에 잘 들어오지도 않았다.

긴 시간이 지나고 공연은 무사히 잘 끝났다. 무대 위의 딸은 미소도 잊지 않았고, 뭉클할 만큼 한 마리의 백조처럼 잘 연기했다. 하루 종일 밥 한 톨 입에 넣지 못한 채 무대에 선 작은 아기 새의 정신력은 어디서 나온 것일까. 평소보다 힘이 빠진, 내 눈에만 보이는 미세한 차이를 보면서 마음이 아파 열 손가락이 콕콕 쑤셨다.

공연이 끝나자마자 나와 눈이 마주친 아이는 단체 사진 찍을 겨를도 없이 다가오더니 쓰러질 듯 말했다.

"엄마, 배가 너무 아파….."

대체 두 시간이 넘도록 어떻게 참은 거니.

아이는 어떤 마음이었던 걸까. 연습한걸 잘 해내고 싶어서 아픔도 잠시 초인적인 힘으로 버텨낸 걸까. 그게 가능하긴 한 걸까. 나는 그 나이에 무언가에 빠져 저렇게 이를 악물고 해 낸 적이 있었을까. 어른이 된 지금은 좋아하는 그 무언가를 위해 내 아픔과 힘듦을 참아내는 게 쉬울까.

나의 백조는 공연이 끝나고 일주일간 학교도 못 갈 만큼 끙끙 앓았다. 아픈 몸을 버텨내느라 온 에너지를 끌어 쓴 탓인지 가벼운 배탈인 듯했지만 낫지 않아 한참을 고생했다. 우아한 아기 백조는 그렇게 아름답지만은 않은, 얼굴이 샛노래지고 입술이 허옇게 부어오른 아픔의 기억을 남겼다.

노보데비치 수도원의 호수를 바라보며 눈을 질끈 감고 악상을 떠올렸을 차이콥스키도 가슴이 벅차지만은 않았을 것이다. 한겨울의 추위도 느

정기 공연 중 군무 〈세레나데〉

껴지지 않을 만큼 창작의 괴로움과 싸웠을 테고, 예술가에게 필연적인 그 고통을 노력으로 깨부쉈을 것이다.

차이콥스키가 행복과 고통 속을 오가며 만든 음악에 맞추어 몸을 흩날리던 그날의 딸아이. 부글부글 거리는 배를 움켜잡고 '제발, 공연 끝날 때까지만 아프지 말아 다오.'라고 끊임없이 속으로 되뇌지 않았을까. 엄마도 없는 캄캄한 무대 뒤, 자기만의 행복한 공간에서 순서를 기다리며 애썼을 열 살의 딸. 아이의 노력을 보면서 외로움과 공허함을 중얼대던 나의 하루가 부끄러웠다.

그래서일까. 일상이 터무니없이 늘어질 때면 노보데비치 수도원의 공원으로 짧은 여행을 떠난다. 갈 때마다 아이의 노력이 떠올라 평범한 일상을 불평하던 게으름을 반성한다.

나만의 백조, 나의 딸. 너를 보며 매일 조금씩 나은 어른이 되나 보다.

5 익숙해지지 않는 낯섦
- 상트페테르부르크

한 치 앞도 내다볼 수 없을 만큼 바람이 휘몰아쳤다. 겹겹이 외투를 껴입고 모자를 이마까지 가려지도록 눌러썼는데도 오돌오돌 어찌나 온몸이 떨리던지. 이른 아침에 도착한 상트페테르부르크에는 문 연 식당도 없었다.

캐리어를 끌고 기찻길 옆 작은 골목길에 들어가 낡은 카페 하나를 겨우 찾았다. 한데 들어서자마자 주인장이 다짜고짜 무표정의 얼굴로 큰소리를 내 질렀다. 춥기도 하고 배도 고프고 아이들의 벌게진 얼굴을 보니 나도 덩달아 화가 스멀스멀 올라왔다. 문을 오래 열어둬서 그런가? 너무 일찍 와서 그런가? 알아듣지 못하는 말을 들으며 멀뚱히 서 있는데 화를 내던 사장님은 빈 테이블로 우리를 안내했다.

"지금 나한테 왜 화를 내는 거야?"

바람 소리가 카페 안까지 넘쳐 들어오는데 나갈 엄두는 안 나고 어이가 없어 씩씩거리고 있었다. 남편은 못 알아듣고 멀뚱히 서서 이러지도 저러지도 못하는 나를 보며 웃었다.

"화를 내는 게 아니라 애들 추울까 봐 걱정하는 거였어."

따뜻한 차부터 시키는 남편을 보며 '아차, 여기 러시아다.' 싶었다.

러시아는 한겨울에 모자를 쓰지 않고 돌아다니면 지나가는 할머니들에게 한껏 잔소리를 듣는다. 처음에는 이 할머니가 왜 화를 내나 싶어 울컥 눈물이 나올 것 같던 때도 있었지만 지내다 보니 알겠다. 이 나라는 모자 없이 한겨울에 돌아다니는 건 '내 목숨을 추위에 내놓았소.'와 마찬가지라는 것을. 열 손가락을 다 꼽아야 할 만큼 러시아의 오랜 겨울을 보냈는데도 여전히 익숙해지지 않는 낯선 잔소리다.

상트페테르부르크는 모스크바에서 차로는 8시간, 비행기로는 1.5시간, 야간 기차를 타면 9시간쯤 걸린다. 우리는 이미 비행기로 한 번, 차로 한 번을 다녀왔다. 이번엔 내가 엄두를 못 내어 미루고 미루던 야간 기차를 아이들이 먼저 제안했다.

밤샘 기차라니. 말만 들어도 허리가 아프고 이불은 따로 가져가야 하나, 아이들 자는 동안 밤새워 지키고 서 있어야 하나, 걱정이 또 한가득이었다. 현실을 모르고 그림책 속의 장면만 상상하고 있는 두 아이를 데리고 할 수 있을까. 아가들아, 엄마는 비록 다른 도시긴 했지만 이미 기차 침대칸을 타봤단 말이지. 그게 그렇게 낭만적이지만은 않다고 현실을 일깨워주긴 무자비하고 입 꾹 다물고 있어야 하나.

아이들은 밤새 기차를 타고 이동한다는 것이 마법 세계로 가는 이동 수단이라도 되는 양 기대에 가득 찼다. 우리가 산 이등석 티켓은 방 한 칸에 침대 4개가 들어가 있고 밤에는 문을 닫고 잘 수 있었다. 일등석은 2인실이고 삼등석은 방문 없는 복도식 침대칸이다.

낯선 침대에 아이들이 행여나 떨어질까 싶어 실컷 구경하고 논 두 아이를 1층에 눕히고, 나와 남편은 2층으로 올라갔다. 설렘은 잠시. 아이들은 밤이라 창밖도 볼 것이 없고, 가져온 보드게임을 하기엔 테이블이 턱

없이 작다는 것을 깨치고는 인형들과 사부작사부작 놀다 이내 잠들었다.

방에 우리만 있다 해도 문만 열면 모르는 사람이 가득한 곳에 아이들을 재우려니 나와 남편은 쉽게 잠을 청할 수 없었다. 한 아이씩 옆에 끼고 자자니 침대 한 칸은 아이들 혼자 쓰기에도 비좁았다. 170cm가 넘는 내 몸의 두 다리는 온전히 펴지도 못할 뿐더러, 오른쪽과 왼쪽을 번갈아 바라보며 자야 하는 내 오랜 습관은 언감생심 유지할 수 없다는 것도 이미 마음먹고 있었다. 그래, 한국 가는 비행기는 두 다리 고이 모으고 10시간도 앉아서 갔는데 누워서 갈 수 있다는 것에 감사해야지.

여름 궁전 앞 공원에서 다람쥐 먹이 주는 아이들

내려야 할 시간은 아직 남았어도 해가 비추기 시작하면 승무원이 돌아다니며 아침을 준다. 아침이래 봤자 차 한 잔과 싸구려 빵 하나. 아이들은 아기 새 마냥 눈 비비고 일어나 빵 하나에도 신이 나 또다시 재잘거렸다. 잠자리가 편해야 하는 엄마는 잔 건지 만 건지 툴툴거리고 싶은 마음이 한가득이었지만, 기차에서 처음 맞이하는 아이들의 들뜬 아침을 조용히 함께 즐겨주기로 했다.

우리가 상트페테르부르크를 가는 이유는 항상 두 가지, 바로 '에르미타주 미술관'과 '여름 궁전'이다. 물론 마린스키 공연장, 피의 사원, 이삭 성당 등 볼거리가 많기도 하고, 모스크바와는 달리 유럽의 느낌이 물씬 나 여름이면 거리에 사람이 치일 만큼 매력 가득한 곳이다. 그럼에도 곳곳의 관광지를 다 지나쳐 미술관과 궁전으로 걸음이 향하는 것은 4번을 갔음에도 여전히 그곳의 고귀함이 내 마음을 두근거리게 하기 때문이다.

처음 큰 아이가 걸음마를 하던 때 세계에서 가장 큰 미술관이라는 에르미타주에 갔다. 미술관 안에 전시된 300만 점의 미술작품은 보기도 전에 밖에서부터 입이 떡 벌어졌다. 그 시대의 기술을 모조리 끌어들였을 화려한 외관은 러시아가 얼마나 권력을 열망했는지 보여주는 듯했다. 애초에 미술관을 목적으로 지어진 것이 아니라 러시아 제국 시기에 황제가 겨울에 거주할 목적으로 건설된 정궁이었다. 궁전 광장의 규모부터 심상치 않으니, 강을 마주 보고 서 있는 미술관은 그 당시 황제의 위엄이 절로 느껴질 만했다.

남편과 아기띠를 번갈아 매며 꼬맹이를 안고 작품을 감상했지만, 며칠이 걸려도 다 못 볼 미술관을 보기에 돌쟁이의 인내심은 길지 않았다. 3시간도 채 못 되어 나와서는 '이런 곳을 놔두고 가다니. 아직 저쪽 전시장은 다 보지도 못했는데.' 하는 아쉬움이 발목을 잡았다. 여기를 오려고 미술책도 몇 권이나 읽었을 만큼 가장 기대하던 곳이었다.

떠나는 내 표정이 못내 마음에 걸렸는지 남편은 다음 날 딸과 주위에서 놀고 있을 테니 혼자 들어가 실컷 보고 오라 했다. 당연히 "아니야, 괜찮아." 해야 하는 게 평소의 나였는데, 나도 모르게 "그래도 될까?"라는 말이 입 밖으로 툭 튀어나왔다.

다음 날 이른 아침, 혼자 미술관에 들어가 붐비는 사람들 틈에서 몇 시간을 채웠다. 머릿속의 반은 '한 작품만 더!'를 외치며 간절했고, 또 다른 반은 딸이 엄마를 찾고 있지 않을까 염려됐다. 오후가 되기도 전에 미술관을 나와 남편을 만났다. 여전히 아쉬움 가득 담긴 얼굴로 나중에는 미술관만 2박 3일 보러 오자고 손가락까지 걸어가며 약속했다.

그 이후 한 번은 두 아이가 조금 더 커서 왔지만 아이들에게 좋은 작품들만 서둘러 보여주다 끝이 났고, 세 번째 방문은 큰아이의 콩쿠르 일정이었기에 미술관은 광장만 서둘러 지나갔다. 우리의 '에르미타주 특별 에디션' 여행은 여전히 지켜지지 못한 약속으로만 남아 있다.

다른 여행지와 달리 유독 한 겨울이 지나기를 기다렸다 상트를 오는 이유는 유네스코 세계문화유산으로 지정된 페테르고프궁, 바로 러시아의 여름 궁전 때문이다. 공을 들여 지은 만큼 베르사유 궁전 못지않게 아름다움이 곳곳에 묻어 있다. 에르미타주의 화려함도 만만치 않지만, 곳곳에 황금 동상들과 분수들로 드넓은 곳을 채우고 있는 여름 궁전은 도시와 또 다른 분위기에 취하게 한다.

궁 안을 쉼 없이 둘러보는 엄마, 아빠의 넋 나감에 지루하던 아이들은 궁 밖으로 나와 마당인지 벌판인지 모를 드넓은 곳에서 숨통이 트인다는 듯 뛰어다녔다. 손바닥에 해바라기씨 하나 얹어 놓으면 다람쥐가 조심스레 달려와 두 손에 쥐고 야금야금 먹는 걸 지켜봤다. 입안 가득 도토리를 주워 넣고 후다닥 나무 위 구멍에 들어가 숨겨놓고는 '아무도 몰랐지?'라는 새초롬한 표정으로 입안을 비워 나오는 다람쥐들. 여름 궁전에서의 산책 시간은 매번 평화로웠다.

그 평화로움이 좋아서일까. 우리의 여행 계획은 또다시 상트페테르부르크가 1순위로 적혀 있다. 모스크바에 살면서 순간순간 찾아오는 이방인으로서의 낯선 공기, 러시아에 살면서도 러시아에 스며들지 못하는 어색한 일상. 상트에 가면 북적이는 관광객들 틈에서 나도 그저 한낱 도시를 둘러보는 여행객이 된다. 그제야 마음이 놓인다. 그래, 이곳이 낯선게 당연하지. 나는 그저 러시아에 놀러 온 여행자일 뿐이니까.

익숙해지지 않은 낯섦이 당연해지는 곳. 그래서 우리는 매년 상트로 가는지도 모르겠다. 아름다운 곳, 그래도 여전히 낯선 도시. 그래서 좋다.

비 오는 날도 좋은 여름 궁전 앞 공원

6 매 순간을 붙잡고 싶을 때
- 소치

"이번에 너희는 어디로 가?"

휴가철만 되면 러시아 친구들이 묻는다. 휴가라고 해 봤자 일주일이 휴가의 전부인 한국 사람들에게는 익숙지 않지만 러시아 사람들은 참 많이들 떠난다. 가까운 곳이건 먼 곳이건, 차를 타고 혹은 비행기를 타고의 차이는 있다 하더라도 이들은 가슴에 낭만을 품고 살기에 그렇게들 떠나고 또 돌아온다.

따끈한 집에서 치맥으로 하루를 마무리하는 환희를 모르는지. 어쩌면 일할 때 목숨 내놓기 직전까지 열정을 불태우며 온 에너지를 쏟아내는 한국인과는 또 다른 정서라 그럴지도 모르겠다. 퇴근 시간 정각에 사무실은 당연히도 텅텅 비어있다고 하니.

그런 분위기도 모른 채 "저 집은 또 어디를 가지?"라고 눈만 멀뚱멀뚱하던 러시아 정착 초반 시

소치 바다 앞에서 산책하는 부녀

절부터 소치로 휴양을 간다는 친구들이 매번 있었다. 모스크바 사람들은 소치를 참 좋아한다. 한국 사람들이 제주도를 찾는 정도랄까. 러시아의 큰 땅덩이를 생각하면 얼마나 인기 있는 장소인지 지레짐작이 된다.

소치는 흑해와 맞닿아 있어 어딜 가나 바다를 볼 수 있다. 여름에는 기온이 40도까지 올라가니 러시아 사람들에게는 휴양지로 안성맞춤이다. 모스크바에 없는 산도 당연히 사람들을 불러들이는 손짓이다. 이미 찬바람이 불기 시작하는 10월에도 소치 바닷가에는 수영을 즐기는 사람들이 제법 남아 있을 만큼 따뜻하니 어찌 가지 않을 수 있을까.

재작년 여름방학이 시작되기 며칠 전, 아이들의 러시아 친구 엄마에게 연락이 왔다.

"여름 계획이 뭐야?"

러시아 사람들은 여름이면 긴 휴가를 떠난다. 터키, 태국, 몰디브, 그리스 등 해외는 물론이고 작은 도시, 작은 별장으로. 여행이라기보단 쉼이라 함이 더 걸맞은 연휴다. 러시아 아빠들도 함께 긴 휴가를 내서 떠나는 모습은 한국인으로서 익숙지 않지만, 그들에게는 오히려 짧은 휴가 한두 번으로 일 년을 버티는 우리를 보고 놀라곤 한다.

"우리는 매년 여름에 한국에 가."

"너는 매년 아주 큰 행운을 놓치고 있어."

친구는 농담과 함께 크게 웃으며 아쉬워했다. 이번 여름을 함께 보내려고 했는데 겨울방학 계획을 다시 세워보자며 자신의 여행 일정을 읊어줬다. 친구는 우리와 함께 여름을 보내길 원했다. 2박 3일 정도가 아니라 3주가 넘는 기간 동안 소치에 가서 아이들을 요트 캠프에 참여시키고 어른들에게 마련된 수업을 들으며 여름을 즐기자는 제안이었다. '이건 또 무슨 부르주아 여행인가.'라고 생각했지만, 러시아에는 워낙 이런 종류의 캠프가 많다는 것을 나중에야 알았다. 승마 캠프, 축구 캠프, 발레 캠프, 스케이트 캠프 등 여러 도시에서 다양한 아이들의 프로그램을 마련해 놓고, 어른들도 지루하지 않은 여름을 날 수 있는 숙소를 제공한다. 비용도 그리 부담스럽지 않다. 아이들과 함께 숙소에서 제공되는 식사를 즐기고 바다나 산 등의 자연에서 여름을 누비는 것이다.

워낙 겨울이 길고 무시무시하게 추운 나라다 보니 여름이면 다들 들떠 있는 듯 보인다. 어디론가 떠나고 돌아오고 다시 떠나고. 이들은 짧은 2~3달의 여름을 위해 일 년을 기다린 듯하다. 열정적으로 밖으로 나가 해를 가까이하려 발장구치며 서두른다.

친구는 이미 열 번도 더 가 본 소치였지만, 그해 여름에는 매일 드넓은 바다를 작은 요트 위에서 누비는 두 딸의 사진을 수두룩하

돌멩이 쌓아 놓고 기도하는 아들

게 보냈다. 3주의 캠프가 끝나는 날, 작은 요트를 혼자 조종하며 뜨거운 햇살 아래 미간을 찌푸린 9살 아이의 모습에 긴장감이라고는 찾아볼 수 없었다.

그해 가을이 돼서야 우리는 소치에 갔다. 친구가 보내준 사진으로 본 것처럼 소치의 바다에 뿌려진 돌들은 매끈매끈 윤이 났다. 여름 햇살에 반짝이는 바다 위 윤슬과 한데 어우러지는 또 하나의 물결처럼 모래사장 위도 쉼 없이 반짝였다.

우리가 소치에 머물렀던 10월 끝자락, 따뜻함은 이미 지나간 날씨였는데도 여전히 바다 수영을 하는 사람들이 꽤 많았다. 그 앞에서 하얀 돌들을 주워 탑을 쌓으며 눈 감고 소원을 비는 두 아이, 철썩거리는 파도 소리와 알아들을 수 없는 사람들의 말소리. 모든 것이 완벽하게 평화로워 놓치고 싶지 않은 날이었다. 아이들이 노는 동안 남편과 벤치에 앉아 바다를 바라보다 물었다.

"여보, 내가 왜 글을 쓰고 싶어 하는지 알아?"

"좋아해서?"

"그것도 그렇지. 근데, 여보. 난 이런 순간을 잊고 싶지 않아. 기억하고 싶어."

정말 그랬다. 온전히 가슴에 넣어 두고 평생 선명히 지니고 싶은 찰나였다.

여행을 떠나기 며칠 전, 책을 읽고 있던 아들이 뜬금없이 물었다. 엄마랑 같이 분수에 동전 던지면서 소원 빌었던 곳, 소원 빌면 꼭 이루어진다는 그곳이 어디였냐고. 기억이 가물가물했다. 로마였나?

"로마 맞지? 로마 다시 가자, 엄마."

"찬이 로마 또 가보고 싶어?"

"엄마가 예전에 로마 분수에서 빌었던 소원이 우리랑 다시 오는 거였잖아. 우리랑 다시 가면 엄마 소원이 이루어지니까."

엄마 소원을 어떻게 알았냐고 했더니 내가 분수에 동전을 던지고 나서 아이들에게 말해줬다고 한다. 그랬나?

기억을 잃어간다. 그리고 아이들은 그 기억을 꺼내어 준다. 듣고도 그랬었나, 내가 이 얘기를 아이한테 했었나 싶었다.

아들은 문득 엄마의 그 소원을 왜 떠올렸을까. 그리고 이틀 내내 난 아이들과 함께였던 그 시간으로 애써 되돌아가 보려 했지만, 도무지 그날 기억이 떠오르지 않았다. 남편과 둘이 갔었는지 딸과 셋이었는지 혹은 아들까지 완전체로 넷이었는지. 희미하게 기억나는 장면은 사람들로 빽빽하게 둘러싸여진 분수를 겨우겨우 지나갔던 장면인데, 그게 기억의 전부다.

아들의 이야기를 듣고 보니 어렴풋이 '너희들과 다시 오고 싶다고 빌었어.'라고 나눈 대화가 기억이 났다. 다만 로마였는지 어느 공원의 분수였는지 모르겠지만 그 대화만 반짝 떠올랐다.

갈수록 점점 기억이 토막이 난 채 사라져 버리는 기분이 든다. 참 갑갑한 마음이 이제는 조금씩 '어?'하고 불안해졌다. 잊고 싶지 않은 아이들의 솜사탕 같은 이야기와 아이들과 함께 보낸 시간, 그때그때 아이들에게 느꼈던 진한 감정과 그 감정의 나눔을 더 꼼꼼하게 부지런히 남겨둬야지 싶었다. 결국 시간을 붙잡고 싶어서, 매 순간에 매달리고 싶어서, 내 기억이 사라져가는 게 겁이 나서 다시 글을 쓰기 시작했다.

소치 바닷가 앞에 앉아 아이들이 돌을 주워다 노는 걸 바라보던 그 순간이 그랬다. 기억하고 싶었다. 소치의 바다는 에메랄드빛으로 푸르렀고 하늘은 햇살과 하얀 구름에 뒤섞여 파랑보다는 연하디연한 파스텔 빛 하늘색에 가까웠다. 그날 바라보고 있던 장면을 똑 떼어내면 방에 걸어놓고 싶은 한 폭의 그림이 될 것 같았다.

한참을 옅은 햇살 아래서 놀다 우리는 작은 식당에 들어갔다. 작디작은 공간. 말은 못 알아들어도 직원 아주머니의 다정한 미소에 기분이 좋아지는 곳이었다. 아이들은 샐러드바에 진열된 음식들을 배고픈 만큼 욕심내어 담았고, 4명이 식판 가득 담아 자리에 앉았는데도 모스크바에서의 한 명 식삿값밖에 안 나오는 아담한 곳이었다.

식당 밖의 작은 테이블 위에는 직접 만들어 파는 목걸이들이 놓여 있었다. 역시나 아이들이 원하는 대로 사줄 수 있을 만큼 저렴한 가격. 러시아에서 제일 인기 있는 휴양지였는데도 바가지라고는 찾아볼 수 없었다. 어쩜 이리 뭐 하나 거슬리는 것이 없는지. 매일매일의 담백한 소치가 참 좋았다.

다음 날 갔던 커다란 놀이동산, 손꼽히는 호텔 내 식당의 저녁 식사는 글에 담고 싶을 만한 추억은 외려 아니었다. 나는 일상의 잔잔한 행복을 잡고 싶었던 것이다. 파도 소리와 어우러진 아이들의 재잘거림 덕에 웃음이 났고, 서늘한 바람이 불자 내 어깨를 감싸던 남편 팔의 온기에 아늑해졌다. 온전히 편안함을 누릴 수 있을 만큼 소치는 조용한 휴양지였다. 고요했기에 소소한 행복으로 맘껏 젖을 수 있었던 날들.

우리는 비록 소치에 한 번 가봤을 뿐이지만 아마도 수많은 러시아 사람처럼 앞으로 몇 번은 더 다녀오게 될 듯싶다. 제주도처럼 떠올릴 때마다 마음이 시원하게 열리는 곳이 되었으니까. 일기장에 잔뜩 남겨두고 싶은 곳 소치. 소치의 늦여름을 꼭 잡아두고 싶다.

Part 2.

처음이라 두렵지만,
설레기도 해

Travel becomes beautiful in **Russia**

Travel becomes
beautiful in
Russia

1 첫걸음을 내디딜 때

- 블라디미르

누나 따라 수없이 가 본 학교지만 네 마음은 얼마나 두근거릴까.

학교에 입학하기 전날, 아들은 누나와 가방을 챙기고 선생님 드릴 꽃다발도 문 앞에 두고 교복도 입어보며 활기차게 첫날을 기다렸다. 찬이는 기다림 끝에 불안했던 걸까. 혼자 책보다 잠들던 평소와 달리 잠들 때까지 옆에 있어 달라고 했다. 그러고는 새벽 5시가 조금 넘은 시간에 학교 가는 날 맞며 알람도 없이 일어났다.

긴장되었나 보다. 떨리고 걱정되는 마음이 뭔지 몰라 표현을 못 했을 뿐, 조심성 많고 새로운 것에 겁을 먹는 찬이에게 새 학교가 쉽지만은 않았을 것이다.

남편이 학교 앞에 차를 주차하자 나도 모르게 "으아, 엄마 떨린다."라는 말이 나와 버렸다. 뒤이어 아들이 작게 중얼거렸다.

"나도 떨려. 그리고 무서워."

누나와 깔깔거리며 학교 갈 준비를 하는 걸 보며 사진 찍고 같이 웃고 기특해만 했지, 아들 마음속에 당연히 자리 잡고 있을 '두려움'을 세심히 살펴주지 못했다. 나도 새로운 것에 첫발을 내딛기가 꽤 힘든 사람으로 살아왔으면서.

아이들이 다니던 학교의 교장 선생님과 함께

아들의 첫날을 응원하기 위해 짧은 방학이 시작되자마자 다시 여행을 떠났다. 러시아 옛 수도 중 하나인 블라디미르. 100년 가까이 된 건물들이 많이 남아 있어 산책하기도 좋을 뿐 아니라 드라이브하기에도 꽤나 낭만적인 도시였다.

모스크바에서 버스로도 기차로도 갈 수 있지만, 우리는 데려가야 할 아이들의 인형들과 책만으로도 한 짐이기에 이번에도 역시 자동차를 택했다. 탁월했다. 이미 선선해진 날씨에 걸어서 다니려 했다면 나의 게으름이 버텨내지 못했을 것이다.

블라디미르에서 볼만한 곳은 세계문화유산인 성모 안식 대성당과 푸시킨 공원. 무려 12세기에 지어진 성모 안식 대성당은 눈이 내려앉은 듯한 하얀 건물의 시멘트가 다 벗겨져 멀리서도 낡은 행색이 숨겨지지 않았다. 수백 년 동안 한 자리에 자리 잡고 묵묵히 사람들의 간절한 기도가 쌓이는 동안 문고리는 떨어지고 벽 시멘트도 벗겨지고 의자는 몇 번이나 교체되었을 것이니 낡음이 결코 초라하지만은 않았다.

안에 들어가 보니 작은 마을에 성당이 처음 세워지던 날 무릎을 꿇고 희망을 가슴에 새기던 사람들의 설렘이 오롯이 느껴지는 듯했다. 꼭 잡은 엄마 손을 놓고 천천히 학교 문을 열고 들어가던 아들의 첫날처럼 성당에 발을 디딘 사람들은 앞으로 펼쳐질 날들을 기도하며 얼마나 긴장되고 두근거렸을까.

세월의 흔적이 고스란히 묻어있는 겉모습과는 달리 내부는 러시아 정교회답게 화려한 이콘과 금장식으로 한껏 꾸며져 있었다. 미술관에 가도 러시아 이콘화는 쏙 빼놓고 볼 만큼 내 취향은 아님이 확고했는데, 화려하기 짝이 없는 성당과 어우러진 이콘들은 과히 러시아 사람들의 자부심일 만했다.

이콘은 정교회에서 주로 그리는 종교의 상징물로 그리스도와 12명의 사도, 성모마리아, 성인들을 그린 그림을 말한다. 주로 금박을 입혀 그 위에 그림을 그리는 경우가 많아 독특하면서도 신성해 보이기도 하고. 어쨌든 러시아 미술관에 가면 한 전시관을 가득 채울 만큼 사람들에게 인기가 많은 예술이다.

화려한 이콘으로 가득찬 성당을 보니 어쩌면 기도가 이루어질 것도 같았다. 마음속에 굳혀놓은 종교는 없지만 절에 가면 아이들은 부처상을 보고 절을 하고, 성당에 가면 초에 불을 붙이며 기도를 한다. 아가들이 얼마나 바라는 게 많을까 하고 무슨 기도를 했는지 물어보면 입 밖에 내는 순간 소원이 날아간다며 꽁꽁 입을 다문다.

이번에도 앙다문 입에서 아이들의 간절함이 절로 느껴졌다. 입을 조물조물하며 꼭 감은 두 눈을 보니 무슨 소원이었을지 짐작이 간다. 아이들은 첫눈이 내리던 날도, 떨어지는 나뭇잎을 손에 담았을 때도, 또 보름달을 보면서도 한결같이 한 가지 소원을 빌었다.

"우리 가족 아프지 않고 오래오래 살게 해주세요."

두 아이의 소원이었다. 할머니의 수술 이후 더욱 간절해진 기도였다.

소원이 꼭 이루어지길 바라는 아이들의 마음은 비록 따뜻할지라도 블라디미르의 마을 곳곳에 흩날리는 바람은 멈출 줄을 몰랐다. 작은 골목들을 둘러보다 식당도 찾기 전에 숙소로 돌아와야만 했다.

아직 눈이 내리기 전이라 모자도 장갑도 챙기지 않아 내 손은 물론이고, 아이들 손까지 꽁꽁 얼어 따뜻한 차 한 잔으로 녹이기에는 어림도 없었다. 호텔에 일찍 돌아와 아쉬울 만도 한데, 아이들은 온몸이 땀이 젖도록 베개 싸움을 했다. 더 많은 곳을 못 둘러 보고 온 것이 미안해 남편과 나도 합세했다. 으차 으차, 으랏차차. 으악. 악…!!

아이들은 엉덩방아를 찧고 퍽 소리 나게 얼굴을 맞고도 즐거워 웃음을 멈추지 않았다. 학교 다니며 긴장했던 어깨에 힘이 풀리고 조마조마했던 마음도 말랑해졌나 보다. 새로운 것을 보여주려 하던 그 어느 여행보다 아이들은 엄마, 아빠와 베개 싸움하던 블라디미르의 호텔을 기억 속에 담았다.

새 학기 여행에서 내내 마음속에 넣어 두었던 바람이 이루어진 것 같아 한 편으로는 마음이 찡했는지도 모르겠다. 별거 없이 마을을 둘러보다 숙소로 들어 온 블라디미르에서 한 가지 한 일이 있다면 '아들이 새로운 학교에서 강한 마음으로 이겨나갈 수 있게 해주세요.'라고 성당초에 불을 붙이며 기도한 것이다. 한국말도 영어도 서툰 상태로 입학한 학교에서 행여나 러시아 아이들에게 주눅 들지 않을까 걱정한 마음이었다. 그런데도 금세 강해진 아들의 모습에 왠지 마음 쓰여 '그 기도를 조금 천천히 들어줘도 되는데.'라는 생각이 스쳐 지나갔나 보다.

아이들의 용기에 힘입어 나도 조금 다른 사람이 돼보려 애쓴 여행이었다. 아이들은 조바심 하나 없이 편안하게 여행을 다녀온 후 조금 더 여유로워졌다. 그거면 됐다. 베개 싸움이건 마을 산책이건 중요한 건 다녀온 후의 나다운 마음이니까.

나는 서둘러, 너희는 찬찬히. 그렇게 강해진 마음으로 또 이 아름다운 날들을 새롭게 누벼보자. 엄마가 후딱, 후딱 더 강해져 볼 테니.

유네스코 세계문화유산으로 등재되어 있는 도시, 블라디미르

러시아에서는 여행이 아름다워진다

2 빼꼼히 들여다보지 말고
- 수즈달

요새들 말하는 MBTI로 내 성향을 보면, 나는 모든 것을 계획해야 집 밖을 나설 때 안심되는 완벽한 J의 성향이었다. 엑셀 파일에 갈 곳을 적고 이동 시간을 계산하고 맛집은 브레이크 시간까지 다 적어두고는 기록지 수십 장을 인쇄하고서야 출발했다. 모든 일정이 머릿속에 정리되어 있어야 했고 누구나 가는 명소를 방문하는 것은 필수 일정이었다. 다녀온 사람이 있다면 어떤지 조목조목 듣고서야 마음이 편해졌다. 어찌 바꿀 도리가 없어 그러려니 하고 살아가던 나의 성향.

수즈달도 가야 할 곳 리스트에 몇 년 전부터 적어만 놓고 엄두를 못 내던 곳 중의 하나였다. 한국 사람들이 많이 다녀오는 곳이라 했는데 이름이 예뻐 아껴둔 곳이기도 하다. 기대가 컸던 만큼 정보를 있는 대로 다 수집한 후에 제대로 아낌없이 둘러보고 싶어 몇 년째 뜸만 들였다. 준비가 덜 된 것 같아 아직 아니라는 마음만 가지고 있다가 얼떨결에 엉뚱한 이유로 그곳을 찾았다. 심지어 눈이 펑펑 내려 부츠와 스키복 등 짐을 한가득 싣고서 말이다. 그렇게 몇 년을 아껴두었던 도시에 갑작스레 그릇을 사러 가게 될 줄이야.

러시아에는 황실에서 썼다는 '임페리얼 포슬린'이란 도자기 그릇 브랜드가 있다. 청빛을 띄는 하얀 바탕에 금색과 파란색으로 그물이 쳐져 있는 무늬는 수작업으로 이루어져 조금씩 일정치 않은 모양이 오히려 진품임을 확인시켜 준다고 한다. 찻잔 한 세트에 50만 원은 훌쩍 넘는 가격 탓일까. 한국 드라마 중 회장님댁 장면에는 임페리얼 찻잔 풀세트가 어김없이 등장하곤 한다.

그 비싼 찻잔 세트가 어떻게 러시아에 사는 한국 사람들 집집마다 다 있는 것일까. 널찍한 모스크바 매장에 가면 한국에 비해 훨씬 저렴한 가격에 할인까지 받아 살 수 있다. 부담이 덜한 비용 때문인지 한 세트씩 사 모으거나 선물용으로 구매하기도 한다.

사실 나도 엉거주춤 유행을 따르듯 조금씩 사 모은 적도 있다. 하지만 내 미끄덩한 손은 귀한 물건과 안 맞는지 겨우 사 모아 놓은 몇 개의 찻잔, 그릇, 소품들까지 일 년도 채 안 되어 다 깨버리고 말았다. 한동안 아까워 쩔쩔매다 마음을 닫았다.

수두룩이 깨버린 그릇들로 텅텅 빈 그릇장이 눈에 밟혀 올 때쯤 시내의 서점에 들렀다. 딸아이가 발레 수업을 듣는 동안 지루한 시간을 달래기 위함이었다. 읽던 책 가져가는 것을 깜빡해 서점을 가긴 했으나 읽을 줄 아는 글자가 없으니 별 도움은 되지 않았다. 다시 돌아나가려는데 눈에 들어온 서점 한쪽의 낡은 나무문. 문틈 사이로 보이는 아기자기한 색감에 눈이 홀려 삐거덕 소리를 내고는 안으로 들어갔다.

갖가지 그릇과 찻잔들이 빼곡히 채워진 3평 남짓의 협소한 공간이었는데 아이의 수업이 끝나기 직전까지 그곳에서 나올 수가 없었다. 투박한 그릇부터 아기자기한 소품들까지 매력 넘치는 물건들을 판매하는 곳이었다. 두꺼운 옷을 입었으면 들어가기도 망설여졌을 만큼 좁은 방 한 칸에 색색들이 그릇과 찻잔들이 한가득이었다.

난 부지런한 살림꾼도 아니었고 그릇에 딱히 욕심도 없었다. 그런데 살다 보니 내 마음에는 아픈 상처가 하나 새겨져 있다는 걸 알았다. 유학생 남편을 따라 모스크바 작은 집에서 신혼집을 차리다 보니 남들처럼 예쁜 혼수 그릇들을 장만할 기회가 없었다. 몇 년 후면 한국에 돌아갈 테니 그때 새살림 장만하자 했고, 10년이 훌쩍 흘러 마땅한 그릇 세트 하나 없이 이어 온 주방 살림이 마음속에 상처로 남은 줄도 몰랐다.

나도 모르게 예쁜 그릇들만 보면 이렇다 할 취향도 없이 너저분하게 하나씩 사 모으기 시작했다. 타향살이가 길어질 줄도 모르고 사 놓은 제주도 도자기 그릇들도 몇 상자가 쌓였다. 곧 한국으로 돌아온다고 철석같이 믿고 사 모으던 새 그릇들은 아직도 엄마 집 창고 안에 고이 모셔져 있다.

모스크바로 올 때면 음식들과 아이들 옷가지를 싸 오기에도 캐리어는 한없이 모자랐기에 내 욕심에 사 모은 그릇들까지 가져올 여유는 한 해도 없었다. '갓 구운 빵을 돌고래 접시에 담으면 아이들이 좋아할 텐데.', '토마토 잔뜩 들어간 파스타를 바닷빛 머금은 둥근 그릇에 담으면 레스토랑 부러울 것이 없을 텐데.' 하며 아쉬워할 뿐이었다.

첫눈에 반한 브랜드 '디모브 케라미까'

　막상 가져오지는 못하고 눈에만 어른거리던 제주도의 투박한 도자기 그릇들. 그 그릇들이 러시아 버전으로 바뀐 디자인의 찻잔과 그릇들이 서점 안 공간에 가득했다. 한참을 둘러보고 살까 말까를 망설이며 시간을 끌다가 손바닥만 한 아이들 간식 접시 달랑 두 개를 가방에 담아왔다. 하나는 모스크바의 겨울 풍경이 아기자기 그려져 있었고, 다른 하나는 상트페테르부르크의 알록달록함이 촌스럽지 않게 얹어져 있었다. 그날 집에 와 온 가족이 새로운 그릇 이야기를 나누는 동안 아마도 남편은 나의 설렘을 오랜만에 읽었나 보다.

"주말에 수즈달 가자."

"수즈달? 갑자기?"

"여보가 사 온 그릇 사러. 찾아보니 모스크바에는 매장이 두 개밖에 없어. 그 브랜드 도자기 공방이 수즈달에 있다네? 가보자."

아니, 그렇다고 차로 3시간 거리를 갑자기 계획 없이 간다고? 철저한 계획형 J인 나에게는 여간 불편한 일이 아니었다. 아마 다짜고짜 밀어붙이는 남편 아니었다면 갈까 말까만 망설이다 '에이, 뭘 그릇을 거기까지 사러 가.'하고 말았을 테다. 말없이 여행을 계획해 준 덕에 설레는 마음이 넘실거리기 시작했다.

아이들은 갑작스러운 n번째 자동차 여행에 여간 신난 게 아니었다. 그것도 엄마가 좋아하는 그릇을 사러 떠나는 여행이라니. 이상스러운 여행 목적이 오히려 아이들을 더 들뜨게 했다.

좀 우습지만 우리는 정말로 주말에 그릇을 사러 수즈달에 갔다. 가는 차 안에서 브랜드에 관해 공부도 했다. 러시아의 한 재벌 아내가 만든 회사였고 이미 러시아의 내로라하는 고급 식당에서 손님들에게 음식이 담겨 내어지고 있었다.

서점에서 보지 못한 디자인의 그릇들도 많았다. 카테고리별로 디자인의 이름이 걸려 있어 갖가지 테마로 나뉘어져 있었다. 황실 그릇에 비하면 그다지 비싸지도 않은 가격에.

눈발이 양옆으로 쉬쉬 소리를 내며 날아다니는 곧은 길을 세 시간 동안 달려 도착했다. 어스름한 저녁이라 더 어울리는 듯한 건물 안의 공방.

많은 이들이 도자기 공법을 배우러 먼 곳에서 오는 곳이기도 했다. 기대했던 매장은 생각보다 아담했지만, 텅텅 빈 나만의 그릇장이 새롭게 채워질 상상을 하며 신중히 하나씩 골라 카운터로 옮겼다.

한 상자 가득 담기도록 그릇을 샀다. 한쪽 구석에 놓여진 B급 그릇들로 반을 채웠다. 티 안 나는 작은 흠집 정도는 대수롭지 않았으니까. 한 시간 남짓 마음을 풍족히 채우고서야 가까운 숙소로 돌아갔고, 다음 날이 되어서야 진짜 수즈달을 둘러볼 수 있었다.

수즈달은 모스크바 근교를 황금 고리로 묶어둔 곳 중의 한 도시다. 황금 고리 여행지 중 가장 많은 관광객이 찾는 곳으로 도시 전체가 유네스코 문화유산으로 지정되어 있다. 인구는 겨우 1만여 명뿐인 이 시골 마을은 까멘까 강을 중심으로 걸어서도 다 둘러볼 수 있을 것처럼 아담하다. 마을 전체가 박물관이라 불릴 만큼 아름답다고 명성이 자자한 곳이니 당연히 찾는 관광객도 끊이질 않는다.

마을을 찬찬히 둘러보며 크렘린으로 가는 길 내내 양쪽 귀가 시끌시끌했다. 수즈달에서 제일 많은 사람이 붐비는 곳인 모양이었다. 고즈넉한 시골의 노을빛 풍경을 기대했는데 왁자지껄한 한국의 월미도가 떠올랐다. 기념품 노점상이 즐비했고 좁은 골목길 양쪽에는 어린 관광객을 태우려 기다리는지 화려한 옷에 슬픈 눈을 한 작은 말들이 줄지어 있었다.

피할 수 없는 추위에 장갑 낀 채 두 손을 마구 비비는 아이들에게는 잠시 바람을 잊게 해 줄 달콤한 사탕을 하나씩 입에 물려 주었다. 남편은 러시아 사람들이 겨울을 이겨내기 위해 마신다는 꿀술(메도부하)을 한 잔 사더니 입이 시퍼레진 나에게 마셔보라 했다. 책에서만 보고 상상하던 맛은 러시아의 전통 디저트 꿀 케이크(메도빅)처럼 달콤할 줄 알았는데, 한 모금에 '윽!' 하고는 남은 술을 눈 속에 쏟아버리고 돌아섰다.

아니, 이게 내가 러시아의 낭만으로 기대하던 꿀술이 맞는 건가? 영하 30~40도의 추위 속에 심장이 멎지 않고 버텨내려면 이 정도의 도수는 필요할지 몰라도 내 입에는 소주는 저리 가라 할 만큼 꿀맛 없는 독한 술일 뿐이었다. 수즈달 여기저기에서 얼굴이 벌겋게 언 채 쭈그리고 앉아 직접 만든 꿀술을 파는 할머니들에게 미안하긴 했지만, 다시 사 마시는 일은 없을 듯했다.

아끼고 아껴두었던 수즈달을 더 느껴보고자 크렘린도 여유로이 둘러보고 여러 박물관도 들렀지만, 명성만큼 내 마음을 울리지는 못했다. 꿀술에 대한 실망이 커서인지 그저 그런 도시로 머릿속에 남았다. 참 이상하게도 유명한 관광지는 나에게 더 이상 짜릿함을 주지 못하나 보다.

수즈달의 추운 골목길 산책 중 쉬어가는 아이들

수즈달에서 사 온 내 그릇들은 이미 1/3 정도 미끄덩한 내 손에서 빠져 나가 쨍그랑 소리를 면치 못했다. 그중에 또 다른 1/3은 식기세척기의 고온을 버티지 못했는지 곳곳에 금이 가기 시작했고. 그런데도 고집쟁이처럼 이 브랜드의 그릇들을 포기 못한 채 아직도 틈틈이 사 모으고 있다. 티끌 같은 용돈을 모아 문방구에 들르는 아이처럼 벼르고 벼르다 어느 날 찻잔 하나, 또 한참을 지나 그릇 하나. 다시 텅텅 빈 그릇장을 혼자 키득거리며 채우고 있다.

아껴두었던 수즈달에는 실망했지만, 덕분에 애장하는 찻잔 세트를 얻었다.

이 도시를 몇 년간 품속에 넣어두고 뜸을 들였는데 지나고 보니 별거 아닌 일에 턱없이 많은 시간을 들였구나 싶었다. 빼꼼히 들여다보지 말고 차라리 진작에 가보고 진작에 후회하고 진작에 돌아서도 괜찮았을걸. 좋으면 다시 가고, 별로면 또 다른 곳을 가면 되니까. 그렇게 취향을 조금 바꿔보는 것도 괜찮을 수 있겠다. 너무 뜸 들이다 보면 실망이 커질 수도 있으니.

오랜 시간 고이 간직되어 왔던 나의 수즈달처럼.

3 떠나는 것의 기쁨과 슬픔
- 오스타쉬코프

두 아이와 처음 모스크바로 오기 전날, 30년 지기 친구를 만났다. 친구의 두 딸은 우리 아이들과 나이가 같아 신생아 때부터 도움받는 일이 많았다. 어렸을 때부터 똑 부러지던 친구는 육아도 참 열심히 잘했다. 정보도 많았고 부지런하고 성실하게 아이를 잘 키우는, 뭐 하나 빠지는 것 없는 요즘 엄마였다.

떠나기 전날도 친구는 눈물의 작별 인사 대신에 다 마르지도 않아 흥건히 젖어 있는 머리로 다급히 나와서는 커다란 필통 두 개를 전했다. 아이들 사이에 인기 많을 거라며 파우치 같은 커다란 필통에 필기도구까지 가득 채워서는. 만지면 폭신한 촉감도 좋았지만 솔솔 풍기는 달콤한 향까지 더해진 신세계의 필통이었다.

"이거 요새 완전 인기 아이템이야. 러시아 가서도 울 애들 기죽지 않게 어딜든 들고 다녀."

감성적인 나와는 달리 세상 쿨한 친구는 작별도 시원시원했고, 덕분에 나는 웃으며 담백한 이별을 할 수 있었다. 그때만 해도 1년이면 돌아올 줄 알았기에 서로가 그랬을 테다.

두 아이는 모스크바에 와서 상아 이모가 사준 필통이라며 어딜 가나 들고 다녔다. 여행 갈 때면 그 안에 색연필과 가위, 풀을 가득 채워 스케

치북과 함께 가방에 제일 먼저 담았다. 기차, 비행기, 식당 어디에서 꺼내도 부족한 것 없이 원하는 것을 그리고 만들기에 충분했다.

그 필통을 애지중지 5년을 썼으니 해외 어디에 안 가본 곳이 없는 국제적인 필통이 되었다. 안에 가위를 넣어 두던 망사 끈은 가운데가 뻥 뚫렸고, 안에는 사인펜이 여기저기 묻어 지워지지도 않았다. 겉은 말해 무얼할까. 때가 거뭇거뭇 묻어 바닥에 며칠을 굴러다닌 듯 지저분했다. 그런데도 아들은 학교에 입학할 때조차 새 필통은 필요 없다며 그 필통만을 고집했다. 깨끗하게라도 닦아서 보내려 물티슈로 닦고 있는데 아들이 대뜸 울먹이며 소리를 질렀다.

"엄마! 뭐 하는 거야!"

"어? 아니, 내일 새 학교 가야 하니까. 너무 더러워서 좀 닦아 주려고."

말까지 더듬거리며 어물쩍거리자, 아들은 원망스러운 눈초리로 나를 바라보다 훌쩍훌쩍 울음을 터뜨렸다.

"그것도 다 추억이란 생각은 안 해봤어? 엄마는 내 추억을 다 지우고 있잖아. 엉엉엉."

아들은 한국을 떠나오며 이모에게 건네받은 필통에 몇 년간의 기억을 다 담고 있었다. 할머니가 한국에서 보내 준 잠옷은 배가 꽉 끼고 단추가 다 뜯어졌을 뿐만 아니라 하도 오래 입어 여기저기 삭았는데도 매번 그 잠옷을 꺼내 입는다. 똑같은 잠옷을 사 준다고 해도 그건 모양만 같을 뿐 내 잠옷이 아니란다. 이케아에 수북이 쌓여 있는 강아지 인형을 보고

"어? 찬이 인형과 똑같네."라고 했더니,

"안 똑같아. 저 강아지들과는 추억이 없어. 함께 여행한 적도, 함께 잠을 잔 적도 없잖아."

라며 나를 이해 못 하겠다는 듯 쳐다봤다.

아들에게는 기억을 담는 마음의 그릇이 깊고 넓었다. 그렇게만 생각하면 내 마음도 편했을 것인데 너무 이른 나이에 함께 살갗을 비비며 살던 할머니, 할아버지와의 헤어짐을 경험하게 한 것은 아닌가 미안한 마음이 몰려왔다. 말 한마디 통하지 않는 나라에 어느 날 덜컥 놓여졌으니 언제 다시 돌아갈 줄 모르는 할머니, 할아버지 품속에 대한 그리움과 추억이 애틋했으리라.

아들은 여행 가기 전에도 들뜨기보다는 '집이 더 좋은데.'라며 새로운 장소에 살짝 겁을 냈다. 하지만 여행을 가면 첫 숙소부터 이미 정을 들여 '난 이곳을 떠나고 싶지 않아.'라고 속상해하는 것도 아들이었다. '아빠, 나중에 여기 꼭 또 와요, 네?'라고 다짐을 받고서야 다시 미소가 돌아오는 정 많은 아이다.

오스타쉬코프에 도착한 날은 1월 1일이었다. 새해라는 감상에 빠질 여유도 없을 만큼 추위가 몰아치던 날. 작은 오두막집에 들어서자마자 콧속으로 들어오는 따뜻한 온기에 감사한 마음이 절로 쏟아내질 만큼 춥디추운 날이었다. 아이들도 오두막 밖에 쌓인 눈 속에서 이웃집 강아지와 한참을 놀더니 부르지도 않았는데 들어와 침대로 쏙. 몸이 으드득 떨릴

오스타쉬코프의 꽁꽁 언 호숫가

러시아에서는 여행이 아름다워진다

만큼 추운 겨울 중의 겨울이었다.

겨울이라 아름다웠을까. 카메라를 들고 나선 동네는 어디선가 겨울 요정들이 튀어나와도 어색하지 않을 만큼 신비로웠다. 하늘 끝까지 솟아 있는 거대한 나무들이 눈앞에 펼쳐져 있었다. 어여쁜 눈꽃도 아니고 주먹만 한 눈송이들이 묵직하게 얹어진 채 서 있는 나무 사이 사이를 걸어가다 보니 끝도 없이 펼쳐져 있는 호수가 나왔다. 호수는 꽁꽁 얼어 그 위에 또다시 눈이 쌓였다. 한 발을 내딛는 남편 등 뒤에 대고 소리를 질렀다.

"여보, 가지 마. 위험해."

남편은 호수 저 끝에 보이는 사람들을 가리키며 괜찮다고 안심시켰다. 아이들도 따라가겠다 졸랐지만, 남편이 멀찌감치 다녀오고 안전을 확인한 후에야 한 발짝씩 호수 위를 걷게 했다. 쭈욱 쭈욱 미끄러지는 자연 스케이트장이 웃기다는 듯 아이들은 몇 걸음 가지도 못하고 주저앉아 자기네들끼리 마주 보고는 깔깔 웃었다.

멀찌감치 갔던 남편이 돌아와서는 두 아이에게 보여줄 것이 있다고 아이들을 데려갔다. 겁먹고 있는 나를 보고는 천천히 뒤따라오라는 말만 남기고 훅. 남편의 선택은 대부분 옳았기에 믿고 따랐다. 아니, 사실은 이 겨울 꽁꽁 언 호숫가에 혼자 버려진 것이 더 무서우니 졸졸 따라가는 수밖에 없었다.

뒤뚱뒤뚱 미끄러져 가며 뒤늦게 따라가 보니 동네 할아버지들이 얼음 낚시를 하려고 듬성듬성 자리 잡고 계셨다. 그 옆에서 숨죽인 채 배를 깔고 엎드려 지켜보고 있는 두 아이. 할아버지들은 얼음 깨는 전기드릴과

물 밖에 나오자마자 얼어버린 물고기

작은 의자 하나, 장난감 같은 작은 낚싯대 한두 개로 말없이 낚시 중이셨다.

지루할 틈도 없었다. 약 30~40cm 깊이의 얼음을 깨고 낚싯줄을 넣으면 1분에 한두 번씩 빙어를 닮은 물고기들이 잡혀 올라왔다. 물고기들을 얼음 위에 놓자 순식간에 얼어붙어 팔딱거림을 멈췄다.

옆에서 지켜보는 두 아이가 귀찮을 만도 한데, 신기해 어쩔 줄 모르는 두 아이가 예쁘셨나 보다. 아이들은 흥분감을 애써 예의라는 명목으로 눌러 삼키고 있었다. 물고기를 손에 쥐여주는 할아버지 옆에서 아이들은 추위도 잠시 잊었다. 추위는커녕 아들은 물고기가 얼마나 차가운 물을 먹는지 궁금하다며 뒤돌아 혼자 얼음을 입에 넣었다. 나처럼 발이 꽁꽁 얼고 있는 것은 아닌 것이 분명했다.

추위에 못 이겨 한 시간을 못 채우고 오두막집으로 다시 돌아왔고, 벌벌 떨리던 몸은 방에 들어서자 노곤해졌다. 아이들은 하루 종일 눈과 얼음에 파묻혀 놀았는데도 들어올 생각 없이 집 앞에 쌓인 눈 속에서 연이어 노느라 바빴다.

드문드문 떨어져 있는 각각의 오두막집의 아이들도 한데 어울렸다. 누구 집에서인지 함께 여행 온 커다란 검은 개도 친구가 되었다. 큰 개의 반가운 인사에 아이들은 눈으로 순식간에 쓰러질 만큼 다리에 힘도 못

주었지만, 고요한 시골의 겨울밤은 아이들의 웃음소리로 가득 채워질 만큼 활기찼다.

얼음 호수를 낀 신비로운 마을, 오스타쉬코프. 며칠간 묶은 후 떠날 시간이 되었다. 추위도 눈밭도 여전했는데 우리만 쏙 빠져나와 집으로 돌아가야 했다. 따뜻한 집안의 이불 속으로 냉큼 들어가는 것은 상상만 해도 포근했지만, 아이들은 며칠 만에 정이 들어버린 오두막집을 떠나는 것이 슬픈 모양이었다. 차는 이미 따뜻하게 데워졌는데도 "조금만 더요, 눈사람만 만들고요."라며 시간을 끌었다.

헤어짐은 늘 힘들다. 나도 그랬고, 여전히 그렇다. 마흔이 넘어 조금 달라진 것이 있다면 헤어짐 뒤에 찾아오는 새로움도 제법 괜찮다는 것을 알아챘다는 것 정도. 좋은 책도 읽고 나면 다음 책 읽을 엄두가 나질 않아 읽었던 책을 처음부터 다시 읽는다. 좋은 문장을 또다시 찾아 읽으며 질척거리지만, 다른 책을 읽다 보면 그만큼 괜찮은 책을 다시 만나곤 한다.

아이들은 돌아오는 차에서도 내내 아쉽다 했다. 쉽게 버리고 쉽게 새로운 것을 찾는 어른들 같지 않아 슬퍼하는 모습도 얼마나 낭만적인가.

이번 여행과의 헤어짐이 슬프지만은 않게 집 근처 새로운 식당을 한군데 들러봐야겠다. 따끈한 보르쉬와 달콤한 딸기 셰이크를 마시고 나면 다시 제자리로 돌아온 일상이 반가울지도 모른다.

4 저마다의 시간을 찾아서
– 로스토프

　크렘린은 주로 모스크바에 있는 대통령궁을 일컫지만, 원래는 성벽, 성채를 의미한다. 예전엔 모스크바에 있는 크렘린이 성 바실리 성당이나 볼쇼이 극장처럼 이름 지어진 고유 대명사인 줄 알고는 러시아의 어느 도시를 가도 크렘린이 있어 당황했던 기억이 있다. 모스크바가 아닌 도시에 있는 크렘린은 대통령이 집무를 보는 장소로 사용되는 것이 아니라 예전 중세 시대의 요새 정도로 생각하면 된다.

　모스크바 북동쪽에 오래된 역사와 문화의 흔적을 간직하고 있는 도시들을 선으로 이어보면 고리 모양이 된다. 로스토프는 고리 모양에 얽힌 도시 중 하나다. 12세기부터 이어져 내려온 러시아의 독특한 건축 양식으로 지어진 크렘린, 수도원, 대성당 등이 그대로 남아있으니 야외 박물관이란 별칭이 누가 봐도 마땅한 곳이다.

　아름다운 곳이지만 북적이지는 않았다. 많은 이들이 찾는 날도 그렇지 않은 날도 묵묵히 자기의 세월을 지켜 온 마을, 그다지 특별할 것도 없는 평범함이 오히려 더 이색적으로 느껴지는 곳이었다.

　작년 겨울, 5년간의 러시아 떠돌이 생활을 마치고 모스크바에 정착하기로 결정했다. 그 결정이 내려지자, 아이들은 그동안 고민만 하던 러시

로스토프의 하얀 크렘린 앞에서

아 현지 학교로 전학을 가는 게 당연해졌다. 한두 해 살다 갈 것이 아니기에 러시아의 말과 문화를 하루빨리 가르치는 게 맞다고 판단했다. 6년을 살고도 러시아 인사말 정도밖에 못 하니, 다니던 국제 학교에서 10년을 더 보낸다면 지금처럼 푸시킨의 시를 줄줄 외우기는커녕 러시아 문학책 한 권 읽는 것조차 엄두도 못 낼 것이 뻔했다.

장기적으로 좋은 방향임을 확신하고 신중히 내린 결정이었지만 아이들의 입장에서 보면 모든 것들이 걱정투성이인 것은 당연했다. 새로운 것에 도전하고 어떻게든 해내고야 마는 야무진 딸아이조차 매일 밤 울며 거부했는데 하물며 아들은 어땠을까. 러시아어를 전혀 못 알아듣는 것은 물론, 변화의 두려움이 유난히 큰아들의 힘겨울 하루하루가 가늠돼 시작도 전에 가슴이 쓰렸다.

러시아 학교로 가서 어떤 좋은 점들이 있을지 매일 설명해 주면서도 나 스스로가 걱정이 사그라지지 않았다. 다니고 있던 학교를 너무나 좋아했기에 주말이 없어도 되겠다는 아이들이었다. 아직 어떤 학교로 옮겨야 할지도 정해지지 않은 상황에서 걱정만 매일 쌓여갔다.

그러던 차에 다니고 있던 국제학교 담임 선생님께 상담 요청을 드렸다. 선생님은 학교에서 주 2회 있는 러시아어 수업을 외국인 대상으로 하는 기초반이 아닌 러시아 아이들 반에 들어가 적응해 보자고 제안해 주셨다. 그 주에 간단한 시험을 보고는 선생님의 연락만 기다렸다.

적극적으로 모든 지원을 아끼지 않겠다고 한 아들의 선생님은 2~3주 동안 아무 말씀이 없으셨다. 그리고 세 학기 중 첫 학기가 끝나는 날, 아들은 러시아어 과목에서 상을 받아왔다. 그리고는 이제부터 러시아 1반(원어민 반)에 들어가야 한다고 아무렇지 않게 말했다. 아이의 자신감부터 심어주려 차근차근 준비하고 기다려 주신 선생님의 배려였다.

집에 오는 차에서 아들이 조용히 물었다.

"엄마, 러시아 과외선생님 목요일에 한 번 더 와 달라고 해보면 안 돼?"

"그러고 싶어? 근데 왜, 아들?"

"러시아 1반 수업 첫날이 금요일인데, 나 무서워."

나는 그 순간 아들이 고백한 두려움에 가슴이 '콩' 하고 아팠지만, 의외의 용기에 '쿵' 하고 설렜다. 그 반에 안 가겠다고 울거나 떼를 쓸 줄 알았는데, 내 걱정과는 달리 아들은 해결 방안을 생각해 내고는 엄마에게 제시한 것이다. 스스로. 끔찍하게 싫고 두려웠던 장애물이지만, 넘어보려는 각오를 스스로 해낸 것이다.

당장 과외 선생님께 늦은 시간도 괜찮으니 하루 더 와주십사 부탁을 드리고는 아들에게 많이 걱정되는지 물어봤다. 선생님이 러시아 1반으로 가야 한다고 말씀하실 때 찬이는 거의 울 뻔한 것을 꾹 참았다고 했다.

"그런데 왜 안 울었어?"

"50퍼센트는 너무 가기 싫었고, 49퍼센트는 그냥 그랬고, 1퍼센트는 도전해 보고 싶었어."

그 순간 아들이 참 든든했다. 난 걱정만 한 아름 안고 끙끙거리고 있을 동안 아들은 1퍼센트의 마음을 어떻게든 끌어올려 울음을 참고 도전해 보리라 마음을 먹은 것이다.

"그리고 원래 러시아 반 선생님이 그러셨어. 수업 가보고 너무 어려워서 하나도 못 알아듣겠으면 언제든지 다시 돌아오라고."

얼굴도 모르는 선생님이었다. 아이들에게 말로만 듣던 선생님인데 옆에 계셨다면 감사하다고 큰절을 올렸을지도 모르겠다.

그렇게 아들은 7살 인생에 커다란 도전을 또 한 번 해낸 것이다. 그리고 지금은 그 도전을 시작으로 기대했던 것보다 더 나은, 더 괜찮은, 더 훌륭한 학교에서 인생의 스승도 만났다. 앞으로 아이들이 시도해야 할 거리가 끊임없이 주어질 것이다. 그날 1퍼센트의 마음으로 용기를 냈던 것처럼 주위 어른들을 믿으며 한 발짝 내딛는 삶을 산다면 인생이 얼마나 신이 날까.

로스토프의 크렘린은 온 벽이 하얗게 칠해졌다. 눈에 가려질 것도 눈을 치워낼 것도 없이 원래 한겨울의 크렘린처럼 하얗고 하얗게. 겨울과 딱 어울리는 크렘린 안으로 들어가는 길은 사람의 발자국이 수북이 포개어진 좁은 길 말고는 온 세상이 하얗디하얀 곳이었다. 아이들은 뒹굴고 또 뒹굴다 주인에게 멀찌감치 떨어져 신난 커다란 검둥이 개와 또 함께 뒹굴며 놀았다.

뒤늦게 검둥이의 주인이 나타나자 아이들은 허락 없이 만지고 놀았는데 괜찮나 하는 표정으로 털모자를 깊게 눌러쓴 아저씨를 바라봤다. 털모자 아저씨는 무뚝뚝한 표정을 거두고는 검둥이를 안아 아이들이 겁 없이 만지고 돌보게 배려해 줬다. 아이들은 그제야 다시 웃음이 얼굴에 박혀 검둥이에게 다가가 한참을 쓰다듬었다.

크렘린을 둘러보며 역사 이야기를 펼치는 아빠의 설명이 지루한 아이들은 계속 뒤 돌아보며 검둥이의 흔적을 찾았다. 다정히 개의 손을 아이들에게 내어주던 친절한 아저씨가 같은 방향으로 오지는 않았나 뒤돌아

보며, 다시 친절을 베풀어주리
라 믿었을 것이다.

로스토프의 크렘린 앞에서

새하얀 크렘린 입구에서 만난
아저씨의 친절함처럼 일상에서
만나는 어른들의 미소는 아이들
에게 이 세상이 안전한 곳이라
고 믿을 수 있게 했다. 아들에게
잘할 수 있을 거라 믿어주며 상
장을 건네던 담임선생님처럼,
어려우면 다시 너의 자리로 언
제든 돌아오라던 러시아어 선생
님의 응원처럼, 찬란한 당신의
아들을 믿고 맡겨줘서 고맙다던 새 학교의 담임선생님처럼. 그리고 겨우
끄집어낸 1퍼센트의 용기에 '넌 잘할 줄 알았다.'는 누나의 짧은 한마디가
아들의 두려움을 거두어낸 것처럼 말이다.

산더미처럼 쌓였던 걱정이 아들의 용기에 사르르 녹아내릴 때쯤 떠난
로스토프의 여행은 나에겐 가볍지만은 않은 기록이었다. 나는 무엇에 도
전할 수 있을까. 소파에 누워 아이들이 학교에 가 있는 동안 뒹굴뒹굴하
는 엄마가 되기에는 부끄러웠다. 나도 죽도록 하기 싫은, 혹은 정말 자신
없었던 무언가를 꺼내어 도전할 수 있을까.

나를 성장하게 할 무언가를 찾으려 마음이 불타던 여행. 아이러니하게

도 너무 새하얘 거룩하기까지 한 로스토프의 크렘린에서 오히려 주먹을 불끈 쥐고 앞날에 대한 고민으로 마음을 불태웠다. 아들의 용기와 딸의 도전에 엄마도 무언가를 다시 꿈꾸어 보려고 엉덩이를 꼼지락거리기 시작한 여행.

이번 여행은 그것으로 충분했다.

5 나만의 이유를 짊어지고
- 브론니치

누나가 친구네 집에 가고 엄마와 둘이 집에 오던 날. 6살 아들 손을 꼭 잡고 재잘재잘 아들이 들려주는 학교 이야기에 온전히 집중했다. 둘만의 시간이 좋았는지 차에서 내려 집까지 걸어갈 때 항상 힘들다고 어리광 부리던 아들은

엄마가 편하면 행복하다고 말해주는 아들

"엄마가 들고 있는 짐 다 나 줘봐~"

하며 어찌 한 번도 본 적 없는 사나이의 표정을 하고 서 있다. 누나가 놓고 내린 학교 가방, 엄마 책 한가득 들어있는 가방, 본인 학교 가방, 체육 시간 가방까지 짐이 유난히 많은 날이었다. 무거워 보여 엄마가 든다 해도 기어코 하나하나 자기가 든다더니 어깨에 메고, 양손 가득 다

들고는 무게에 못 이겨 뒤뚱거리기까지 했다.

"찬아, 엄마가 들게. 아들 가방만 들어줘도 고마워."

한사코 말려봐도

"괜찮아. 엄만 그냥 걸어가."

하며 집 앞까지 낑낑거리고 와서는 얼굴도 손바닥도 벌게진 채 여전히 뒤뚱 걸음으로 엘리베이터를 탔다. 오는 내내 가방을 들어줄 수도 없고, 그냥 가기도 안쓰러워 "어머머머" 호들갑만 떨었다. 그제야 땀까지 맺힌 아들이 긴 숨을 들이쉬고 끝말도 흐린 채 묻는다.

"엄마, 편해?"

"응, 편하지. 근데 아들이 무거워 보여서 마음은 편하지 않아."

"엄마, 괜찮아. 난 편하지 않지만, 엄마가 편하니까 행복해."

겨우 6살 꼬마가 표현한 사랑에 나의 하루가 말랑거렸다. 그 기분이 사라지기도 전, 우리는 또다시 짧은 여행을 계획했다. 이 핑계, 저 핑계로 여행을 떠나지만 이번엔 조금 작은 도시로 떠나보면 어떨까 싶었다. 늘 가던 작은 마을보다 더 작은 곳에서 새로운 여행의 묘미를 다시 찾아보자 했다.

브론니치는 어쩜 이름도 이리 낭만적인 것인지. 소설 속 주인공에게 붙여질 듯한 이름이 모스크바에서 겨우 1시간이면 갈 수 있는 지역명이다. 남편과 지도를 널찍하게 펴놓고 여행지를 고르던 중에 이름만 보고는 가보고 싶은 호기심이 발동했다. 우리는 지체하지 않았다. 바로 다음 날 가방에 책 몇 권과 인형만 넣어 출발.

브론니치의 오두막집 창틀

나는 어렸을 때부터 시간만 나면 엄마, 아빠와 차를 타고 수없이 여행
을 다녔다. 어느 때는 집에서 멀지 않은 유적지에 가서 돗자리를 펴고 그
림을 그리기도 했다. 시간이 조금 더 많을 때는 바닷가에 가서 조개를 잡
기도 했고, 아빠는 튜브 배에 바람을 그득 넣어 어린 두 딸에게 파도 타
는 스릴을 느끼게 해줬다. 또 다른 여름에는 제주도에 가서 제일 크고 좋
은 말을 타고 넓은 들판을 달렸다. 설악산에 올라 흔들바위를 밀어보고,
산 위의 절에 가서는 어린 나이에 걸맞지 않게 세계 평화를 위해 기도하
기도 했다.

아빠 차를 타고 꽉 막힌 도로를 엉금엉금 기어갔지만 그 순간들 또한 모두 여행의 조각들이었다. 운전 중인 아빠가 혹시나 잠이 올까 싶어 오징어 다리를 뜯어 입에 물려주던 엄마, 테이프를 바꿔가며 뒤에 탄 두 딸이 듣고 싶은 음악을 틀어 주던 아빠. 그때도 아빠는 여행 가는 곳을 미리 공부하고는 쉼 없이 설명해 주곤 했다. 지루할 법한 이야기였는데도 아빠의 다정한 목소리는 내 어린 시절을 기억할 때마다 힘 솟는 두둑한 '빽'으로 남아 있다. 나를 사랑하는 엄마, 아빠가 있으니 '난 다 괜찮다.'는 믿음을 수백 번의 여행 속에서 얻었다.

커 갈수록 엄마, 아빠는 두 딸에게 더 큰 세상을 보게 했다. 유럽으로, 미국으로, 중국으로, 일본으로 캐나다로. 어느 세상이든 다 가서 원하는 것을 둘러보라며 여유롭지 않은 살림이었지만 한 번도 여행 제안에 'NO'를 답한 적은 없었다.

지금도 아이들과 여행을 갈 때면 넉넉한 용돈을 통장에 넣어주신다. 새로운 도시에 가면 제일 근사한 식당에 가서 손주들 실컷 밥 먹이라는 메시지와 함께. 우리의 여행에 한 번도 손주들 밥값 명목의 용돈이 빠진 적은 없었다.

엄마, 아빠는 늘 여행만 한 것이 없다 하셨다. 여행에서 배운 것을 어찌 다 말로 할까. 세상에 눈을 뜨고 사람의 마음을 열게 된 여행을 아빠는 손주들에게도 그대로 물려주고 싶었던 것이다.

브론니치는 예상대로 자그마한 마을이었다. 눈 덮인 마을의 상징은 대천사 미카엘 성당과 종탑이라 했다. 세상 어디에나 가도 있는 성당. 특히나 러시아는 몇 블록에 하나씩은 있는데 성당이 뭐가 특별할까 싶지만,

낮은 집들과 나무들 사이에 봉긋 솟아 있는 하늘색 양파 모양 탑 위의 십자가들은 겨울날의 흐린 하늘과 어우러져 한 폭의 그림이 따로 없었다. 멀리서 보면 성당의 손을 잡고 우직하게 지켜주는 듯한 벽돌색 종탑 또한 참으로 경건했다.

매시간을 알려주는 종탑의 종소리는 저녁이면 더욱 아늑하게 울려 퍼졌다. 하늘도 얼어붙은 것처럼 땅의 새하얀 눈 색을 닮아갔다. 그 하늘 사이를 비집고 서서히 번져가는 노을빛에 맞춘 듯 수줍게 울려 퍼지는 종소리는 이 도시의 감성을 다 말해주고 있는 듯했다.

지도에서 보며 상상하던 것보다도 더 작은 마을이었다.

우리가 묵을 숙소는 통나무 오두막집이 몇 채 모여 있는 호텔. 아이들 무릎까지 푹푹 소리 나게 빠질 만큼 눈이 많이 내렸지만, 오두막집은 그런 날이라 더 어울렸다.

러시아는 겨울이 길고 거세다 보니 실내는 어디를 가나 따뜻하다. 지하철 계단만 내려가도 계절을 알 수 없을 만큼 난방이 잘 되어 있고, 식당은 민소매 드레스를 입어도 어색하지 않을 온도를 유지한다. 손발이 당장 얼어붙을 것처럼 온몸이 추위에 부들부들 떨렸지만, 오두막집 안은 발을 들여놓자마자 온기가 가득했다.

이른 아침 저 땅끝에서 스멀스멀 흐릿하게 올라오는 해를 보며 모두가 잠든 사이 홀로 방에서 빠져나왔다. 정신이 바짝 들 만큼 차가운 한겨울의 냉기가 오히려 기분이 좋았다. 사륵사륵 눈을 밟는 산책으로 새벽 명상을 대신했다. 호텔 앞 작은 언덕은 눈이 쌓여 절로 썰매장이 만들어졌다. 어젯밤 늦게까지 아이들이 엉덩이로 수십 번 밀고 내려와 매끈해진 언덕에서는 아직도 웃음소리가 들리는 듯했다. 보기만 해도 행복이 가슴으로 포근히 파고들었다.

사방에서 웃음소리가 들리는 듯 아름다운 마을, 브론니치

사실 아들이 엄마 짐을 다 들어주던 날, 나약한 모습을 조금 더 구깃구
깃 안으로 집어넣어 숨기고 엄마도 강하고 힘세다는 것을 드러내 줄걸,
계속 후회가 됐다. 눈물이 울컥 날 만큼 고마워서 얼굴에 몇 번이고 뽀뽀
를 퍼부었지만, 아직 아가의 자그마한 손으로 주는 도움을 받기엔 재채
기가 나올 듯 안 나오는 그 시원치 못한 기분 어디쯤이었다.

아직은 엄마가 너희들 짐을 들어주고 싶으니까. 아가들이 힘들 때 '엄
마에게 기대도 될까?, 엄마가 힘들지 않을까?'보다는 '엄마는 강하니까
괜찮아.'라고 확신이 드는 사람이어야 하니까.

다짐하고 고민하는 시골 마당에서의 새벽 5시. 아직 아이들이 눈 뜨려

면 멀었지만 오늘은 조금 강한 엄마의 모습으로 두 아이를 번쩍 들어 올려 빙글빙글 돌려주리라 마음먹었다. 이미 아이들의 웃음소리가 귓가를 간지럽히는 듯하다. 빙글빙글, 얼마나 좋아할까. 꺄르르, 얼마나 행복해할까.

6 피할 수 없으니 눈을 밟고 나갈 수밖에
- 야로슬라블

아이들과 대화하는 시간이 좋아서 6살까지 어린이집도, 유치원도 보내지 않았다. 끊임없이 쏟아지는 질문들에 다 대답해 주고 싶어서 하루 종일 함께 뒹굴었다. 해가 지는 오후의 하늘을 보고는 "엄마, 해님이다. 주위가 빨갛게 타고 있네."라고 말하는 딸. 이제 해님이 '안녕!' 인사하고 가는 거라고 했더니 딸은 또다시 재잘거렸다.

"해님이 노을이란 선물을 주고 가나보다."

4살의 아이 입에서만 나오는 달콤 하디 달콤한 솜사탕 말들을 한시도 놓치고 싶지 않았다. 그래서인지 예전에 써놓은 육아일기를 보면 온통 '감사하다, 신비하다, 놀랍다, 행복하다, 특별하다, 감동이다.'라는 말들로 가득 채워져 있다.

처음 머핀을 굽던 날 곰돌이 모양이 시커메지도록 다 태웠다. 그래도 3살 아가는 안을 파내며 "엄마, 처음인데 너무 잘했다. 안에라도 먹을 수 있게 구워줘서 정말 고마워."라고 웅얼거렸다. 아이의 이 순간을 어찌 놓칠 수 있을까.

사실 우리 아이들은 어렸을 적 아빠와 함께 지내지 못했다. 결혼 직후 러시아에서 공부 중인 남편을 따라가 살다가, 곧 학위를 마치고 돌아오리라는 계획이 이뤄질 줄만 알고 두 아이와 미리 한국으로 들어왔다. 남편은 아이들의 목소리가 밤마다 귀에 들려 잠을 잘 수가 없다며 한 달에 한 번씩 한국에 다녀갔다. 하지만 학교와 회사에 이중으로 묶인 몸이었기에 토요일 아침에 와 하루를 자고 일요일 아침에 다시 돌아가야만 했다.

아빠와 떨어져 살던 두 돌 무렵, 딸아이와 평소처럼 놀이터에서 오후 내내 놀았다. 까치 소리도 실컷 듣고, 나무도 만지고, 새집도 구경하고, 산자락에서 산책하며 실컷 웃고 떠들다 서로 손 꼭 잡고 집에 돌아오는 길이었다. 엘리베이터 안에서 또래 친구가 울고 있었다. 한참을 들여다보더니 함께 울적해지는 딸아이.

"아빠가 없어서 우나 봐."

"응?"

"친구가 아빠 잃어버렸나 봐."

아빠가 러시아로 다시 돌아갈 때마다 딸아이는 많이, 아주 많이 힘들어했다. 어느 날은 모른 척했고, 어느 날은 아빠 바짓가랑이를 잡고 매달렸다. 겨우 두세 살이던 아이는 아빠를 배웅하던 터미널 주변은 가지 않았다. 가슴이 콕콕 찔리면서 눈물이 난다며 근처에도 못 가게 했다. 그러다 어느 때는 가는 아빠를 쳐다보지도 않고 슬픔을 참느라 2주가 다 되도록 어떤 음식도 넘기려 하지 않았다. 병원에서는 급성 스트레스라 했다.

겨우 돌이 지난 아들은 아무것도 모르는 줄 알았다. 그렇게 믿고 싶었다. 늘 배시시 웃기만 하던 순둥이 아들은 아빠가 돌아가는 날 밤이면 자다가 대성통곡을 했다. 아무리 달래도 두 시간을 넘게 품에 안긴 채 울었다. 달래고 달래도 왜 마음을 몰라주냐는 듯 울고 또 울었다. 아빠가 다 정했던 만큼 아이들의 슬픔은 더 깊었다.

아빠가 갈 때마다 매번, 그 세월이 몇 년이었다. 그런 모두의 고된 시간이 야속하게도 남편의 계획들은 다 엉켜버렸고, 남편은 아이들 없이 도저히 안 되겠다고 고백했다. 그해 우리는 한국에서 살 희망을 버리고 러시아로 다시 돌아왔다.

그랬기에 우리는 조금 불편해도 한국이 그리워도 '그때보단 덜 가슴아프잖아.'라며 서로를 위로한다. 아이들은 이미 훌쩍 컸는데도 그 시절을 떠올리면 지금도 순식간에 눈물이 뚝뚝 떨어진다. 웃으며 추억으로 꺼내어 놓기는 아직 어림도 없다.

러시아에 오는 것이 그 당시 우리가 할 수 있는 선택지 중 최선이라 믿었고, 피할 수 없으니 현실을 받아들였다. 두 아이를 어린이집, 유치원 대신 책으로 키우던 내가 남편에게 부탁한 건 딱 한 가지. 러시아에서 책을 구하기 힘드니 아이들이 읽을 책 2,500권을 준비해달라고 했다. 그 정도면 몇 달은 어찌어찌 버틸 수 있을 것 같았다. 남편은 약속을 지켰다. 어쩔 수 없는 현실에 함께 부딪히게 할 가족들에게 그 약속마저 어길 수는 없었던 모양이었다.

그때부터 우리는 차차 러시아와 정을 붙여 나갔다. 생각보다 많이, 예상보다 깊이.

힘들면 눈밭에 누워 쉬어가자는 이들

러시아의 진국은 차디찬 겨울이다. 현관문을 열기 전에는 '흡!' 하고 숨을 잠시 참아야 할 만큼 겨울 공기는 드세다. 그런데도 우리는 그 겨울에 어김없이 자동차 여행을 떠난다. 봄날에는 계획 없이도 잘 나가 놀게 되니 겨울에는 '자동차 여행'이라는 테마를 만들어 놓아야 어떻게든 나가게 될 것이라는 남편의 논리였다. 의외로 겨울 여행은 실패가 없었다. 실망한 적도 없었다. 6년 차에 접어드니 이제는 오히려 아이들도 나도 겨울을 기다리게 되는 이유가 됐다.

야로슬라블은 모스크바에서 약 300km 떨어진 볼가강 옆에 붙은 도시다. 볼가강을 바라보며 산책하면 기분 좋아질 만한 아늑한 공원도 옆에 붙어있다. 여름날이었다면 사람들이 붐볐을 관광지였지만, 우리가 간 계절은 러시아 사람들도 게을러지는 겨울 중의 한겨울이었다.

러시아는 겨울이면 어디서나 썰매를 타는 아이들이 있다. 억지로 만들어 놓은 것도 아니고 언덕에 눈이 쌓여 자연스레 썰매장이 생긴다. 아이들은 그 누구도 그냥 지나칠 리가 없다. 두 아이는 볼가강을 옆에 두고 경사진 언덕을 올라 썰매도 없이 맨몸으로 미끄러져 내려왔다. 다시 오르고 미끄러지고를 반복하면서 코끝이 시뻘겋게 얼어가는 엄마는 보이지도 않는지 볼가강이고 뭐고 한껏 신났다.

마시멜로 동동 얹어진 핫초코를 사 주겠다는 꼬드김으로 아이들은 언덕을 벗어났지만, 몇 걸음 못 가 눈 속에 파묻혀 눈사람을 만들었다. 엉뚱한 아들은 눈을 한 움큼 입에 넣더니 "어? 모스크바에서 이렇게 멀리 떨어졌는데 눈맛은 똑같네?"라며 신기해했다.

영하 20도에 다다르는 날씨였지만 아이들은 한 시간이 넘게 눈밭을 구르고서야 손이 시리다며 일어났다. 아빠가 오는 길에 설명해 주던 이야기를 듣는 둥 마는 둥 하길래 그런가 보다 했는데, 갑자기 지폐에 있는 건물 찾으러 가자며 강아지처럼 달려오는 두 아가.

러시아 지폐는 위인들 대신에 몇몇 도시들의 상징성이 담긴 건축물들이 그려져 있다. 그중 제일 사용도가 높은 1,000루블에는 야로슬라블에서 볼 수 있는 야로슬라프 1세 기념비, 카잔 성모 예배당, 세례 요한 교회와 종탑 등이 새겨져 있다. 이제 아이들에게 미션이 생겼다. 아이들은 꽁꽁 언 손에 1,000루블 지폐 한 장씩을 들고 보물찾기 하듯 주위를 두리번거리면서도 입이 귀에 걸렸다.

어려운 게임은 아니었다. 차를 세워 두고 내리면 눈앞에 지폐의 건축물들이 떡하니 기다리고 서 있었으니까. 어둑한 저녁이었는데도 쉽게 찾았다며 아이들은 올림픽에서 1등이라도 한 듯 좋아했다. 남편이 이미 찾아 놓은 건축물 앞에 차를 세워 둔 줄은 꿈에도 모르고 말이다. 시침 뗀 채 엉큼한 연기를 했으니 재빨리 찾을 수밖에.

카잔 성모 예배당

춥디추운 날 중에 더 추운 날, 우리는 야로슬라블로 향했다. 집에 있으나 호텔에 있으나 날씨는 변함이 없다. 조금 기운 내 눈 밖으로 나온 덕에 아이들은 볼가강을 옆에 끼고 썰매를 탔다. 신나게 보물찾기 놀이를 하며 즐거움을 온 가슴에 덕지덕지 발랐다.

아이들은 이 여행으로 피할 수 없을 땐 오히려 현실에 부딪혀 보는 법을 배웠을까. 책에서 '안녕, 잘 가.'라는 말만 나와도 "안녕 싫어, 안녕 아니야."라며 엄마 품에 안겨 울던 딸은 여전히 헤어짐을 겁내지만, 이제 마음이 조금은 단단해지지 않았을까.

첫 단짝과 헤어질 때는 친구가 새로운 학교로 가게 되는 8월이 오지 않았으면 좋겠다고 했고, 오래된 학교를 떠나면서는 내일이 두렵다고 했다. 매년 여름 할머니, 할아버지와 헤어지는 비행기에서는 눈물을 참느라 두통이 시작되고 눈 주위가 벌게진다.

그래도 이제 딸은 피할 수 없는 현실 앞을 이겨내 보려 하는 게 보인다. 잔잔한 햇살 덕에 기분 좋을 때도 있다는 걸 조금은 깨우친 듯싶다. 억지

요정이 나올 것만 같은 천국의 겨울

러시아에서는 여행이 아름다워진다

로라도 우선은 밖으로 한 발짝 나가보는 법을 터득했을 테다.

　전날 밤에는 새로운 학교에 가기 싫다고 눈물을 뚝뚝 흘렸으면서도 입학식 날 학교에 가서는 긴장한 와중에 선생님 앞에서 미소를 지으려 노력했다. 새 학교의 좋은 점을 찾아내어 엄마에게 하루에 하나씩 알려줬다. '체육관이 넓어.', '식당에서 따뜻한 빵을 팔아.', '친구들이 먼저 다가와 줬어.', '강당이 멋져.', '클럽활동이 다양해.'라며 춥디추웠을 새로운 날들 곳곳에 숨겨진 따스함을 찾아왔다.

　피할 수 없을 때는 오히려 눈을 밟고 나가 본다.

　나가서 놀다 보면 더 추워질 수도 있고, 따뜻한 카페를 찾을 수도 있고. 어떤 일이 벌어질지는 모르지만 우선은 나가보는 것도 괜찮았다. 코로나, 전쟁으로 갇힌 이 공간을 내가 어찌할 수 없으니 또 하루를 눈 밖에 나가 묵묵히 살아가는 거다. 그렇게 오늘 하루도 묵묵히.

　괜찮거나 아니거나, 둘 중 하나겠지 뭐. 그러니 오늘도 우선은 밖으로 나가 보련다.

7 걸음을 멈추게 하는 소리

- 세르기예프 포사드

"엄마! 엄마랑 아빠랑 아들이 걸어가고 있는데, 맞은편에서 굶주린 사자가 다가왔어. 아주 크~은 사자 말이야. 도망갈 틈도 없이 달려오면 엄마, 아빠가 먹힐 거야? 아니면 아들을 먹히게 할 거야?"

"생각도 하기 싫지만, 당연히 엄마, 아빠가 먹잇감이 돼야지. 그동안 아들이 도망갈 수 있게."

"엄마, 난 생각이 달라. 먹히는 건 한순간이지만 남아있는 아들은 평생 엄마, 아빠를 잃은 기억을 안고 살아가야 해. 사자에 먹히는 것보다 그 슬픈 기억으로 살아가는 게 더 아플 것 같아."

7살 아들은 이미 알고 있었다. 몸보다 마음의 아픔이 더 깊고 오래간다는 것을.

저 쉬운 질문에 왜 마음이 쓰였을까. 왜 며칠간 아들의 대답이 머릿속을 맴돌았을까. 아들은 주사 맞기 며칠 전부터 벌벌 떨고, 작은 상처에도 눈물을 뚝뚝 흘리는 여린 아이다. 그런 아들이 사자에게 먹혀 버리는 것이 차라리 낫다고 느낄 만큼 엄마, 아빠를 잃는 것이 두려웠나 보다.

아들은 참 솔직하게 마음을 이야기해 준다. 화가 나면 화를 내고, 속상하면 속상하다고, 맛없으면 엄마 요리라도 별로라고. 그게 매일 참 고마우면서도 발을 동동 구르며 화를 낼 때면 나도 덩달아 인내심이 부족해지곤 했다.

그러던 중 아들의 질문은 나의 하루를 잠시 멈추게 했다. 생각해야 할 것이 많아졌다.

세르기예프 포사드에서의 밤길 산책

마트료시카의 고향인 세르기예프 포사드는 모스크바 북동쪽 약 70km 지점에 있는 종교도시다. 모스크바에서 차로는 1시간, 기차로는 1시간 30분. 14세기 수도원이 지어지면서 그 주변으로 형성된 마을이다. 수도원 설립으로 신자들이 유입되면서 발전되었고 현재는 러시아의 종교 보호 지구로 지정되어 있다. 세르기예프 포사드의 1등 관광지인 트리니티 라브라 수도원은 러시아에서 가장 큰 수도원으로 손꼽힌다. 유네스코 세계문화유산에도 등재되었다고 하니 이 도시의 주 산업은 이미 관광이 되지 않았나 싶다.

 세르기예프 포사드도 모스크바 북동쪽의 옛 도시들을 총칭하는 황금고리의 일부다. 눈에 보이는 것들이 '현실이 맞나?' 싶을 만큼 눈부신 옛 건축물들이 그대로 남아 있다. 그러니 당연히 다른 도시들에 비해 아름다움이 깊었다. 여름에 다녀온 지인의 사진 속에는 알록달록한 주위가 놀이동산을 방불케 했다. 우리가 방문한 겨울은 색감이 덜했지만, 하얀 눈에 쌓인 채 빼꼼 빼꼼 내민 빛바랜 돔들의 붉은빛, 푸른빛, 금빛들은 봄날에 겨우겨우 손 내미는 새싹들처럼 수줍어 보였다.

 러시아에서 가장 키가 큰 이곳의 종탑은 웅장하면서도 고전적인 자태를 뽐내고 있었다. 그게 전부가 아니었다. 다양한 음들의 종들로 가득 채워져 있어 시간에 맞추어 울리는 종소리는 모두의 발걸음을 한순간 멈추게 했다.

 묵직하게 공기를 타고 하늘 위에 퍼지는 종소리에 지난 며칠간 내 마음을 사로잡았던 아들의 질문이 다시 끄집어내졌다. 종탑 앞에 사람들이 두 손을 모으고 고개를 숙이며 기도할 때, 나는 '좋은 엄마가 되리라. 더 다정한 엄마가 되리라.' 스스로 가슴에 손을 얹고 맹세했다. 차라리 '엄마가 사자에 먹히는 동안 난 아빠랑 멀리 도망갈게.'라고 천진난만하게 깔깔 웃으며 대답했다면 쉽게 넘길 수 있지 않았을까.

엉뚱하고 다정하고 사랑스런 나의 보물

이 수도원에 사람이 많이 몰리는 이유 중 하나는 바로 '기적의 샘물'이다. 17세기에 수도원 보수공사를 하다가 샘이 하나 발견됐고, 그 물로 세수를 한 수도자의 눈병이 낫게 되었다고 한다. 사실인지는 알 수 없지만, 전해져 내려오는 이야기에 대한 믿음으로 사람들은 물을 담아가고 흐르는 물에 손을 적셨다. 다들 간절함 하나씩은 마음에 품고 있으니. 누구나 기적이 이뤄지리라 믿고 싶으니까.

나도 물에 손을 잠시 맡기고 '엄마, 아빠 건강하세요. 두 아가들 건강하자. 여보, 우리도 건강합시다.'라고 진지하게 중얼거렸다. 모든 것을 이루어준다는 기적의 샘물이니 이제 우리는 평생 건강하리라 믿어보기로 했다.

기적이 깃든 도시라 그랬는지 세르기예프 포사드에서는 어디를 가나 친절함이 묻어 있었다. 이른 아침 들어간 자그마한 식당의 직원은 우리의 어리숙함에도 한결같이 미소를 보였다. 낯설어 보이는 메뉴를 보고 있으면 설명해 줬고 아이들에게는 모자가 귀엽다, 인사를 잘한다며 칭찬도 아끼지 않았다. 나오는 길에는 '저 언니 오늘 데이트 있나?'라고 생각이 들 만큼 캐럴 중간중간에 곁들어진 경쾌한 종소리를 닮은 언니의 미소 덕에 우리의 아침도 하얀 눈과 어울리지 않게 따뜻해진 듯했다.

식당뿐만이 아니었다. 모스크바에서 겨우 1시간 떨어진 곳인데도 '그래, 이런 곳이 러시아지.' 할 만큼 발전되지 않은 후미진 시골이었고 사람들의 얼굴은 모두 편안해 보였다. 눈밭에 강아지 산책시키는 아저씨도, 썰매 타러 가는 아이들도, 양쪽 손에 장 본 비닐봉지를 들고 가는 할머니도 다들 옅은 미소를 품고 있었다. 질퍽한 눈 위의 발걸음 소리에 멈춰서고 보면 사람들의 표정이 겨울에 맞지 않게 밝았다. 모두의 귀에 같은 캐럴이 울려 퍼지는 듯. 아마 그것이 이 마을의 기적이었을지도 모른다.

세르기예프 포사드에서 보낸 며칠 간의 쉼 덕에 나에게도 그 마을의 사람들처럼 마음의 여유가 생긴 걸까. 아들의 고민스러운 사자 질문 후에 난 아이들의 찡얼거림을 몇 번이고 받아주려고 애썼다. 아니, 애쓸 것도 없이 저절로 그리됐다. 엄마를 도망가게 하고 자기가 사자에게 먹힐 거라는 아들을 보고 어찌 반성을 안 할 수 있을까.

아들이 샌드위치에 왜 치즈가 한 장이냐고 버럭 짜증을 내

여행을 빛나게 해주는 나의 꼬꼬마들

면 "예의 있게 말해야지." 대신에 "한 장이라 아쉬웠구나? 한 장 더 줄까?"라고 했다. 밤에 이 닦을 때 옆에 있어 달라고 하면, "이젠 혼자 해야지. 어서 들어가 닦아." 대신에 "밤이라 혼자 가기 싫었구나?" 하고 함께 가 줬다. 아빠 손 잡고 잘 걷다가 대뜸 "엄마는 왜 누나랑만 손잡고 걸어가?" 할 땐 "찬이도 엄마 손 같이 잡을까?" 하고 군말 없이 아들 손도 함께 잡았다.

그렇게 며칠을 보내고 아들은 달라졌다.

"엄마, 계란 후라이 하나 더 먹고 싶은데 엄마 바쁘지?"

"아니야, 하나 더 해줄게."

"하나라 속상했는데, 요즘 엄마랑 달콤한 말 주고받는 게 좋아서 화 안 내려고 노력한 거야."

화가 나면 발을 동동 구르고 문을 쾅 닫고 쉽사리 화를 내는 아들을 탓했는데, 나의 다정함이 부족했던 것이었다. 교과서처럼 키워지던 모범생 딸을 보다가 자기감정을 스스럼없이 표현하는 아들에게 나의 살가움도 조금은 인색했었나 보다.

아들에게 고마웠다. 이번에도 나를 일깨워줬다. 아들이 다정함 하나를 원하면 내가 다정함 열 개를 미리 주고 기다리면 되는 것이었는데. 아들의 짜증과 화는 자기를 보고 더 미소 지어달라는 나름의 언어였다.

어느 날 갑자기 던져준 아들의 질문이 나의 자만을 깨부쉈다. '나는 수백 권의 육아서를 읽었어. 큰 소리 한번 안 내고 잘 키우고 있어.'라는 나의 오만방자함을 더 늦기 전에 잘 부숴줬다.

얼마나 더 사랑을 배워야 할까. 몇 년 전 딸아이가 『인어공주』 책을 다 읽고는 '인어공주가 물거품이 되는 장면이 가장 슬프지만, 가장 좋기도 했어.'라고 했던 말이 떠올랐다. 설거지하다 말고 뒤돌아 왜 슬픈 장면이 가장 좋으냐고 물었다.

"진짜 사랑이 느껴지거든. 난 찬이를 위해서라면 물거품이 될 수도 있어. 가장 사랑하는 사람을 죽게 하는 건 너무 끔찍하잖아."

7살 딸아이가 마음에 품은 사랑. 그게 참사랑이었을지도 모른다.

사자에게 대신 먹힌다는 아들과 동생을 위해 물거품이 될 수도 있다는 딸아이를 위해 엄마는 가슴이 저림과 동시에 사랑이 더 짙어질 수밖에 없었다. 당연하지 않은 것을 당연하다 생각하고 걸어오던 내 일상의 발걸음을 멈추게 해 준 아이들의 말. 마음의 제일 겉 테두리에 담겼다. 그리고 오늘도 또다시 사랑을 배운다.

8 〈닥터 지바고〉의 낭만을 지닌 그곳
- 트베리

겨울이면 늦은 밤 소파에서 이불 둘둘 말고 남편과 영화 〈닥터 지바고〉를 본다. 볼셰비키 혁명과 세계 1차 대전을 동시에 겪는 러시아인들의 굶주림을 보면서 한국전쟁을 떠올리고, 의사이자 시인인 유리 지바고가 혼란한 사회에서 지성인으로 갈등하며 살아가는 모습을 보고는 안타까움이, 토냐와 라라 사이를 오가는 유리를 보고는 아름다움으로 포장된 그들의 불륜에 주먹을 불끈 쥐기도 한다. 하지만 뭐니 뭐니 해도 〈닥터 지바고〉에서 가장 볼 만한 장면은 그 당시 러시아의 차디찬 역사를 대신 보여주는 설원이다.

배경은 짧은 봄날을 제외하면 대부분 한겨울이다. 러시아 사람들의 차게 얼어붙은 마음과 희망 없던 그 시절처럼 화면은 끊임없는 설원이 되풀이된다. 심지어 유리가 가족들과 함께 숨어든 바리끼노의 배경을 볼 때면 나도 모르게 두 손에 입김을 불어 넣게 될 만큼 살벌한 추위가 온몸으로 느껴진다. 한데 아이러니하게도 허허벌판이 하얗게 물들고, 지붕이 꽁꽁 얼어버린 배경은 우리가 매 겨울 같은 영화를 습관처럼 보게 된 이유이기도 하다.

러시아의 겨울은 상당히 춥다. 아찔할 만큼 춥다. 그런데도 누가 러시아에 놀러 오고 싶다 하면 '러시아 겨울의 낭만을 느껴봐야 하는데.'라는 사심이 가득하여 겨울을 제안하지만, 그 누가 선뜻 받아들일까. 러시아에 초대를 해도 한참을 망설이는데 한겨울에 오라니. 그래도 내가 사랑하는 사람들에게만은 이 비밀을 꼭 알려주고 싶은데 당최 믿지 못하겠단 눈치들이다.

한겨울이면 두 발이 눈 속으로 푹푹 파묻히는 소리가 고요한 어둠 속에 퍼진다. 아이들이 학교에 가면 여전히 정오까지 밖은 어둑하지만, 책 한 권 옆구리에 끼고 골목길 아무 카페에 들어간다. 촌스러운 커피잔에 담겨 나오는 시커먼 아메리카노 한 잔. 한참 책을 읽거나 멍때리다 나오는 기나긴 겨울의 낭만은 한 번 빠지면 헤어 나올 수가 없다.

트베리는 러시아에서 역사의 끈이 가장 긴 도시 중 하나다. 높은 건물이 많지 않아 겨울날 석양이 짙게 내려앉는 마을. 유리 지바고가 겪던 시절만큼은 아닐지라도 여기저기 혼란한 상황임은 틀림없는 러시아지만, 이곳의 사람들은 아무것도 모른다는 듯 여전히 소소한 일상을 이어나가고 있다.

여행을 떠나기 전까지 '괜찮을까? 미사일이라도 떨어지면 어쩌지? 대사관에 신고하고 가야 하는 건 아닌가?' 걱정했다. 며칠간의 고민이 무색할 만큼 모든 것들이 평온해 보이는 한적한 시골일 뿐이었다.

사실 올겨울, 〈닥터 지바고〉를 보면서 유독 발이 더 시렸다. 아마 애써 모른 척 눈감으려 했던 현실 때문인지도 모르겠다. 펄펄 끓인 차를 마시고 솜이불을 남편과 나누어 덮어도 가슴 한 켠에 한기가 스쳐 지나갔던 것은 아마도 쉽사리 끝나지 않는 전쟁 때문이 아니었을까.

'전쟁'이라는 말을 입 밖에 낼 때마다 지금도 움찔한다. 더 안 좋은 상황이 코앞에 닥친다 해도 혁명가는커녕 유리 지바고처럼 시에 소신을 담아내는 지성인이 될 턱도 없는 것은 물론이다. 이 상황이 마무리되어 어서 한 목숨이라도 더 살아주기만을 간절히 바라는 이방인일 뿐. 여전히 불편한 마음은 그대로인 채 여행을 이어갔지만, 이곳 사람들의 일상을 보고 있자니 사실 마음이 한시름 놓이는 듯했다.

세계의 온갖 신기술뿐 아니라 화려함을 다 옮겨 축약시켜 놓은 듯한 모스크바만 보고 러시아를 봤다고 할 수는 없다. 나는 아직 때가 다 묻지 않은, 번화가와 조금 동떨어진 러시아의 시골 마을들이 좋다. 여전히 자연을 넉넉히 품고 있는 마을들. 낡은 집들은 눈에 띄기 싫다는 듯 옅게 칠해져 있고, 사람들은 무뚝뚝하게 눈을 내리깔고 걷는 이 거리가 설렌다. 아마 십 대 때부터 차곡히 읽어가던 러시아 책 속에 나오는 거리가 시골 마을에 와서야 퍼즐 조각처럼 짜맞춰져서인 듯하다.

모스크바의 미술관과 박물관은 몇 시간을 걸어야 출구까지 빠져나올 수 있지만, 시골의 박물관은 자그마한 곳들이 많다. 수저 박물관, 인형 박물관, 고슴도치 박물관, 고양이 박물관, 천사 박물관, 열차 박물관, 부엉이 박물관도 다 그랬다. 어림잡아 20~30평 내외의 작은 내부에 개인이 다 모아 놓은 소장품들을 전시해 놓고 주인은 자부심 가득 담긴 목소리로 한없이 친절하게 설명을 더 한다. 자그마한 시골 박물관을 다니는 것은 당연히 우리 여행의 또 다른 재미가 되었다.

염소 박물관의 친절한 주인아저씨

트베리에서의 기억은 '염소 박물관'이 차지했다. 티켓 파는 곳도 따로 없고 주인 할아버지가 나와 옷 거는 것을 도와주는 1층의 작은 카페 같은 곳이었다.(러시아는 겨울이 길기 때문에 어디를 가나 외투를 걸어 놓는 작은 공간이 마련되어 있다. 학교, 식당, 박물관 다 마찬가지다. 내부는 반소매를 입고 다녀도 될 만큼 따뜻하기에 가능하다.)

우리는 동화 속에나 나올법한 박물관이 신기했고, 주인 할아버지는 까만 머리의 우리가 신기했다. 시골 마을에 눈이 하늘에서 굴러떨어져 내려오는 듯한 날, 바람에 아이들이 날아가지나 않을까 걱정되는 저녁에, 찾기도 어려운 골목길 어디쯤의 박물관에, 중국인지 일본인지 모를 동양계의 가족이라니. 이미 할아버지는 우리에게 궁금한 것이 많은 표정이었고 우리는 자연스레 대화가 오갔다.

할아버지는 염소를 좋아해 온 세계를 다니며 염소에 관련된 것이라면 무엇이든 다 모으셨다고 했다. 염소 인형, 염소 엽서처럼 평범한 것부터 시작해서 컵, 옷, 악기, 돌 등 염소와 관련된 것은 보이는 대로 수집하셨다. 박물관의 크기는 작았지만 곳곳에 얼마나 알차게 전시해 놓았는지 30분이 넘도록 아이들은 꼼꼼히 둘러보며 눈이 휘둥그레졌다. 잠시 후 할아버지는 박물관 뒤쪽으로 가서 아내를 데리고 나와 우리에게 소개해

주셨다. 러시아 민속 옷을 입고 작은 민속 악기를 들고 계시던 할머니.

'어? 발랄라이카다!'

〈닥터 지바고〉에서 유리는 심장마비로 죽을 때까지 그와 라라 사이에 낳은 딸, 타냐를 한 번도 만나보지 못했다. 타냐는 자신이 그의 딸이라는 것을 끝까지 믿지 않았지만, 마지막 장면에서 그녀는 남자친구와 함께 걸어가는 길에 발랄라이카를 어깨에 메고 있었다. 유리가 가난했던 친 엄마에게 물려받은 유일한 유품, 발랄라이카. 우연이었을까. 유리 친 엄마의 재능이 손녀에게 물려졌으니 유리의 딸이 맞다는 것을 영화는 암시했다.

영화 속의 발랄라이카가 3시간 30분의 긴 영화를 한 끈으로 이어주는 역할을 했다. 눈 오는 날이면 귓가에 맴도는 영화의 OST에서도 발랄라이카의 선율이 잔잔히 채워진다. 그 선율이 바로 눈앞에서 펼쳐지고 있었다. 할머니는 아이들을 앞에 세우고 발랄라이카를 연주하셨고 넋이 나간 표정으로 보는 두 아이에게 악기를 내어주며 연주 방법을 알려주셨다. 생전 처음 보는 악기를 눈송이 같은 손으로 두들기는 두 아이는 수줍은 미소를 감추지 못했다.

할아버지는 아시아 어디쯤에서 온 우리를 발랄라이카 앞에서 사진 찍어주시고는 박물관 홈페이지에 실어도 되는지 물으셨다. 난 아이들의 사진을 SNS에 잘 올리지 않는다. 학교 홈페이지에 올라가는 것 또한 거절 의사를 밝혔다. 나름의 기준이 있지만 할아버지 물음에는 1초의 망설임도 없이 '물론이요.'라는 뜻의 끄덕임을 보였다.

할아버지, 할머니가 낯선 이에게 진심으로 친절을 베풀어 주신 것을 느꼈기에 그깟 사진 한 장에 인색해지고 싶지 않았다. 그리고 사실 두 손 꼭 잡고 열심히 살고 있을 지구 반대편 엄마, 아빠가 떠올라 말 한마디에도 친절을 담으려 나름 애쓰는 중이었다. 오래된 나의 고집과 긴장감으로 어깨에 힘이 잔뜩 들어간 채 살아온 날들이 많았지만, 여기에서만큼은 다 놓고 느슨해졌다. 다 괜찮을 것만 같았다.

"남아 있는 날이 얼마 없어요. 헤어지기 전에 사랑해요."

〈닥터 지바고〉의 대사처럼 '길지 않은 한 편의 인생을 서로 사랑을 베풀며 살면 되지 않을까.'라는 생각에 마음이 편해진 여행이었다. 라라와 새로운 희망을 품고 살아가려 찾아간 예전 시골집은 겨울 왕국의 원조처럼 안과 밖이 다 얼어붙어 있었다. 그곳에서 유리는 파랗게 꽁꽁 언 손에 입김을 불어 넣어가며 하염없이 시를 썼다. 시를 팔아 라라와의 삶을 유지해 나가고자. 비록 그 시들은 유리가 죽은 뒤에나 알려졌지만 아마도 그 희망이 추위에도 살아남게 했으리라. 매 겨울 러시아에 살고 있음을 실감하게 하는 영화다.

사실 이 영화가 러시아에서 촬영된 것이 아니라는 사실을 잊고 싶어 모른 척하고 보는 영화이기도 하다. 올해는 이 비밀을 남편에게도 살짝 말해볼까. 놀라려나, 아니면 서로 모른 척하고 있었던 걸까. 비밀 공개를 앞두고 괜히 조금 설렌다.

눈 내리는 겨울이면 서로 사랑이 더 샘솟는 천사와 보물

러시아에서는 여행이 아름다워진다

Part 3.

어쩌면 우리가
아직 모르는

Travel becomes beautiful in *Russia*

Travel becomes
beautiful in
Russia

1 추울 땐 차 한 잔 마시며 쉬어가자
- 스타라야 루사

"인간이 완벽한 행복을 맛보는 데는 하루면 충분해요."

도스토옙스키의 『카라마조프가의 형제들』에 나오는 말이다. 주옥같은 인생의 명언들이 쏟아져 내리는 책 속에 정신없이 파묻혀서는 속으로 '맞아, 맞아.'를 연신 외쳤다. 고등학교 1학년 때였다.

그 시절 겨우 18살. 사람의 깊숙한 내면을 꿰뚫어 보는 책 속의 대화들을, 이 책에 인생을 바쳤다는 작가의 의도를 얼마나 알아차렸길래 공감했던 것일까. 또래 친구들이 〈퇴마록〉 신드롬에 빠져 있을 때 문학도를 꿈꾸며 더 나은 책을 읽고 있다고 단단히 착각하며 지냈던 것이 분명하다.

그런 의심을 품기 시작한 건 마흔이 돼서 같은 책을 다시 손에 쥐었을 때다. 많다면 많은 사람들을 겪고, 평생을 함께할 사람을 만나 온갖 감정들을 세세히 느껴보고, 아이 둘을 키우며 이제야 뭔가 조금 알겠구나 했는데 '이걸 고등학생이 읽고 이해를 했다고? 깨달음을 얻었다고?'라는 생각이 들자 그때의 내 허세가 우스워 피식 웃음이 났다.

지금은 제법 작가의 의도를 느끼고 공감한다고 얘기할 수 있다. '완벽한 행복'이라는 말도 '하루면 충분하다.'라는 말도 이제는 뭔가 좀 알 것도 같다.

도스토옙스키가 7년간 머물던 초록색 집

　모스크바에서 500km 떨어진 곳, 스타라야 루사에는 도스토옙스키가
가족들과 7년간 머물며 『카라마조프가의 형제들』을 집필했던 집이 그대
로 남아 있다. 차로는 7시간이 넘게 걸리는 곳이다. 자그마한 마을은 빈
틈없이 곳곳에 눈이 쌓여 차 안에서 보는 것만으로도 추위가 느껴졌다.
차 한 대가 겨우 지나갈 만한 좁다란 골목길에는 아담한 집들이 모여있
었고, 운치 있는 경치에 취해 마을 끝까지 걸어가다 보면 새소리가 멈추

지 않는 작은 강 앞에 도달한다. 꽁꽁 언 것도 모자라 그 위에 소복이 눈까지 쌓인 것을 보고 있자니 저 강의 추위에 비하면 내 살들이 느끼는 바람은 아무것도 아닌 듯했다.

"뒤돌아봐."

남편의 덤덤한 말을 듣고는 강가에 어우러진 새소리에 빠져 환호성을 지르다 말고 뒤를 돌았다. 낡고 자그마한 2층 초록색 나무집. 창문틀마다 아이들 팔뚝만큼 길고 굵은 고드름들이 줄지어 널려 있었다. 그중 하나를 몇 번의 흔들거림을 빌려 뚝 떼어내 아이들에게 보여주니 역시나 까르르 웃느라 정신이 없었다.

아이들은 어깨까지 오는 고드름을 차에 실어 호텔까지 가져올 만큼 소중히 다뤘다. 집에 있는 100여 마리의, 아니 100여 명의('마리'라 하면 혼날 테니.) 인형들도 모자라 고드름에도 정을 줘버리는 이 감성적인 아이들이란.

고드름으로 시간을 번 이유는 기대가 커서였는지도 모르겠다. 내 머릿속에 어림짐작 되어있는 상상에서 많이 벗어나지 않기를. 한참을 대문을 만지작거리면서도 실감이 나지 않아 들어가기까지 뜸을 들였다. 3년 전 아테네의 올리브 나무가 줄지어진 길을 걸으며 '여기가 소크라테스가 걷던 길이겠지. 너무 소름 돋는다.'라는 남편의 말에도 큰 의미를 두지 않았는데, 러시아의 대작가가 추운 겨울을 새소리와 맞이했던 집에 들어서려 하자 왠지 모르게 조금 두근거렸다.

나에게 아직 이런 두근거림이 남아 있었나?

안은 초라했다. 걸을 때마다 삐걱거리는 낡은 바닥을 보니 크게 손을 대지 않았음을 알 수 있었다. 집 구석구석 둘러보는 내내 소설 속을 걷는 기분이었다. 저녁부터 새벽까지 하루도 빠짐없이 글을 썼다는 책상, 오래되어 제목도 흐릿해진 서적들, 그의 글을 늘 교정봐주었던 아내의 가지런한 노트. 그 옆의 아이들 방까지 모든 게 상상하던 '낡음, 반듯함, 정직, 성실'이 그대로 깃들여져 있었다.

도스토옙스키가 집필하던 책상

그의 오래된 갈색 책상 옆에는 자그마한 창문이 있었다. 그 창문 앞에서 지금 내가 보고 있는 하얀 강을 보며 글을 썼을까. 학창 시절 내가 일기장에 써 놓던 문구들을 떠올렸을까. 창작의 고통을 느끼며 겨울의 추위 따위는 아랑곳하지 않았을까. 아니면 천재적으로 떠오르는 영감들을 손과 만년필을 거쳐 다 쏟아내느라 낭만 따위는 느낄 사치도 못 부려봤을까.

2층까지 다 둘러보고 1층으로 내려왔지만 남편과 나는 조금씩 차오르는 벅참이 아쉬웠다. 지루해진 아이들에게 양해를 구하고 다시 2층으로 올라갔다. 남편은 도스토옙스키의 방에, 나는 아내의 방에. 남편은 그가 글을 쓰다 아침 해가 뜨고서야 잠을 청했을 구석의 좁은 침대에 시선이 머물렀다.

나는 그의 글을 봐주던 아내의 닳고 닳은 책상과 아이들의 옷을 만들던 재봉틀, 그녀의 젊은 시절 사진에 한참 동안 눈을 떼지 못했다. 얼마나 부지런하고 꼿꼿한 삶을 살았을지 곳곳에 남겨진 흔적들로 충분히 짐작됐다. 천천히 발걸음을 옮겨가며 후회하지 않을 만큼 충분한 시간을 각자 만끽했다. 아마도 우리는 같은 공간 속에서 서로 다른 생각을 담았을 것이다. 감히 도스토옙스키의 집에서 지금 우리의 모습이 살짝 엿보여 가슴이 찡했는지도 모르겠다.

짙은 초록색의 집에서 나와 말없이 손잡은 채 근처 카페에 들렀다. 마시멜로가 잔뜩 들어간 핫초코 두 잔과 짙은 향의 홍차 두 잔을 시켰다.

"여보, 이번 여행에 난 오늘 하루면 충분히 행복했어."

아이들 방학 동안 밀린 공부도 해야 하고 집 구석구석 대청소도 해야 하는데 여행이 웬 말이냐 툴툴거리던 모습이 부끄러워 넌지시 건넨 말이다. 추운 날엔 오히려 해야 할 일을 다 뒤로 미뤄 두고 여유롭게 시간을 보내는 것도 좋다는 걸 어김없이 뒤늦게서야 깨닫는다.

찻잔과 받침에서 나는 달그락 소리만으로도 평화로웠다. 머릿속을 사로잡던 잡념들이 티팟 속의 찻잎들과 함께 차분히 가라앉았다.

도스토옙스키 책상 옆의 작은 창문

차 안에서 아이들과 이야기를 나누며 웃고 떠들다 보니 창밖에 보이는 숲속의 나무들도 말을 걸어오는 듯했다. 세상은 이렇게 넓고 인생은 그렇게 짧은데, 왜 행복을 멀리서 찾냐고 말하는 듯. 겨울에 집 밖을 떠돌다 마신 차 한 잔으로 평범하던 창밖의 풍경들이 새롭게 다가왔나 보다. 골목길 안을 헤매다 들른 이름 없는 카페의 차 한 잔이 이렇게 행복하다니. 찻잔과 내 옆의 가족들이 통째로 소설 속에 담겨 있는 듯했다.

"절대 인생을 두려워하지 마라. 우리가 훌륭하고 참된 일을 시작하면 인생은 진정으로 아름다워질 테니."

도스토옙스키의 말처럼 인생을 두려워한 순간 내 행복도 멈추어 버린다. 훌륭하고 참된 일이란 무엇일지 고민하는 삶을 살다 보면 내 인생도 내 옆도 다 아름다워질 테니 오늘도 조금 기운을 내 보자. 추워도 두려워하지 말고 차 한잔하며 기운을 내 보는 하루, 그 하루가 나를 일으켜 줄지도 모르니까.

2 너의 풍경에 나의 시선이 머물 때
— 툴라

13년 전 처음 모스크바에 왔을 때 지하철 안 사람들은 대부분 책을 읽고 있었다. 내리기 직전까지 자그마한 책을 손에 쥐고 있다가 가방에 톡 넣고 내릴 채비를 하던 사람들. 문학이라는 카테고리를 막연히 흠모하며 살아온 나는 그 지하철 안의 공기가 얼마나 설렜는지 모른다. '역시 대문호의 나라는 다르구나. 이게 바로 톨스토이를 키워 낸 나라의 힘이구나.' 싶어 덩달아 얇은 책 한두 권을 들고 외출하는 게 지금까지 습관으로 남아 있다.

러시아는 그런 나라다. 택시 기사 아저씨가 가는 길 지루하지 않냐며 푸시킨의 기나긴 시를 읊어주는 곳. 집에 방문한 러시아 할아버지가 집 안 가득히 채워진 한국 책들에 대해 질문을 쏟아내는 곳. 집 앞 카페에서 차이콥스키의 〈백조의 호수〉가 흘러나오는 것이 너무나 당연한 곳.

발레, 오페라, 음악회 등 곳곳의 크고 작은 공연장을 다녀보면 지팡이의 도움으로 걸음을 내디뎌야 할 만큼 나이 든 백발의 노부부들이 참 많다. 오래간만에 잘 차려입은 복장도 아니었다. 형식을 갖추려 약간 신경을 쓴 듯한 무심한 모습으로 공연을 즐기고 가는 모습은 그들에게 이 문화가 한 시절 습관으로 배어버렸음을 알아챌 수 있게 했다. 젊은 사람들은 너나 할 것 없이 한겨울에 부츠를 신고 온 대신 가방에 깨끗한 구두를 넣어와 갈아 신었고, 아이들은 두툼한 방한복 안에 드레스를 드러냈다.

나라 전체가 문화와 예술을 즐기는 것에 진심인 듯 했다. 볼쇼이처럼 공연비가 비싼 곳도 있지만 수많은 공연장의 티켓값은 1만 원부터 시작될 만큼 부담이 없다. 마음만 먹으면 "우리 오늘 발레 보러 다녀올까?" 할 수 있을 만큼 여기저기 예술이 퍼져 있다. 모두가 즐기고 함께 감탄한다.

공연이 끝나면 지팡이를 든 할머니, 할아버지들도 모두 일어나 존경의 의미로 모자를 벗고는 연신 '브라보'를 외친다. 상기된 얼굴로 무대 위의 주인공을 향해 끊임없이 박수를 보내는 모습, 모두가 예술을 사랑하고 있음을 느끼는 것은 언제 봐도 참 감동적이다.

러시아 사람들의 문화 사랑에 나도 살짝궁 발을 들여놓고 싶어 공연장, 미술관을 틈틈이 다니던 중 『안나 카레니나』를 만났다. 분명히 이 책을 읽었고 내용을 이미 다 알고 있다고 생각했는데 사실은 그렇지 못했다. 새로 읽은 책 속의 한 문장 한 문장에서 옥색 구슬들이 와르르 쏟아지는 듯했다. 사랑에 갈증 난 안나가 브론스키를 만나 겪는 심적 변화를 세 페이지가 훌쩍 넘도록 세세히 표현했을 때는 몇 번을 내 안에 품듯이 읽었다.

책을 읽는 며칠 동안 안나와 레빈의 대조되는 삶이 나를 쉼 없이 돌아보게도 했다. 좋은 책을 읽으면 그 작가를 추어올리기 바빴는데 작가가 생각나지 않았다. 이미 내 마음속에 안나와 레닌은 물론 브론스키까지 살아 있는 누군가였다. 내가 거닐던 모스크바 시내에 마차를 타고 다니던 안나는 그저 사랑이 고파 몸부림치던 누군가의 엄마였고 여자일 뿐이었다.

안나를 만나고 싶어 트레차코프 미술관에 걸린 작품을 또다시 보러 갔다. 이반 크림스코이가 그린 〈낯선 여인의 초상〉은 『안나 카레니나』를 상상하며 그렸다고 추측되고 있다. 직접 보고 나니 머릿속에 그려졌던 모습으로 액자 안에 담긴 여인은 그림 안에 살아 있었다. 책을 읽는 내내 마음이 요동치던 울렁거림이 잠시나마 평온해진 듯했다.

그림으로 부족해 다른 주인공으로 제작된 3편의 영화를 보고 연극도 보고 심지어 혼자 볼쇼이 극장에 가서는 현대 발레극 〈안나 카레니나〉를 보기도 했다. 하지만 책 내용과는 달리 각색된 작품들이 아쉬워 '이건 아니잖아.' 싶었다. 발레도 영화도 현대 시각으로 색이 입혀진 것이 매력 있었지만, 나는 오리지널 크루아상이 좋을 뿐 달콤함으로 유혹하는 갖가지 어여쁜 신상 맛들에는 눈이 가지 않았다.

이반 크람스코이 〈낯선 여인의 초상〉 (1883)

그렇게 책만 다시 뒤적이며 아쉬움을 달래던 중 '아, 나는 톨스토이의 나라, 러시아에 살고 있구나.'란 생각이 불현듯 스쳐 갔다. 톨스토이의 생가에 가서 작가가 책을 써 내려간 공간을 보고 오면 내 마음이 좀 충족되지 않을까.

모스크바에서 3시간 정도 차를 타고 달려가면 톨스토이가 살던 생가가 나온다. 남편과 신혼살림을 차려 손만 잡고 다녀도 마냥 좋던 시절, 우리는 처음으로 툴라에 갔다. 낡디낡은 기차의 2층 침대칸에 타고, 낯선 이들의 옷에 밴 담배 냄새가 가득 퍼져 있는 미니버스에 겨우 몸을 실었다. 아! 심지어 첫 결혼기념일이었다.

책에 파묻혀 사는 와이프를 위한 남편의 깜짝선물이었지만, 그 여행의 기억이라곤 꽁꽁 얼어붙은 신발 속 가여운 발가락들과 사방팔방 둘러싸인 눈뿐이었다. 끝이 보이지 않는 숲길을 걸으며 "언제 도착해?"만 수십 번 반복해 물으면서도 발이 너무 시려 이젠 감각도 없다는 말은 숨기고 마냥 걸었지 싶다.

오들오들 떨다 입술이 파래진 아내를 보며 걱정스러운 얼굴로 유치한 농담들을 재잘거려주는 게 그 당시 초라한 스물아홉의 남편이 할 수 있는 최선이었다. 가진 것은 하나 없었지만 그래도 매 순간이 행복으로 수놓아지던 시절, 추위와 텅텅 빈 주머니마저 로맨틱하게 느껴지던 청춘이었다.

그 시절이 분명 싫지는 않았는데 마음 깊은 곳에서는 내 신혼이 가난했기에 가난한 삶이 와닿지 않았는지도 모르겠다. 무소유의 삶을 살던 톨스토이의 생가 모습은 안나의 책 속에 나오는 레닌의 모습처럼 초라하기 그지없었다. 겨울이라 더 그랬으려나. 생가까지 이어지는 기다란 눈밭 길을 한참 걷다 보면 자그마한 초록색 지붕의 하얀 집이 나온다.

집 안에 꾸며진 빛바랜 책상과 낡은 침대는 전혀 아름답지 않았다. 나의 가난은 희망을 품었기에 견딜 수 있었는데, 당대 최고의 작가가 50년 간 글에 파묻혀 살다 생을 마감한 집은 여전히 초라했다. 물론 그가 택한 삶이었다. 무소유의 삶.

남편의 야심작이었음에도 불구하고 사실 별 감흥 없이 끝난 관광이었다. 생가에서 나오자마자 보이는 허름한 카페에 뛰어 들어가 허겁지겁 마신 진한 핫초코 한 잔이 1박 2일 여행 중 제일 달콤했을 뿐. 툴라는 나에게 톨스토이의 생가도 아니요, 자연을 품은 시골의 모습도 아니요, 그저 온몸 구석구석 러시아의 온 바람이 나에게 덤벼대던 겨울 중의 겨울인 장소로 끝이 났었다.

하지만 올해 안나를 만나러 간 네 번째 '툴라'는 전혀 다른 곳이었다. 우리에게는 차도 생겼다. 엄마가 읽는 책에 관심을 보이며 "오늘의 안나 기분은 어땠어?"라고 물어주는 두 아이도 함께였다. 그리고 이제는 겨울이 아닌 봄. 아직 패딩을 벗기는 이른 계절이었지만 그래도 눈이 꽤 녹은 봄이었다. 봄. 꽁꽁 언 발가락 대신 새싹이 이곳저곳에서 손짓하는 것을 구경하느라 뜸 들일 수 있는 봄. 계절이 아닌 내 마음이 봄이었을지도 모르지만, 아직 눈이 쌓여있는 길을 걸으면서도 이제는 오들오들 떨 만큼 춥지 않았다.

이제는 보였다. 걸음이 느린 두 아이 덕이었을지도 모른다. 지나쳤을 법한 풍경들을 가만히 서서 들여다볼 수 있었다. 톨스토이가 거닐었을 하늘과 맞닿은 흙길이, 그가 괭이로 땅을 파내며 사색했을 집 옆 공터가,

차 한잔 들고 숲에서 몰려드는 풀 내를 한껏 들이마셨을 좁은 마당이. 책 속의 모든 문장을 보물 찾듯 캐내었을 이곳이 더는 초라해 보이지 않았다. 시시하지도 않았다.

톨스토이가 거닐었을 좁다란 길

내 시선은 생각지도 못했던 곳에 천천히 머물렀다. 예전의 조급한 나였다면 구석구석 아스팔트 사이를 비집고 나오는 풀 한 줄기, 김이 모락모락 나는 커피잔 같은 구름도 보지 못한 채 지나치지 않았을까. 아이들 걸음이 자꾸 멈춘 덕에 그 자리에 늘 있던 자그마한 일상들이 눈에 들어왔다. 하얀 집을 향해 빠른 걸음을 재촉하던 발걸음은 이제야 느려졌고, 내 시선에는 드넓은 벌판을 지나 숲속 끝까지 둘러볼 한가로움이 묻어 있었다.

이제는 톨스토이가 말하려는 풍경에 시선을 멈출 수 있는 여유가 생겼다. 조급함에서 벗어난 것은 아마도 애쓴다고 해서 그만큼 채워지는 것이 아니라는 것을 알아버린 마흔이라 그랬는지도 모르겠다. 내 마음은 10년 만에 편해졌다.

여러 번 들렀던 툴라지만, 갈 때마다 서서히 내 마음을 뺏긴 채 돌아왔다. 느리게 걷고, 천천히 숨 쉬고, 한 곳에 멈춘 채. 때론 그렇게 다른 이의 느린 시선을 따라 멈추어 보는 것도 여행을 더 짙게 만드는 또 다른 길이었다.

나에게 특별한 곳이 되어 버린 툴라. 이제야 첫 번째 결혼기념일 선물을 제대로 받은 것 같다. 톨스토이의 시선에 머물 수 있었던 여행이야말로 가슴에 새겨진 짙은 선물이었다. 오늘 밤, 내 기억에서 잠시 사라졌던 『안나 카레니나』를 다시 꺼내어 읽어봐야겠다. 마지막 책장을 덮을 때쯤 아마도 또다시 툴라를 찾아가게 되지 않을까.

3 조금 다르게 바라보면
- 칼리닌그라드

아이들 방학을 맞아 찾은 곳은 칼리닌그라드. 러시아의 영토긴 하나 러시아 땅과 붙어 있지는 않다. 러시아의 어마어마한 반죽 덩어리에서 새끼손톱만 하게 굴러떨어져 나와 폴란드와 리투아니아 사이에 끼어 있는 도시. 예전에는 독일의 땅이었기에 모스크바에 비해 유럽 느낌이 물씬 풍기는 동네다. 사람들의 말소리를 듣고 있지 않으면 러시아인지 독일인지 짐작하기 애매할 만큼 두 나라의 색을 모두 간직하고 있다.

칼리닌그라드에는 관광객을 위한 볼거리들도 많다. 호박 박물관, 칸트의 무덤, 해양 박물관, 잠수함 박물관 그리고 도시 곳곳에 놓인 7개의 가족 동상을 찾는 미션까지 여행객들을 위해 다양한 준비를 해 놓은 곳임이 짐작됐다.

또한, 이 곳은 칸트의 도시로도 불린다. 독일의 철학자 임마누엘 칸트는 태어나 이곳을 벗어난 적이 없다고 한다. 덕분에 우리는 칸트의 무덤, 칸트의 동상, 칸트의 길 등 그의 흔적을 곳곳에서 찾아볼 수 있었다. 물론 칸트가 살던 18세기에는 독일의 땅이었기에 '쾨니히스베르크'라는 독일식 이름이 있었고, 세계 2차대전 후 독일이 전쟁에 패하면서 소련에 땅을 뺏기게 된 것이니 뼈아픈 역사도 함께 품고 있다.

칸트 무덤이 있는 쾨니히스베르크 대성당

칸트가 살던 18세기에는 전쟁이 끊이지 않았다. 그는 영구적인 평화에 대한 논문을 쓰고 '전쟁은 인간이 행할 수 있는 가장 큰 악이다.'라고 규정했다. 칸트의 일대기를 찾아보다 그 문구를 보고는 '아, 맞다. 칸트!'란 생각에 마음 한구석이 뜨끔했다. 칸트의 길을 거니는 동안 러시아에서 벌어지고 있는 '전쟁'과 아이들을 유대인 학교에 보내며 겪는 또 다른 이스라엘의 '전쟁'을 머릿속에서 굴리다 어렵사리 입 밖으로 이야기를 꺼냈다.

"우린 괜찮은 거야?"

안전에 대한 안부를 물은 건 아니었다. 물론 생명의 위험을 느끼던 시기에는 한국에 피신 가 있을 것을 고민했고, 혹시나 모를 위험이 있는 날에는 아이들을 학교에 보내지 않았다. 하지만 나의 물음은 지금처럼 아무렇지 않게 살아가도 마음이 괜찮냐는 것이었다.

우리가 아이들과 밥을 먹을 때 늘 피어나는 주제는 '지구와 환경 그리고 생명'이었다. 두 개의 전쟁을 염두에 두고 살아야 하면서도 여행 다니고 먹고 즐기니 어찌 예전처럼 편하고 즐거울 수만 있을까. '당연히 우리도 살아가야지.'라는 마음과 '끊임없는 전쟁 속에 죽어가는 저 어린 생명들을 보며 양심도 없나?'라는 마음이 공존하지만, 결국엔 주로 모르는 척하는 마음으로 끝나곤 했다.

이번 여행에서도 왜 전쟁이 일어났고 왜 전쟁이 나쁜 것인지에 대해 아이들에게 지루한 연설을 늘어놓는 것으로 마음의 짐을 약간 내려놨을 뿐이었다.

모스크바에서 비행기로만 2시간 30분 이상이 걸리는 곳인데 우연히 아이들 예전 학교 선생님을 만났다. 러시아 외계어들 사이에서 또렷이 들리는 영어 말소리에 고개를 들어보니 선생님이 딸과 함께 여행 중이셨다. 반가운 마음에 한참을 이야기 나누다 몇 군데 추천을 받아 무턱대고 우리 일정 사이사이에 마구잡이 식으로 끼워 넣었다.

그중 만난 곳과 멀지 않은 동물원에 가보기로 했다. 평소에 동물원을 반대하는 입장이라 5년 가까이 가본 적이 없지만, 선생님 말씀으로는 이

곳은 자연과 어우러져 있으니 가볼 만하다고 하셨다. 선생님은 예전부터 지구 환경에 관심이 많으시고 그런 이유로 채식도 하시는 분인 것을 알고 있었기에 호기심이 생겼다. 자연과 어우러져 있는 동물원이라. 아이들이 찾고 있는 7개 가족 동상 중 마지막 하나가 동물원 앞에 있다는 사실도 아이들을 다시금 들뜨게 했다.

동물원에서 곰을 보고 있는 아이들

동물원의 규모는 엄청났다. 겨울이라 그렇지 다른 계절이었다면 분명 푸르름이 더 가득했을 테다. 들어서자마자 자그마한 바위산에서 뛰어다니는 너구리가 입구 앞을 지켰다. 너구리를 지나면 기린, 하마, 사자까지 많은 동물들이 있었지만 역시나 동물원은 동물원이었다.

불편한 마음과 덜덜 떨리는 추위를 동시에 품고 급하게 둘러보다 곰이 살고 있는, 아니 곰이 갇혀 있는 곳에 멈췄다. 큰 울타리는 없었다. 사람들과 곰의 거리는 고작 1m 정도였는데도 곰은 우리에게 다가오지 않았다. 그리고 말없이 고개만 도리도리 흔들 뿐. 아이들은 '곰이 인사를 하나 봐.'라고 좋아했지만, 스트레스성 이상 반응인 것을 알았기에 안쓰러워 미간이 찌푸려졌다.

"그만 가자, 얘들아."

돌아오는 길에 큰아이가 말했다.

"엄마, 곰이 우리에게 왜 못 왔는지 알 것 같아."

아이는 곰이 있던 바위 주변 틈틈이 세워진 날카로운 꼬챙이들을 보았다고 했다. 당나귀가 있던 곳의 울타리에는 전기가 통하니 조심하라는 팻말도 봤고, 한 마리뿐인 늑대는 너무 외로워 보였다며 고개를 푹 숙였다. 딸아이는 차게 얼은 손으로 내 팔을 꼭 잡더니 동물원 오지 않기로 한 다짐을 다시 지켜보자고 넌지시 말했다.

나는 유난을 떨고 싶지 않아 소신을 조용히 지키고자 하는 편이다. 제주도 관광 보트가 돌고래들을 다치게 한다는 것을 알고는 매달 돌고래지킴이 후원금을 내고, 밍크 털이 뽑히는 영상을 보고는 밍크와 가죽을 되도록 멀리하려 유혹에 눈을 감는다. 아이를 갖고는 생명에 대한 고민이 많아져 육류와 생선 먹는 횟수를 줄이고자 염두에 둔다. 대부분 모르지만 홀로 조용히 1년간 채식을 하기도 했고 여전히 육류를 먹을 때마다 약간의 죄책감을 느낀다.

동물원도 마찬가지였다. 누구의 권리로 우리는 생명을 가두고 구경하는 것일까. 흑인을 철창에 가두고 구경하던 백인들의 잔인함과 다를 것이 무엇일까. 난 아이들에게 동물원에 대해 이렇게 이야기하곤 한다.

'너희를 좁은 공간에 가두고 사람들이 노는 거 쉬하는 거 밥 먹는 거 다 지켜본다고 상상해 봐. 심지어 아무도 모르게 코딱지 파고 싶은데 그것도 모두가 지켜보며 사진 찍는다면? 너희 마음대로 할 수 있는 게 아무것도 없다면? 자유 없이 통제되는 삶, 보살핌이란 말로 포장되는 삶. 엄마, 아빠, 친구도 없이 평생을 갇혀 지내는 거야. 그 이유는 사람들이 너희 모습을 궁금해하니까.'

일기장도 자물쇠 잠가 가며 비밀을 채워나가는 아이들에게는 엄청나게 충격적이고 끔찍한 일이다.

당연히 나도 매번 흔들리기도 하고 유혹에 넘어간다. 지글지글 삼겹살에 침이 꼴깍 넘어가고, 친구가 입은 밍크가 너무 따뜻해 보이고, 아이들에게 범고래를 보여주고 싶은 마음에 수족관 티켓을 사기도 한다. 여러 번 결심하고 무너지고 또다시 결심하고. 육식도 동물원도 수족관도 당연한 듯 소신을 잊은 채 살고 있다 이번 여행을 마치고 또다시 마음을 잡았다. 칸트가 양심을 다잡게 했고, 동물원이 소신을 지키게 해 주었다.

조금 다른 눈으로 바라본 여행. 생각이 많아진 김에 '칼리닌그라드가 언젠가 다시 독일의 땅으로 돌아갈 수 있을까?'라고 혼자 의문을 품고 있는데 요즘 한국 역사를 배우고 있는 큰아이가 말했다.

"중국도 고구려 땅 다 돌려줘야 하지 않아?"

얽히고설킨, 뺏고 뺏기는 역사를 어찌 내가 이러쿵저러쿵할 수 있을까.

멀리 볼 것이 아니라 우선 코앞의 내 작은 소신 하나라도 잘 지키며 있어 봐야겠다.

칼리닌그라드에 있는 가족 요정 동상들

4 작은 여행에서 발견한 특별함

- 토르조크

　때로는 '놓는다.'라는 것이 포기하는 것이 아니라 나에 대한 사랑을 뜻하기도 한다. 인생에 자유의 단맛을 살짝 핥게 기회를 내주는 것은 얼마나 짜릿한 일인가. 조금 늦게까지 자도록 나를 내버려두는 일도, 탄단지 잘 지켜가며 먹다가 맥주 한 잔 따라 놓고 짜파게티에 잘 구운 삼겹살을 얹어 먹는 것도. 오늘 나를 포기한 것이 아니라 '잠깐 나를 놓는다.'라고 생각하면 잘 쉬어가는 하루가 그리 후회스럽지만도 않다.

　살다 보면, 아니 겨우 마흔하나에 '살다 보면'이 할 말은 아니겠지만. 아등바등 잡고 있는 끈을 막상 턱 하니 놓아봐도 사실 별로 달라질 것은 없다. 오히려 얼마나 홀가분하고 자유로운지 모른다. 나는 오랜 시간 그 끈을 쥐어 잡고 위만 보며 사는 사람이었다. 매년 기부를 하고 매년 검소하게 살고자 수십 권의 책을 영양제 먹듯 습관처럼 읽으면서도 샘이 많아 위를 보면 배 아파하던 사람.

　신혼 때에 비하면 나는 분명 계단 오르듯 차차 나아진 형편으로 살아가고 있는데도 여전히 살 수 없는 것들을 부러움이 가득 실린 눈으로 바라봤다. 하나 가격에도 발라당 넘어갈 뻔한 가방을 색깔별로 집에 차곡히 모셔놓은 친구들 집에 가보고는 며칠을 시무룩해지기도 했다.

나처럼 여유로운 밥 세 끼를 먹으며 편안히 새벽 시간을 깨우는 일상이 누군가에게는 그토록 바라던 하루란 것을 몰랐던 것도 아니었다. '감사해야지.' 마음만 먹을 뿐 누가 새로 분양받은 신도시의 아파트가, 새로 산 최고급 외제 차가 여전히 배가 아파 쩔쩔매는 속물 중의 속물이 바로 나였다.

쓸데없는 것들에 대한 질투의 못난 싹이 움틀 때면 새벽에 일어나 명상하며 감사한 일 세 가지를 되뇌었다. 세 가지는 금방이었다. 줄줄이 나열하다 보면 서른 개쯤도 금세였다. 건강히 눈 뜬 아침도, 수술이 잘 끝난 엄마에게도, 운동을 시작한 아빠의 도전에도, 아이들의 까르르 웃음소리도, 저녁마다 내 일을 줄여주려 고무장갑을 대신 끼는 남편도, 햇볕이 그득히 담기는 널따란 창문도 모든 것이 감사할 것들 투성이였다. 기준이 나에게 맞추어지면 세상은 평온해진다는 걸 지금은 잘 알고 있다.

나는 비싼 옷을 사는 것은 몇 번을 망설이지만 읽고 싶은 책이 있으면 주저 없이 사곤 한다. 옷장에 가득해지는 옷보다 책장에, 내 머릿속에 차곡히 쌓이는 책에 마음이 더 들뜬다. 아이들이 원하는 책이 있다면 조금이라도 빨리 읽게 해 주고 싶어 더 저렴한 가격대를 찾지도 않고 망설임 없이 결제한다. 남들의 기준에 내 행복의 기준을 둘 필요는 없었다. 내 마음이 가는 대로 두는 것이 나를 사랑하는 행복의 시작이 되니까.

행복의 기준이 바뀌니 우리의 여행 스타일도 점점 바뀌어 갔다. "누가 여기 좋대~, 누가 여기 다녀왔대~" 하는 장소 대신 우리는 지도를 펴고 다음 여행 장소를 골랐다. 탄탄하게 짠 계획표를 버리고 그날의 기분 따라 달라지는 여행은 얼마나 로맨틱한가. 관광지가 있어서도 인스타용 사진을 찍을만한 곳이어서도 아니었다. 멀미가 심한 딸아이가 무리 없이

갈 수 있는 3시간 거리의 장소면 되었다. 그 주변을 둘러보며 우리만의
기억을 심어두면 우리에겐 시도 때도 없이 들춰낼 만한 앨범 속의 날들
이 되었다.

토르조크에 있는 커틀릿 집 〈리라〉

토르조크는 계획에 없던 여행지였다. 트베리에서 오스타쉬코프로 가던 중에 "토르조크 치킨 커틀릿이 맛있대."라는 남편의 스치는 말에 두 아이는 커틀릿 맛을 보고 싶다며 졸랐다. 아이들의 들뜸이 또 기분 좋아 우리는 그곳으로 갑작스레 차를 돌렸다.

작은 지류의 트베리차 강을 따라 수도원과 주택들이 띄엄띄엄 들어앉아 아늑함을 주는 마을이었다. 겨울의 너른 하얀 벌판이 구름 밑에서 넘실대는 동네의 푸시킨 카페 〈리라(Lira)〉. 테이블도 몇 개 없는 좁은 공간에 가정식으로 음식들이 내어지는 곳이었다. 그중 푸시킨이 극찬하며 즐겨 찾았다는 그 레시피 그대로의 커틀릿을 4접시 주문했다.

카페 근처에 푸시킨 박물관이 있다고 해 책을 뒤적여 보니 토르조크는 푸시킨이 스무 번 넘게 머물렀던 마을이라 한다. 기껏해야 말이나 마차로 이동했을 당시에 트베리로 향하던 그가 잠시 들러 쉬어가던 간이역이지 않았을까. 드넓은 하늘 밑 어딘가에 주저앉아 러시아인들이 시도 때도 없이 읊고 다니는 시를 마구 뿜어내던 곳이었다고 생각하니 입가가 간질간질했다.

바드득 눈 밟는 소리를 내며 카페까지 걸어가는 길에 '상트페테르부르크'와 '모스크바'라 쓰여 있는 이정표가 서로 다른 방향을 향해 서 있었다. 모스크바에서 출발해 생각지도 않았던 이곳에서 쉬어가려는 나는 잠시 기분이 묘했다. '푸시킨이 이곳에서 지금 내가 보는 노을을 보았겠구나. 나와 같은 식당에 들렀겠구나.' 평범한 커틀릿도 입안에서 맴도는 맛이 왠지 다르게 느껴질 것만 같았다.

아이들은 인생 최고의 커틀릿이라 했다. 두 아이는 카페에서 배를 따뜻하게 불리고 나와 바라보던 마을의 정경이 좋아서였는지, 아니면 정말 오로지 커틀릿 때문이었는지 몰라도 여행을 마치는 날 토르조크에 다시 들르자 했다.

"또? 커틀릿 먹으러 2시간을?"

"안 돼요, 아빠? 정말 최고의 커틀릿이었어요."

아이들의 부탁에 당연히 거절하는 법이 없는 아빠는 일주일간의 여행을 마치고 다시 토르조크로 향했다. 처음부터 계획에 없던 마을이었는데 또다시 방문하게 될 줄이야. 카페에 도착하자 신이 난 아들은 종업원 아주머니에게 물었다.

"저 기억하세요? 저희 또 왔어요."

수줍어하면서도 긴장된 표정으로 질문하는 아들의 엉뚱함에 종업원은 고개를 끄덕이며 이 마을에 어울리는 포근한 미소를 보내줬다. 아들은 후회 없이 커틀릿을 세 접시나 먹고서 모스크바로 돌아가는 길에는 만족한 듯 깊은 잠이 들었다.

푸시킨이 극찬한 **토르조크의 보드라운 커틀릿**

그 누가 한 마을에 커틀릿 때문에 두 번이나 들르겠냐마는 또 그 덕에 토르조크가 우리 마음속에 풍덩 담겼다. 손이 시려 딸아이와 두 몸을 목도리 하나로 돌돌 말고는 중심도 못 잡아 기우뚱거리며 깔깔거리던 행복이 하루에 가득 찼다. 벌겋게 꽁꽁 언 두 볼로 함박웃음을 지으며 커틀릿을 입 가득히 넣은 아들은 그 맛을 마음으로 기억했다.

작은 여행이었다. 가방에는 책들만 좀 넉넉히 챙겨간 갑작스러운 소박한 여행. 사방팔방 하얀 물감이 번질 대로 번져 지루해진 일상을 톡 깨고 나선 단출한 여행에서 우리는 이야기를 끄집어낼 때마다 서로 웃느라 정신없는 특별함을 또 하나 새겼다.

"아들, 우리 커틀릿 먹으러 토르조크에 두 번이나 간 유일한 한국인일 거야."

너희들 덕에 웃음의 여행이 또 하나 늘었다.

5 알면서도 어쩔 수 없이
- 엘브루스 1

점점 숨쉬기가 어려웠다. 두통이 시작되더니 한 쪽 귀가 찢어질 듯 아팠고, 점점 어지럼증이 심해지면서 서 있기조차 힘들었다.

유럽에서 가장 높다는 5,642m 만년설, 엘브루스산. 케이블카로 갈 수 있는 가장 높은 곳 해발 3,847m에 있는 산장 카페에 갔다. 해발 약 4,000m 융프라우에 올라서도 '귀가 멍무멍무해.'라며 깔깔거리고 재미있어하던 딸도 따뜻한 핫초코 한 잔을 다 못 비워내고 어지럽다며 테이블에 엎드렸다.

강한 바람에 걷기도 힘든 엘브루스산

모스크바에 눈 덮인 겨울이 찾아오기 전, 아이들에게 만년설을 보여주며 깜짝 놀라게 해 줄 심산으로 남편과 조용조용 계획을 세웠다. 날이 안 좋으면 케이블카가 운행되지 않고 산행도 금지되기에 '날씨야, 도와줘.'를 속으로 되뇌며 도착한 마을. 케이블카를 타기 위해 산의 입구까지 찾아 올라가는 길도 비현실적이었다.

구름에 둘러싸여 산 위로 달리다 보니 아이들은 이렇게 달리고 달려 하늘까지 닿을 것 같다고 했다. 멀지 않은 곳에 보이는 산봉우리들을 하나둘 세어가며 도착했을 때는 그동안 모스크바에서 눈이 왔다고 생각한 정도는 귀여운 애교란 생각이 듦과 동시에 이가 위아래로 덜덜 떨렸다. 사방이 하얗게 눈으로 뒤덮여 뻐끔뻐끔하는 사람들의 눈만 보일 뿐 온통 하얀 세상을 어찌 말로 더 세세히 표현해야 할지도 모르겠다.

차에서 내리는 순간 눈밭에 발이 푹푹 빠져 큰맘 먹고 산 방한 부츠도 금세 다 젖었다. 일순간에 온몸이 눈에 덮여 눈을 뜰 수가 없는데 과연 케이블카는 탈 수 있는 건지. 포기가 뭔지 모르는 남편의 주도로 우리는 쫄랑쫄랑 걸어가 케이블카 입장권을 사고, 사방이 눈에 둘러싸인 산자락으로 천천히 오르기 시작했다.

"오 마이 갓."

이게 맞는 거냐는 질문만 수십 번 했다. 케이블카에서 내려다보이는 산자락은 다큐멘터리에서도 본 적 없는, 애니메이션 세계에서나 볼법한 무시무시한 광경이었다. 남편은 경이롭다 했고, 딸은 춥다 했다. 아들은 이렇게 많은 눈은 처음이라며 발을 동동거리고 웃었다. 나는 겁이 났다. 아름다움을 넘어선 자연에 대한 두려움이었다.

"여보, 여기서 길 잃으면 아무도 우릴 못 찾아."

"하하, 길을 왜 잃어. 절대 그럴 일 없으니 이제 눈 좀 뜨고 둘러봐봐."

밀려오는 두려움에 핸드폰으로 음악을 틀어놓고 정신을 다른 곳에 집중시키려 애썼다. 케이블카 옆으로 뾰족하게 송곳니를 드러낸 산봉우리들 틈 사이는 끝이 내려다보이지 않을 만큼 밑으로 이어졌고, 눈보라를 몰고 다니는 회오리바람은 숭숭거리며 쉼 없이 소리쳤다. 케이블카 앞뒤는 다 비어있어 이 산에 있는 사람은 우리 가족뿐인 듯했다.

중간에 두세 번 케이블카를 갈아타고 우리가 오를 수 있는 최고 높이 3,847m에 도착했다. 세찬 바람에 딸은 중심을 못 잡고 휘청거렸다. 약 2,000m의 한라산 두 개를 연달아 쌓아 올린 높이니 눈이 사계절 내내 안 녹을만했고, 한참 밑에 둥둥 떠다니는 구름에 놀랄 것도 없었다.

날아다니는 새의 모습이 어색할 만큼 비현실적이던 만년설 꼭대기. 눈을 안고 불어닥치는 바람결에 고개를 들 수도 없었다. 숨이 안 쉬어질 만큼 세찬 바람과 싸워 이겨가며 한 걸음 한 걸음 어렵게 발을 옮겨 바로 앞 산장 카페로 들어갔다. 누구 하나 '카페로 들어가자.'라는 말도 없었다. 밖에서 버틸 방법이 없으니 날아가기 직전의 모자를 두 손으로 붙들고는 동시에 한 곳으로 향했을 뿐이었다. 물론 그 와중에 7살 아들은 생전 보지도 듣지도 못한 눈밭 천국에서 여전히 뒹굴고 눈을 뭉치고 신나긴 했다.

카페 안에는 쿵쾅거리는 내 마음과는 달리 평온한 주인장과 한 테이블을 차지한 커플이 있었다. 드디어 사람을 만났다. 그제야 '안전하겠지.'라는 마음이 스멀스멀 올라와 안심했다. 아이들 몸을 녹여 줄 핫초코와 차 두 잔을 시키고 블린(러시아식 팬케이크)과 메도빅(러시아식 꿀 케이크) 한 조각도 시켰다. 주문한 음식이 나올 동안 안을 둘러보니 넓지는 않지만 카운터의 벽과 천장에 세계의 다양한 지폐들이 꽉 채워져 있었다. 인적 드문 이곳까지 이렇게 많은 세상의 사람이 다녀갔다는 말인가.

해발 3,847m에 있는 카페

　음식이 나올 동안 한참을 두리번거리던 아이들은 아무래도 한국 지폐
가 없는 것 같다며 안쪽까지 구석구석 둘러보기 시작했다. 나는 어질어
질 숨쉬기가 조금씩 벅차지는데 아이들은 한국 돈이 없어 내심 서운한지
시켜 놓은 음식은 먹지도 않았다.

　"니엣 예스쯔 까레이스끼 젠기?"(한국 돈, 없어요?)

　말도 안 되는 러시아어를 더듬더듬 이어가며 물어봤다. 주인아주머니
는 환히 웃으며 한국 돈은 아직 없다고 하셨다. 저 많은 돈 중에 한국 돈
이 없다고? 한국 사람이, 더군다나 한국 아이들이 왔다 갔을 것 같지도

않지만, 혹시나 왔다 간들 한국 지폐가 지갑 속에 있을 행운을 얻기도 쉽지 않았을 것 같다.

그 첫 행운을 다행히 우리가 챙겼다. 남편과 나는 지갑, 주머니를 다 뒤져 꼬깃꼬깃해진 천 원짜리 지폐 한 장을 겨우 찾았다. 돈이 없으면 어쩌나 옆에서 조마조마하게 지켜보던 아이들은 환호성을 질렀다. 다른 사람들이 한 것처럼 지폐에 날짜와 이름을 썼다. 주인아주머니께서는 스테이플러를 가져다주시고는 제일 잘 보이는 자리에 붙이라며 직접 나서 도와주셨다.

"이제 한국 돈도 있어요. 한국 사람도 왔다 갔어요."

아이들은 타국에 살며 '한국인'이라는 자부심이 얼마나 큰지 모른다. 어디를 가나 'BTS', 'BLACK PINK'와 같은 나라 사람이냐며 다가와 주는 러시아인들 덕에 아이들은 '한국인'이라는 것을 더욱이 자랑스럽게 여겨 왔다. 엄마는 당장 쓰러져도 이상할 것 없을 만큼 이를 벌벌 떠는 무서움을 이겨내고 올라온 이 높은 곳에, 다른 나라 지폐와 함께 한국 돈이 전시되었다는 것이 아이들은 얼마나 뿌듯했을까.

사실 쉽지 않은 일정이었다. 아이들에게 만년설을 다시 보여주고 싶다는 남편의 의견으로 차를 일부러 렌트했고, 케이블카라면 등에서 식은 땀부터 흘리는 나는 엄마 손을 꼭 잡아 준 아이들 덕에 용기를 냈고, 마침 남편의 낡은 지갑에는 꼬깃하게 접힌 천 원짜리 지폐가 들어있었다. 모든 우연이 맞아떨어진 덕에 우리 아이들은 그 카페의 수백 장 지폐 중, 최초의 한국 돈을 전시할 수 있는 특별한 기억을 간직했다.

사실 뿌듯함이고 뭐고 그런 감정들은 아이들이 충분히 느끼게 던져주고 나는 당장 너무 어지러워 더 이상 버틸 재간이 없었다. 아무렇지 않게 차를 마시고 있는 옆 테이블의 커플도, 친절히 아이들에게 말을 걸어주는 주인아주머니도 다 괜찮은데 나는 왜 숨쉬기가 점점 힘들어지는지.

꾹 참고 버티던 딸도 점점 기력을 잃더니 머리가 너무 아프다며 이제 내려가고 싶다 했다. 다시는 올라오지 못할 이곳의 사진을 많이 남겨야 한다고 머리로만 생각할 뿐 몸은 움직여지지 않았다. 우리는 구름이 발밑에 깔리고 손과 눈이 닿는 모든 곳이 하얗디하얀 신비로운 엘브루스의 사진을 많이 남길 수 없었다. 사진 한 장 찍으려 핸드폰을 꺼낼 기운도 없었다. 케이블카를 다시 타고 내려와 차에 타고서야 '하, 그 모습이 기억에서 잊히면 어쩌지.' 하는 아쉬움만 진하게 남았을 뿐이었다.

아쉬울 것을 당연히 알았지만, 다시 돌아간다 해도 어쩌지 못했을 컨디션이었다. 후회할 필요 없다며 스스로 위로하고 있었는데, 아들이 나를 톡톡 치더니 장난기 가득한 표정으로 씨익 웃었다.

"엄마, 난 엘브루스 꼭대기를 가지고 내려왔어!"

"응?"

"엄마 어지러워서 마음에 담지 못했을까 봐 내가 대신 담아왔어."

그러더니 아들은 주머니에서 꽁꽁 뭉친 눈 뭉치를 조심스레 꺼냈다. 어질어질한 머리를 잡고 딸아이와 케이블카로 직행할 동안 엉뚱한 아들은 자기 주먹으로 꽁꽁 뭉친 눈덩이를 주머니에 담아왔던 것이다.

눈이 녹으면 자기의 엘브루스 기억도 녹는다며 애지중지했는데도, 차에서 쓰러져 잠들어 있는 동안 따뜻한 아들 손에 놓인 눈덩이는 스르르 녹아 두 손을 촉촉이 적셨다.

잠에서 깨어나 흔적도 없이 사라진 엘브루스의 눈덩이를 찾으며 잠시 울먹거렸지만, 녹을 것에 대한 마음의 준비를 조금은 해 두었었는지 빈 손을 들여다보다 말했다.

"엄마가 어지럽지 않을 때 엘브루스 눈을 만져봤으니 괜찮아. 그래도 다행인 건, 다 녹기 전에 이미 마음속에 기억을 담아뒀어."

아들은 스스로 마음을 위로했다. 상처받기 싫어 미리 자신을 어루만졌다. 헤어짐이 늘 힘든 꼬마는 녹을 것을 알면서도 엄마에게 보여주려 어쩔 수 없이 조금 더 짠한 이별을 택했을 것이다. 알면서도 어쩔 수 없이.

이제 오동통한 아들 손을 볼 때마다 그 안에 담겨 있던 엘브루스가 언제든 떠오르겠지. 엄마에게 보여 줄 생각에 설렜을 아들의 마음. 이가 덜덜 떨릴 만큼 추웠지만 기억만큼은 또다시 따뜻해진 겨울 여행이 차곡히 저장됐다.

우리만의 기억, 엘브루스.

만년설 꼭대기에서 아들은 눈 한 줌을 담아왔다.

6 행복은 고양이처럼 다가온다
- 엘브루스 2

  행복은 고양이 같다고들 한다. 오라고 손짓하면 피하지만 하루를 묵묵히 보내고 있다 보면, 어느 순간 내 곁을 지키고 있으니. 사실 행복은 찾아 나설 것도 없다. 온전히 하루에 집중해 보면 이미 어딘가에서 톡톡 튀어나온다는 것을 알아채 번뜩 놀랄 수도 있다.

  나에게 커다란 행복은 책이었다. 아이들도 책으로 키웠다 할 수 있을 만큼 육아의 대부분도 책과 함께였다. 아이들에게 독서의 행복을 평생의 선물로 쥐여주기 위해 밤낮으로 무단히 노력했다. 하지만 전쟁이 나고 비행기가 다 끊기자 책을 구하기가 쉽지 않았다. 두 아이가 하루 동안 머릿속에 넣어두는 책이 적게는 대여섯 권, 일주일만 해도 수십 권이었다. 전쟁통에 원하는 책들을 구하는 게 점점 귀한 일이 되고 있었다.

  알음알음 서로 물건을 사고파는 교민들의 장터에는 이미 갖고 있는 책 외에 20년은 더 돌고 돌았을 귀퉁이 찢어진 책들이 대부분이었다. 그거라도 아쉬워 값을 묻지도 따지지도 않고 사 왔다.

  어쩔 수 없이 선택한 것에 더 나은 꽃이 피어난다는 것은 내가 마흔이 돼서야 알아차린 진리다.

아이가 책에 갈증이 나서 독서를 멀리하면 어쩌나 했는데 나만의 착각이었다. 한 번 읽으면 기억이 또렷하게 나서 재미없다 하던 딸은 그 무렵, 예전에 읽었던 책들을 다시 펴기 시작했다. 아이에게 독서는 이미 몸에 스며든 습관이라 버리고 멀어질 존재가 아니었다. 읽었던 책을 다시 꺼내 읽더니 새로운 표현을 읊어댔다.

"엄마, 얘가 이런 말을 해서 주디가 오해했었던 거였네."

"엄마, 이런 표현 너무 클래식하지 않아? 난 이 단어 들어간 말이 그냥 참 좋더라."

"엄마, 책들은 끝에 항상 이런 말로 마무리를 하는 거 알고 있었어?"

같은 책을 2번, 3번, 많게는 달달 외울 만큼, 다른 출판사의 같은 책들까지 섭렵하더니 글의 구조까지 스스로 파악하고 있었다. 드디어 다독이 아니라 정독을 하게 된 것이다.

새로운 책이 책장에 채워지는 수가 현저히 적다 보니 이제야 진짜 독서를 하게 된 아이. 열 살까지 그랬던 것처럼 원하는 책들을 바로바로 상자 가득히 담아 턱 하니 침대 옆에 놓아주었다면 아이는 여전히 책 속의 숨은 보물들을 스스로 다 찾아내지는 못했을지도 모른다. 침대에 누워 포근한 이불을 덮고 꼼지락거리며 책을 읽는 아이들은 말하지 않아도 행복을 주워 담고 있음이 훤히 보였다.

엘부르스 만년설을 다녀와 하루는 쉬어야겠다고 선언하고 드러누운 날이었다. 전날 세찬 바람을 맞아 온몸이 으실거렸고 아이들은 따뜻한 숙소가 좋았는지 나가잔 말도 없었다. 정오가 다 되도록 커다란 방 안 가득 웃음소리 채우며 노느라 바빴다.

느지막이 찌뿌둥한 몸을 겨우 일으켜 점심도 먹을 겸 드라이브를 나갔다. 아무 기대 없이 출발한 날 우리는 생각지도 못한 파라다이스를 두 눈에 담았다. 하, 그날. 그날 눈앞에 펼쳐진 감동을 다시 느낄 여행이 앞으로 또 있기는 할까.

좁은 산길에 들어서자 양옆에는 자그마한 가정집들이 즐비해 있었다. 조심조심 비좁은 길을 지나가는 길에 어디서 튀어나온 소 한 마리가 차 앞길을 막았다. 우리는 차를 세우고 사진을 찍고 소리를 지르며 소 가까이 다가가 이 광경을 어찌 눈에 다 넣을지 몰라 한참을 머물렀다.

차를 타고 몇 분 더 산길을 오르자 또 한 마리, 또 다른 한 마리. 젖소, 흑소, 하얀 소 가릴 것 없이 온 종류의 소들이 길을 가로막거나 차 옆으로 유유히 지나갔다. 한 시간 가까이 산에 올라가는 길 내내 양옆의 소들은 '우리 동네에 어쩐 일이야.'라는 표정으로 바라보기만 할 뿐 피하지도 겁내지도 않았다. 창문 바로 옆을 지나는 소의 땡그란 눈에 반한 아이들은 사파리에 온 것 같다며 정신없이 웃어댔다.

소들과 눈을 맞추며 가다 보니 귀가 멍멍해질 만큼 높은 곳까지 올라와 있었다. 가벼운 마음으로 시작한 드라이브였는데 운전하는 남편도 각자의 창문에 얼굴을 파묻은 우리도 시간 가는 줄 모르고 길이 나 있는 대로 올라가고 또 올라갔던 것이다.

"잠깐만. 저기 좀 봐, 여보. 차 좀 세워봐."

산 위에서 만난 양치기 개

　한참을 오르다 보니 드넓게 펼쳐진 산 위의 평지 위에 수백 마리의 소들이 자유를 누비고 있었다. 하늘과 땅이 맞닿은 곳에서 크레파스 중 황금색과 정확히 일치하는 풀들 사이를 비집고 다니는 수백 마리의 소들. 높고도 높은 산 위에 펼쳐진 광경에 우리는 모두 넋이 나갔다. 그냥 지나칠 수 없어 한 곳에 차를 세우고 내리자, 아이들 동화책에서나 보던 양치기 개 두 마리가 꼬리가 닳도록 흔들며 우리에게 달려들었다.

　덩치 큰 개가 아이 품에 안기는 순간 아이는 휘청하고 넘어졌다. 두 아이는 개만큼이나 신이 나면서도 괜찮은 건가 싶어 내 눈을 마주쳤다. 엄마의 미소를 보고는 그제야 개를 안고 고운 털을 쓰다듬었다.

천국을 가면 이런 곳으로 시작되지 않을까? 손으로 꽁꽁 뭉쳐 놓은 듯
한 새하얀 뭉게구름들이 저 끝까지 흩어져 있는 소들과 함께라 더 그림
같은 장면이 연출됐다.

그때 마차 모양을 한 트럭에서 수염을 길게 기른 아저씨가 나왔다. 높
디높은 산에서 소들을 지키고 있는 듯 보이는 아저씨는 우리에게 거리낌
없이 말을 걸며 무언가를 건넸다. 육포였다. 설마.

"저 소들로 만든 육포는 아니죠?"

아저씨는 고개를 뒤로 젖혀가며 웃더니 왜 아니겠냐고 했다. 거절 못
하는 남편이 어정쩡하게 받아 든 육포를 한 입 먹는 듯 흉내는 냈지만,
소를 보면서 소의 친구로 만든 육포를 먹는 것이 나는 좀 이상했다. 아저
씨는 한가로이 육포를 뜯으며 수백 마리의 소와 몇 마리의 말들을 돌보
고 있었다. 표정에 근심도 걱정도 하나 없이 편안함만 가득했다.

이곳에서 살면 저절로 도 닦는 기분으로 욕심 하나 없이 살 수 있지 않
을까. 자연이 주는 신비로운 힘을 제대로 느낀 순간이었다. 나와 정반대
의 남편은 "저 아저씨 산 밑에 내려가면 건물주일지도 몰라. 소가 몇 마
리야 대체."라고 말했지만 난 내 믿음을 간직하고 싶어 남편의 말에는 대
꾸도 하지 않고 흘려들었다.

아이들이 개와 말과 노는 동안 주위를 둘러보니 산봉우리에 둘러싸인
공터는 끝이 보이지 않을 만큼 드넓었다. 틈틈이 퍼지는 아저씨의 휘파
람 소리 말고는 바람 소리마저 들리지 않아 마치 가상의 공간 같았다.

자연이 주는 신비함은 가벼운 산책으로 끝났을 하루를 가슴에 '턱'하고 박힌 날로 만들었다. 촘촘한 계획 없이 떠난 여행이었기에 가능했다.

더 어두워지기 전에 내려가자고 아이들을 설득해 차에 탔다. 먹구름이 하늘 끝에서 서서히 번져오기에 서둘러 산에서 내려와야 했지만, 아이들은 눈으로 본 것이 꿈이 아니었는지 몇 번을 물었다. 믿을 수 없는 장면이라 엄마도 잘 모르겠으니 오늘 밤, 잠을 자보고 다시 생각해 보자 답했다.

먹구름은 어디로 갔는지 붉은 노을이 파도처럼 스르륵 넘어올 때쯤 산밑에 다다랐다. 이번엔 수백 마리의 양 떼를 만났다. 아이들 바로 옆까지 와서 서성거리는 아기 양들. 뒤뚱거리는 엉덩이가 귀여워 졸졸 따라다니며 한참을 또 산자락에 머물렀다.

마음에 담긴 욕심이 녹아버리는 평화로운 산 정상에서의 시간

양들이 행여나 길을 잃을까 싶어 말을 타고 지켜보는 아저씨, 여기저기 전속력으로 휘젓고 다니며 사방을 주시하는 양치기 개 세 마리, 여유로이 노을 밑에서 풀 뜯는 수백 마리의 양 떼들. 쉴 새 없이 재잘거리던 두 아이도 그 모습을 보고는 말없이 한참을 들여다봤다.

산 중턱에서 본 그림들을 마음속에 담아두고 살면 지치고 힘들 때 잠시나마 미소 지어질 것 같았다. 여행 다니며 좋은 것, 맛있는 것, 예쁜 것을 찾아다닐 때는 정작 보이지 않았던 행복이 마음 내려놓고 어슬렁 산책하는 날 스며들 듯 찾아왔다. 행복은 정말 고양이가 맞는 건가? 다가가면 뒷걸음질 치고, 모른 척 다른 곳을 바라보면 슬며시 곁에 머문다.

그날도 고양이처럼 찾아온 행복이 무겁게 담겨 선명히 남았다. 언제든 꺼내 볼 수 있게. 다시 떠올려도 눈으로 본 하루가 맞는지 한참을 멍하게 만드는 기억, 그날은 통째로 '행복'이었다. 행복이 눈앞에 그림처럼 펼쳐졌던 여행길의 산책. 행복의 동네로 일기장에 조용히 담긴 하루의 기억이다.

7 특별할 것 없는 지금, 이 순간이라서
– 퍄티고르스크

"엄마, 갈색 고양이 이름은 판도라야."

늦은 저녁 숲길을 한참 지나 호텔에 도착했다. 이미 어둠은 바닥까지 깔렸고 새로 지어진 건물에서 나오는 주황 불빛만이 겨울의 밤을 밝히고 있었다. 빛

아이들이 흠뻑 정을 준 호텔 고양이들

을 마주 보고 주차하자마자 어디선가 톡 하고 새끼 고양이 두 마리가 튀어나왔다.

아이들은 차에서 짐도 내리기 전에 고양이를 졸졸 따라다니더니 유독 아이들 손길을 좋아하던 갈색 얼룩무늬 고양이에게 '판도라'라는 이름과 함께 이미 정도 따라 붙였다. 그다음은 매번 뻔한 스토리다.

아이들에게는 퍄티고르스크라는 낯선 이름이 아닌 판도라의 마을로 기억이 새겨졌다. 그날부터 슈퍼에서 일회용 그릇과 고양이 사료를 사서는 아침, 저녁으로 판도라의 식사를 챙겼다. 지나가는 동물에 눈을 못 떼는 러시아 사람들처럼 두 아이도 고양이에게 흠뻑 정을 줘버렸다. 떠날 때는 또 아픈 이별을 받아들여야 했지만, 미리 말리고 싶지는 않았다.

판도라의 마을, 퍄티고르스크는 이름도 생전 들어본 적 없는 마을이었음에도 기억하고 싶은 일들이 산더미처럼 쏟아져 내린 곳이었다. 도착한 순간부터 자연의 향이 내 온몸을 서서히 뒤 감아 힐링의 시간이 시작됐다. 숲속에 지어진 호텔인지라 아침에 일어나 창문을 열면 나뭇잎들이 코끝에서 바람을 낸다 해도 믿을 만큼 자연의 향 속에 풍덩 빠져 버린다. 향으로 기억되는 동네였다. 커다란 창문으로 들어오는 겨울날 숲의 향기라니. 눈 감고 앉아만 있어도 세상만사 모든 욕심이 사라지는 잔잔한 기운이었다.

퍄티고르스크는 5개의 산이라는 뜻으로 곳곳에 온천물이 솟아 나와 노인들의 요양지로 알려진 곳이다. 사람들이 한겨울에 노천탕을 찾아 병을 고친다는 호텔 직원의 이야기를 듣고 우리도 눈 쌓인 언덕에서 펄펄 끓고 있는 온천물을 찾아갔다. 물이 샘솟는 곳은 성인 5명이 들어가 앉으면 꽉 찰 정도의 작은 웅덩이였다. 크지 않은 그곳은 이미 수영복을 입고 들어가 있는 러시아 사람들로 자리가 다 채워졌다.

아이들은 한겨울에 온 살을 내밀고 있는 어른들이 신기했는지 멀뚱히 바라만 보다가 아빠의 시범에 안심하고 그제야 얼어붙은 두 손을 물속에 살짝 담갔다.

"아, 뜨거워!"

영하 10도의 날씨에 바로 식을 법도 한데 신기하리만큼 여전히 뜨거운 채 온천물은 계속 샘솟고 있었다. 온천물이라면 자다가도 벌떡 일어나 들어갈 만큼 좋아하는 나는 같은 시각, 다른 것에 정신이 팔렸다. 가파른 산길 아래에 자그마한 집들이 다닥다닥 붙어있는 마을, 그 마을을 덮은 한겨울의 푸른 하늘과 흩뿌려지는 눈송이들. 그 광경을 바라보며 발을 담근 러시아 사람들의 노곤한 표정까지 그림인지 실제인지 구별하고 싶지 않았다.

마음에 콕 새겨 그려 넣고 싶은 장면을 두고 오기가 아쉽다는 이유로 노천탕이 내려다보이는 높은 언덕 위의 레스토랑으로 들어갔다. 한쪽 벽면에는 불 난로가 지펴지고 생화들이 테이블마다 놓인 식당은 별빛을 닮은 은은한 조명까지 그 밤의 내 감성과 딱 맞아떨어지는 곳이었다. 하늘이 짙어지는데도 노천탕에는 끊이지 않고 사람들의 발길이 닿았다.

여행하다 보면 엄마, 아빠를 모셔 오고 싶은 곳이 참 많은데 여기는 특히나 자연을 사랑하는 아빠와 늘 무릎이 아픈 엄마가 유독 생각이 났다. 저곳에 발을 담고 있는 흰머리 가득한 노인들처럼 엄마도 무릎이 이제 다 나으리라는 희망으로 발을 담그게 하고 싶었다. 언덕에 올라 발을 담근 엄마를 지긋이 바라보며 더 아프지 않기를 간절히 바라고 있을 아빠의 모습도 또렷이 상상됐다.

다음 날, 퍄티고르스크에 머무는 동안 조금 더 깊은 숲으로 가보고 싶어 호텔 앞 산 위에 있다는 전망대에 올라가기로 했다. 늦은 아침 판도라의 식사까지 챙겨주고는 천천히 길을 나섰다. 멀지 않은 길이었지만 널브러진 나무 조각들도 아이들에게는 이야깃거리였고, 쭉 내어진 모랫길은 넷이 달리기 시합을 하기 적합한 곳이기도 했다. 마을의 아기자기한 돌멩이들이 유난히 예뻐 몇 개 주워가야 한다는 아이들의 핑계로 오후가 되어서야 드디어 산길 앞에 도착했다.

구글 지도에서 30~40분 정도면 오를 수 있다고 나오기에 우리는 느긋하게 가벼운 등산을 시작했다. 하지만 가벼운 등산은 무슨. 시작부터 지탱할 지팡이가 필요할 만큼 가팔랐다. 곳곳에 쓰러져 있는 큼지막한 나무들이 길을 막고 있었고 나뭇잎들이 바람에 흩날려 얼굴에 달라붙었다. 처음 생각한 것처럼 동네 산책 정도로 끝나지 않을 것임을 직감했다. 10분쯤 오르다 '그만 호텔로 돌아갈까, 아니면 끝까지 가볼까.' 고민하던 차에 아빠와 똑 닮은 딸아이가 용기를 냈다.

"그래도 가보자. 시작했는데 포기하고 싶지 않아."

아빠의 손을 잡고 앞장서는 큰 딸아이의 포부와는 달리 나와 아들은 걸음이 뒤로 쳐지기 시작했다. 호텔로 당장 돌아가고 싶은 마음은 굴뚝인데 내가 마음이 약해지면 이미 털모자 안에 땀이 흐르고 있는 아들까지 겁먹을 것이 뻔했다. "해보자, 아들!", "우린 해낼 수 있어!", "오늘의 멋진 도전이다!"라고 힘을 주며 무거운 한 걸음 한 걸음을 함께 옮겼다.

1시간이 넘도록 가파른 산을 올라도 구글 지도는 여전히 30분이 남았다고 했다. 인적도 드물고 날도 어두워져 겁 많은 나는 가슴이 쿵쾅거렸다. 앞장선 남편은 아이들에게 비슷한 마음을 들킬까 싶어 조금만 더 힘을 내보자고 했다.
'이제는 내려가는 게 맞지 않나.' 싶을 때쯤 여유롭게 이야기를 나누며 산을 오르는 할머니 두 분을 만났다. 순간 길을 잃은 것 같아 두렵던 마음이 사라지고 그제야 마음이 놓였다. 두 할머니를 뒤따라 30분쯤 더 오르니 조금씩 마을이 내려다보이기 시작했다.

온몸이 땀에 젖어 어떤 에너지도 남아 있지 않았지만, 숨을 헐떡거리며 위에서 내려다본 마을 전경은 온 피로를 싹 가시게 했다.

"애들아, 저 밑에 좀 봐봐. 우리가 이만큼 올라온 거야."

아이들은 산 밑을 우두커니 내려다봤다. 한참 밑에 그려진 마을을 내려다보는 것만으로도 가슴이 뻥 뚫리는 기분이었다. 10분 정도 더 올라가 도착한 다 저녁의 캄캄한 정상에서 아들은 헉헉거리며 내 손을 꼭 잡았다.

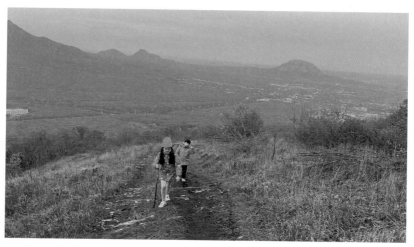

끝까지 해낼 수 있다고 믿었던 두 아이의 씩씩한 발걸음

"엄마, 우리가 해냈어. 우리가 드디어 해냈어."

정상에 서서 끝없이 펼쳐진 하얀 마을을 보며 아이들은 '뿌듯함'이라는 단어를 마음에 심었다. 내려오는 길은 밤하늘의 쏟아지는 별빛을 머리에

이고 케이블카로 단 1분 만에 슝 소리와 함께 끝났지만 오히려 그래서 다행이었다.

산책 정도로 생각했던 호텔 앞산은 평범한 하루로 끝날 우리에게 특별함이 되어 돌아와 주었다. 자연의 향만을 기억해도 충분했을 마을에서 '우리는 해내고야 만다.'라는 자신감까지 어깨 가득 싣고 온 여행이었다.

여행은 특별할 것 하나 없는 지금, 이 순간을 스위치 하나로 바뀌게 한다. 숲 안에 자리 잡은 흔한 호텔이었지만 아이들은 여전히 '판도라는 잘 있을까?'라며 정 주고 온 고양이를 그리워한다. 예상과 조금만 빗나가도 돌아서는 나는 아이들 덕에 용기를 냈다. 함께 오른 정상에서 정신이 번쩍 날 만큼 아름다운 마을을 내려다봤다. 내일은 또 다른 도전을 해낼 수도 있을 것 같다는 조용한 자신감도 얻었다.

겨우 3일 밤만을 묵고 우리는 돌아왔다. 100년도 더 되었다는 퍄티고르스크 마을의 첫 카페에 들러 내 입에는 영 맞지 않는 오렌지 커피를 끝으로 마지막 인사를 했다. 다시 돌아올 수 있을까. 러시아의 큰 땅덩어리에 아직 내 발을 들이지 않은 수많은 마을을 두고 또 판도라의 마을에 오지는 않겠지만 언덕 위의 노천탕, 별빛 가득했던 산 정상의 밤, 판도라의 그르렁 소리까지 잊으려야 잊을 수 없는 동네로 오래 남을 듯싶다.

굿바이, 판도라. 굿바이, 퍄티고르스크.

8 홍차 한 잔과 각설탕 하나의 위로

- 랴잔

"여보는 로봇이야? 왜 감정 표현을 안 해?"

그 말에도 묵묵히 듣기만 할 뿐 남편은 말이 없었다. 맛있는 갈비찜을 해도 "오~ 맛있네." 정도가 노력한 표현이다. 가구까지 이리저리 옮겨가며 대청소를 해 놓아도 뭐가 바뀌었는지 눈치채지 못한다. 머리를 뽀글뽀글 파마하고 영상통화를 걸면 점심은 먹었는지만 물을 뿐 머리가 바뀐것을 아는지 모르는지 도통 아는 척을 하지 않는다.

맛있는 디저트 하나에도 발을 동동 구르고 식탁을 탁탁 치며 돌고래 소리로 반응하는 나와는 정반대의 남편을 만났다. 남편네 집을 처음 갔을 때는 웃음소리 하나 없이 조용한 식사 자리에 놀라 어느 순간에 말을 꺼내야 할지도 모를 만큼 달라도 너무 달랐다.

내 기준의 감정선에서만 남편을 보니 점점 서운함이 쌓여갈 수밖에 없었다. 그러다 도통 속을 드러내지 않는 남편의 모습에 화가 나면 "내가 누구 때문에 여기와 이 고생인데."라는 말이 습관처럼 나왔다. 뭐, 남편은 그 말에도 화를 내기는커녕 긴 한숨만 뱉어낼 뿐이었다.

핑계 같지만 마흔이 넘으니, 몸이 예전 같지 않았다. 한두 달 사이에 3~4kg 정도 체중이 늘고, 자도 자도 잠이 쏟아져 저녁 8시만 되면 침대로 들어갔다. 먹고 자고 반복하다 보니 몸은 부어 주먹 쥐는 것도 편치 않고 빠지지 않던 발레 수업도 슬금슬금 게을러졌다.

낮 동안 내내 자다가 내심 찔려 남편에게 전화를 걸었다. "갱년기인가 봐. 발레 언니들이 그러는데 이렇게 체중 증가로 시작한대. 몸이 부어서 너무 힘들고 두통도 자주 생겨." 주절주절 떠드는데, "응, 그래? 어떡하지?" 뭐 이런 성의 없는 말만 내뱉길래 바쁜가 싶어 집에서 얘기하자 하고 통화를 마쳤다.

저녁에 역시나 녹초가 된 몸으로 샤워를 마치고 나오니 얼음 동동 띄운 석류 주스 한 잔이 식탁 위에 놓여 있었다.

"이것 좀 마셔봐."

남편의 말에 한 입 마시고는 "아오, 싱거워. 얼음이 너무 많아." 하고는 침대로 쏙 들어갔다. 다음 날 새벽에 일어나 생각해 보니 석류를 눈앞에서 즙을 내어 파는 곳은 남편 회사와 한참 떨어진 시내 과일가게였다. 남편이 일어나자마자 물었다.

"여보, 혹시 어제 이거 사려고 시내까지 다녀온 거야?"

눈도 못 뜬 남편은 "응, 석류가 갱년기에 좋다더라."라고 무심히 내뱉었다. 그리고 냉장고를 열어보니 진하게 짜 내려진 석류즙이 3통이나 차곡히 줄지어 있었다.

내 기준선에서 이 사람의 감정 표현에만 초점을 맞추다 보니 모든 게 부족하고 성에 안 찼다. 이 사람은 저녁만 먹으면 곯아떨어지는 아내를 대신에 늘 고무장갑을 끼면서도 불평 한마디 없었다. 저녁 먹다가 무심코 버거킹 아이스크림이 먹고 싶지 않냐는 말을 던지면 30분 후 '띵똥' 아이스크림이 배달된다. "뭐야~?" 하면 "먹고 싶다며." 하고 또 무심히 툭. 내가 기대하는 리액션을 하지는 못하지만, 반대로 나의 큰 실수조차 괜찮다며 한 번도 나를 질책하거나 탓한 적도 없다.

언젠가 딸은 나에게 "엄마, 너무 맛있게 먹지 마. 엄마가 맛있다고 하면 아빠가 그거 안 먹는단 말이야."라고 했다. 아이가 말하기 전에는 그런 줄도 몰랐다. 남편은 어떻게 하면 내 발을 또 동동 구를 만큼 즐겁게 해줄까 본인의 감정을 최대한 끌어올리려 노력하는 중이었다. 그런데도 나는 내 기준으로만 보니 많은 게 불만이었던 거다.

묵묵히 나의 불만을 들어주던 남편이 주말도 아닌데 뜬금없이 여행을 가자 했다. 러시아에 그리 오래 살았는데도 처음 듣는 이름의 도시. 모스크바에서 약 200km 떨어진 '랴잔'이란 도시는 역사 속의 건물들이 고스란히 남아 있는 자그마한 마을이었다.

구경할 것을 굳이 나열하자면 버섯 박물관, 파블로의 개 실험으로 알려진 이반 파블로의 생가 등이 있지만, 우리는 무엇을 둘러보러 온 것은 아니었다. 매일 보던 창밖 풍경이 아닌 다른 것을 마음에 채우고자 떠난 삼 일간의 여행이었다.

밤늦게 도착한 춥디추운 겨울의 랴잔 숙소는 허름했다. 허름한 것이야 익숙하지만 시멘트가 벗겨진 벽면도 모자라 밤 11시가 넘은 시간이었는데 술집과 이어진 숙소에서는 온갖 음악과 말소리로 시끌벅적했다. 어린 아이들을 데리고 들어갈 만한 곳은 아니었다.

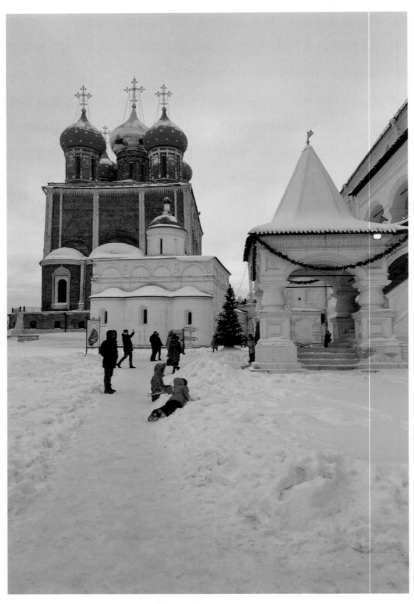

랴잔의 크렘린에서도 눈놀이 중인 꼬꼬마들

여행에서 숙소가 제일 중요한 나와, 숙소는 잠만 자니 큰돈을 지불하기 아까워하는 남편이 대충 그 중간 어디쯤의 호텔로 절충하곤 했었는데 이번 숙소는 기가 막혔다. 홈페이지의 사진들과 전혀 다른 입구를 보자마자 나는 할 말을 잃고 차로 돌아왔다. 이미 늦은 시간이라 환불도 안되었지만 더 늦기 전에 아이들을 씻기고 재워야 했기에 남편은 당장 가능한 호텔을 찾아 급하게 다시 예약했다.

너무 늦은 시간이라 새로 예약하고 들어간 호텔을 잘 둘러보지도 못하고 잠이 들었다. 다음 날이 되어서야 호텔 곳곳이 눈에 들어왔다. 우리가 그동안 여행하면서 머물던 숙소들과는 조식부터 달랐다. 시골 오두막집 호텔에서 제공되던 담백한 빵과 삶은 달걀 대신 호텔 뷔페와 다름없이 펼쳐진 음식들에 아이들도 덩달아 신이 났다.

"휴양지 온 거 같아. 시골 자동차 여행에 이런 호텔은 처음이지 않아, 엄마?"

눈이 내리기 시작하는 10월부터 눈이 다 마르는 4월까지 차를 타고 여행 다닌 지난 6년. 시골에서 좋은 호텔 찾기는 포기했었는데 뜻밖에 호강을 누렸다.

남편은 전날 밤, 미간을 잔뜩 찌푸리고 화를 삭이는 나의 얼굴과 피곤함에 지쳐 차 뒤에서 잠든 아이들을 보고는 본인도 당황스러웠을 것이다. 주위에 가능한 호텔을 급하게 찾자니 예상 경비를 훌쩍 뛰어넘은 이 호텔뿐이었다고 했다.

호텔 숙박비를 물었더니 서로 마음 아프니 묻지 말라며 뒷목을 잡았다. 수영장까지 딸린 호텔이었지만 우리는 수영복도 챙겨가지 않아 수영도 하지 못했고, 아이들을 위한 마스터 클래스가 나열되어 있었지만 예약된 다음 일정으로 하나도 참여하지 못했다. 그럼에도 불구하고 남편은 어이없게도 두 호텔 비용을 지불한 것이 전혀 아깝지 않았다고 했다.

아이들과 호텔비 맞추기 놀이를 하며 남편의 아픈 가슴을 계속 톡톡 건드렸다. 아빠가 심장을 부여잡고 한껏 속상한 흉내를 내자 아이들이 얼마나 웃었는지 모른다. 속상한 척하는 남편을 달래며 커피는 내가 사겠으니 따라오라 손짓하고는, 우리는 다 같이 재잘거리며 한 카페로 들어갔다.

랴잔의 크렘린을 둘러보다 꽁꽁 언 발을 녹이러 들어간 곳이었다.

문에 걸린 새 모양의 종이 "땡그랑~" 울리며 낡은 나무문이 찌익 소리를 내는 것도 낭만이 되는 시골 마을의 카페.

매번 마시는 커피 대신 러시아 사람들의 겨울을 품어주는 홍차를 시켰다. 레몬 한 조각을 동동 띄운 티팟 안에 진하게 우려진 홍차. 홍차를 꽃무늬 찻잔에 따라 각설탕 두 개를 넣으며 남편의 어깨에 편히 기댔다.

"오늘은 달달하게 홍차 한 잔 마시면서 러시아 사람 흉내 좀 내볼까?"

아이들이 마시멜로가 가득 채워진 핫초코를 마시는 동안 우리는 말없이 손을 잡고 한참을 쉬었다. 몇 분 안 되는 쉼이 그깟 호텔비 정도는 별거 아닌 양 다 잊게 했다.

살다 보면 생각과 다르게 벌어진 눈앞의 일들에 한숨이 절로 내쉬어질 때가 있다. 참 신기하게도 그런 날은 또 별거 아닌 소소한 변화에 위로받는 것이 우리의 인생인 것 같다.

설탕의 힘이었는지 카페인의 힘이었는지 우리는 그날 카페에 나와 세차게 부는 바람을 맞으면서도 괜스레 기분이 넘치게 좋았다. 잠깐 앉아 쉬던 카페에서 충분한 에너지를 충전해서였는지도 모르겠다. 평소에 잘 마시지도 않던 쓸쓸한 홍차에 러시아 사람 흉내를 낸 것이 재미있어서였는지도 모르고.

카페에서 마시는 마시멜로 핫초코

넷이 나란히 손을 잡고 흔들거리며 걷던 좁은 랴잔의 골목길들이 아직도 빤히 생각난다. 나에게 커피 대신 홍차의 도시가 되어 준 랴잔. 홍차의 갈색빛이 도시에 흩어진 듯 상상되는 짧은 여행이었다.

Part 4.

마음을 두드리는
바람 소리를 들어봐

Travel becomes
beautiful in
Russia

1 한 박자 늦더라도 더 천천히
- 콜롬나

우리는 매년 1월 1일, 자동차 여행을 떠난다. 아이들이 어릴 적에는 차 타는 시간이 한 번에 두 시간을 넘지 않도록 숙소를 잡고 여러 도시를 돌았다. '어? 괜찮은데?' 두 아이도 제법 즐기기 시작하자 차차 거리를 늘려 이제는 8시간 정도의 상트페테르부르크까지도 가능했다.

짧은 여행일지라도 겨울 여행의 묘미는 역시나 낭만. 할 수 있는 것이 많이 없어서 보지 않던 것을 찾게 되는 두근거림이 좋았다. 눈에 파묻혀 뒹굴뒹굴하는 일도, 조마조마 한 걸음씩 옮기며 얼음낚시를 하는 일도, 아무 언덕이나 올라 썰매를 타는 일도, 톨스토이가 살던 집에서 눈 쌓인 마당을 내다보는 일도 겨울이기에 낭만적이었다.

그중에 뭐니 뭐니해도 겨울 여행의 묘미 중 가장 설레는 일은 흐르는 대로 콧물이 꽁꽁 얼다가도 동네 카페에 들어가 사르르 몸을 녹이며 마시는 커피 한잔이다. 상상만으로도 이미 내 마음은 겨울 중간쯤에 와있다. 손끝을 시작으로 마법처럼 퍼져나가는 온기는 언제나 기분 좋다.

콜롬나를 여행하며 가는 곳마다 한가득 쌓아놓은 아이들의 눈 뭉치 탑들

　콜롬나에 간 것도 새해 첫날이었다. 옛 모습 그대로 보존된 아름다운 곳임에도 불구하고 아이들에게 콜롬나와 연관 지어진 기억은 오로지 여기저기 수없이 뭉쳐진 눈덩이였다. 마침 두 아이는 학교에서 선물 받은 '스노우볼 메이커'에 완전히 빠져 있던 시기였다. 어디를 가나 눈을 뭉쳐 소똥구리처럼 쌓아뒀으니 다른 것을 눈에 담을 시간은 없어 보였다.

　사계절의 다른 풍경을 보기 위해 1년에 4번을 찾아야 한다는 콜롬나의 크렘린에 가서도 입구에 주저앉아 눈 뭉치를 만들고, 한참을 들어가서 또 주저앉아 눈 뭉치를 쌓았다. 나오는 길에는 뭉친 눈덩이를 삽으로 주고받는 놀이까지 덧붙여 크렘린 따위는 그저 스쳐 지나가는 배경이 되어버렸다.

　나는 달랐다. 다른 도시에서 수없이 크렘린을 보면서도 눈들을 지우개로 싹싹 지워보고 싶다 느낀 건 처음이었다. 크렘린 안에 자리 잡은 자그마한 교회 탑 위의 뾰족한 십자가 말고는 몽땅 하얗게 뒤덮였다. 이불로도 모자라 엄마 품 깊숙이 안긴 아이처럼 모든 곳이 가려진 채 온 세상은 새하얗게 펼쳐졌다. 크지 않은 교회, 학교, 상점들까지 이어 붙어 있는 오래전의 아기자기한 건물들이 제 모습을 으라차차 다 내보이면 얼마나 어여쁠까.

아이들은 이번 여행에서 눈놀이 말고는 그 무엇도 관심이 없어 보였다. 10분이면 다 둘러보고도 남을 트램 박물관에서 짧게 관심을 보였고, 이것저것 체험할 것들이 많았던 인형 박물관에서는 할머니 시대쯤 갖고 놀던 오랜 장난감들을 신기해하긴 했다. 사실 눈 속에 푹푹 파묻히다 들어간 따스한 박물관에서 집중하기는 쉽지 않았다. 노곤해지는 몸을 가누기도 힘든데 알아듣지도 못하는 말을 아이들에게 전할 도리는 없었고, 마음과는 달리 나의 입과 귀가 되어주던 구글 번역 앱도 연결이 잘 안되기 일쑤였다.

'여름에 다시 오자.'라고 숙소로 돌아오는 길, 한쪽에서 시끌시끌한 소리가 들렸다. 호텔 근처 공원에 화려한 조명과 함께 캐럴이 울려 퍼졌다. 공원 안에는 여기저기 겨울에 관련된 조형물들이 화려하게 자리를 메우고 있었고, 사방으로 이어진 작은 가판에서는 온갖 간식거리들을 팔고 있었다.

배불리 저녁을 먹고 나온 후였지만, 아이들은 보는 눈까지 다디달아 속이 아릴 것 같은 디저트를 보고는 엄마, 아빠를 동시에 바라봤다. "그래 여행인데, 하나만 골라서 먹자."라는 말이 떨어지자마자 두 아이는 손

콜롬나에서 먹는 회오리 감자

을 꼭 잡고 어느 때보다 신중했다. 차에서 내리자 곧장 코끝이 빨갛게 얼어버린 아이들은 한 바퀴를 다 돌고도 고르지 못한 채 입만 귀에 걸렸다. 그러다 한 순간 두 아이가 동시에 멈췄다.

"엄마, 회오리 감자 있어! 한국 휴게소에서 먹던 그 회오리 감자!"

여름 방학 때 한국에 나가 맛보았던 회오리 감자를 잊지 못하고 자주 입맛을 다시던 아이들은 통통통 뛰며 내게 달려왔다. 한국식 회오리 감자였다. 긴 꼬치에 감자를 회오리 모양으로 얇고 길게 칼집을 내서 튀긴 후 소금을 잔뜩 뿌려 먹는 한국 휴게소의 회오리 감자.

러시아에서는 K-pop과 더불어 K-food도 점점 인기가 많아지고 있다. 감자를 먹지 않는 나도 반갑고 뿌듯한 마음에 덩달아 신이 나 두 개를 주문했다. 문제는 여기는 러시아, 한국이 아니었다. 1평 남짓한 공간에 3명이 일하고 있었지만, 회오리 감자 2개를 손에 쥐기까지 기다린 시간은 25분이었다. 우리 앞에 손님은 겨우 한 명이었다.

러시아에 살다 보면 답답한 마음에 화가 치밀어 오를 때가 한두 번이 아니다. 처음엔 하루에 한 번꼴로 당황스러운 일이 생길 만큼 이 나라 사람들은 여유로웠다. 주차장에서 내 차 앞에 차를 세워놓은 차주에게 전화하면 느긋하게 걸어오며 미안하단 말도 없다.

처음에는 화가 치솟았지만 살다 보니 반대의 입장에서도 러시아 사람들은 어슬렁 걸어 나오는 나에게 화를 내지 않았다. 그쯤은 아무렇지 않게 기다렸다.

그러니 러시아에 살다 한국을 가보면 모든 것이 빨라 하루가 길어진 듯했다. 얼마나 효율적이고 시간을 버는 일인지. 모든 일이 일사천리로 진행됨에 속이 뻥 뚫렸다. 그런데 며칠이 지나자 반대로 나도 그렇게 바쁘 살아야 하는 듯 다시 초조해졌다. 쉽게 바뀌는 유행에 정신이 쏙 빠지는 것도, 침대와 한 몸으로 온종일 책만 읽으면 뒤처지는 것 같은 이상야 릇한 찜찜함도 편리함과 함께 따라왔다.

남편이 답답하다는 듯 팔짱 끼고 서서 기다리는 동안 우리 셋은 공원을 더 둘러봤다. 공원 한가운데에 회전목마가 있었으니, 아이들은 당연히 타야 했다. 러시아는 공원 곳곳에 회전목마가 있다. 돈을 받는 곳도 있지만 대부분 겨울 동안은 무료로 운영된다. 아이들이 제법 컸지만, 회전목마는 그냥 지나칠 수 없는 참새들의 방앗간이다.

또 다른 쪽은 역시 러시아, 스케이트장이 있었다. 물만 뿌려놔도 꽁꽁 얼어버려 스케이트장이 되기에 러시아는 여기저기 스케이트장도 참 많다. 겨울이면 붉은 광장 앞에도, 코끼리 공원 안에도, 집 앞 공원에도 여기저기 스케이트 장이 생긴다.

콜롬나 광장에서 타는 회전 목마

신기한 건 정말 다들 잘 탄다는 거다. 큰아이가 8살에 스케이트 그룹 수업에 들어가려 했더니 초보반은 없다고 해 5세 반에서 시작했던 기억이 있다. 8살쯤은 이미 다들 한 번씩 배웠거나 제주도 사람들이 앞바다에서 수영 배우듯 긴긴 겨울에 동네 스케이트 장에서 홀로 마스터했을 테다.

우리는 어디선가 울려 퍼지는 캐럴을 들으며 공원을 둘러보느라 시간 가는 줄 몰랐지만, 추위에 떨며 회오리 감자 나오길 기다린 남편은 '아, 러시아… 하….'라고 고개를 절레절레 흔들었다. 방금 튀겨져 나온 감자는 손에 쥐어지기가 무섭게 다 식어버렸는데도 아이들은 한국의 휴게소를 떠올리며 마지막 소금 한 톨까지 쪽쪽 핥아먹었다. 아쉬워 보이는 아이들을 보면서도 다시 25분을 기다려 주문하자니 두 발이 이미 차갑게 얼어버려 엄두가 나질 않았다.

정해진 일정 없이 떠도는 여행객도 손발이 얼어버리는 것은 참기가 힘들다. 방에 돌아와서도 아이들은 입가에 남아있는 소금을 맛보며 회오리 감자를 떠올렸지만, 다시 나가 줄을 설 자신은 없는 모양이었다. 아쉬움이 남은 채 다들 한 침대에 널브러져 늦은 오후를 만끽했다. 겨울잠 자기 전에 실컷 먹어 두려는 네 마리의 곰처럼 지칠 대로 지친 몸은 다들 절로 캐리어 안의 자기 책들을 가져오게 했다.

침대에 책과 함께 누웠다. 별거 본 것 없는 여행이었지만 회오리 감자 하나로 아이들은 행복하다 말했다. 이번 여행에서도 당장 행복을 느낄 때 필요한 것이라고는 거창한 볼거리보다 오히려 단순한 생각과 소박한 마음이었다.

콜롬나. 조금 느린 여행이었지만 초조하지 않았고, 조금 답답한 여행이었지만 조바심 내지 않았다. 느린 걸음에 몸과 마음이 넉넉히 충전되었다. 여름의 콜롬나는 어떨까. 새삼 호기심이 생긴다. 여름도 겨울처럼 느리게 흘러가는 곳일까. 눈이 다 녹을 때쯤 회오리 감자로 아이들을 설득해 한 번 더 다녀와야겠다.

2 햇살이 내리쬐는 날에는

- 로자후또르

여행을 떠날 때 사람들은 무엇을 제일 먼저 가방에 넣을까? 나는 따뜻한 물에 샤워한 후 침대에 누워 읽을 '책'부터 챙긴다. 어느 곳으로 여행 가던 장소와 함께 묶이는 책 한 권이 나에게는 그 도시의 색이고 향이 되곤 한다. 여러 권을 챙기면 짐이 되니 짧지 않은 한 권의 책, 주로 피곤한 몸으로 읽게 될 테니 어렵지 않은 책.

아이들이 어렸을 때도 급박한 순간, 혹은 지루한 비행기 안, 간만에 가게 될지도 모를 고급 식당에서 잠시라도 집중할 수 있도록 새 책을 사 쟁여뒀다. 여행 가기 전까지 숨겨 놓았다 필요한 순간에 '짜잔' 하고 꺼내놓으면 아이들은 '꺅' 소리와 함께 적지 않은 시간을 책에 집중하니 얼마나 귀한 시간인지 모른다.

이렇게 되기까지 쉬운 길은 아니었다. 다시 돌아간다면 절대로 되풀이할 수 없지 않을까. 아이가 책을 들고 오면 무엇을 하고 있었던, 어디에 있었던 당장에 그 책을 손에 쥐고 읽어줬다. 결국 성대결절이 와 병원에 다녀야 할 때도 잘 나오지 않는 목소리를 억지로 짜냈다.

물론 아이들이 태어나기 전, 배 속에 있을 때도 볼록 나온 배 위에 책을 세워놓고 소리 내 읽었다. 분명 듣고 있으리라는 믿음이 있었다.

태어나서도 아이들과 함께 간 식당이나 마트에서 단 한 번도 핸드폰을 꺼내어 손에 쥐여 준 적은 없었다. 내가 밥 한 숟가락 덜 먹더라도 에코백 하나에는 아기가 읽을 책을 가득 넣어 식당 식탁에 새로운 책을 놓아주었다. 돌쟁이 훨씬 이전부터 아기띠를 매고 한 손에는 책을 들고 읽어주다 보니 식당에서는 다 먹고 나면 어른 식사가 끝날 때까지 책을 읽으며 기다리는 게 당연했다.

읽는 책의 양이 감당이 되지 않아 다섯 군데의 도서관에 온 가족 이름으로 가입을 하기도 했다. 여행 캐리어에 책을 잔뜩 담아와도 다 읽는 데는 하루면 충분했다. 저녁을 먹고 잠자리에 들기 전까지 2~3시간 책을 읽어주고 나면 밥 먹은 것이 이미 다 소화되어 다시 꼬르륵 소리가 났다. 그만 자고 싶었지만 "또, 또." 하는 아가의 부탁을 거절할 수는 없었다. 아이에게는 책 읽는 시간이 엄마와 단둘이 조곤조곤 사랑을 나누는 안정된 시간이었다. 그 시간을 길게 연장하고파 언제나 "또!"를 외쳤다.

그렇게 5년을 보내고 나니 책은 딸에게 일상의 숨결이 되었다. 그 이후로는 둘째까지 자연스레 습관이 되어 어디를 가나 책이 친구가 되어준다. 엄마, 아빠가 읽어주는 것보다 자기네들이 읽는 속도가 빨라지자 더 이상 읽어주는 것도 원하지 않으니, 나만의 독서 시간도 넉넉히 확보됐다.

책이 친구가 된다는 건 내 외로움을 누군가에게 절절히 설명할 필요가 없어지는 것. 내 마음이 방황할 때 책 몇 권 안에서 답이 내려지는 것. 혼자 있는데 혼자가 아닌 것. 세상이 흔들려도 나는 금세 제자리를 찾는 것. 슬퍼도 스스로 위로받을 수 있는 것. 세상이 도전할 일투성이가 되는 것이다. 이 얼마나 값진 일인가, 책이 친구가 된다는 것은.

책과 함께 한 마을 로자후또르는 소치에서 두 시간 정도 떨어진 산골 짜기다. 가족끼리 똘똘 뭉쳐 온 세상을 여행하는 러시아 친구가 소치를 가게 되면 꼭 가 보라며 추천해 준 동네다. 다른 곳은 안 가더라도 여기는 꼭 가 보라고.

그 친구 옆에 있던 다른 러시아 친구도 맞장구를 쳤다. 아름다운 로자후또르와 인연이 맺어지면 절대 한 번만으로 멈추지 못하게 될 것이라 했다. 그 말을 아이들에게 전하지도 않았는데 아이들은 여행했던 수많은 나라와 도시들을 제치고 로자후또르를 다시 가고 싶은 여행지로 꼽았다.

로자후또르는 스위스 산자락 어디쯤의 마을을 연상케 했다. 가운데 흐르는 강물을 사이에 두고 양옆은 호텔들로 줄지어져 있었고, 자전거를 타면 마을을 금세 다 돌 수 있을 듯했다. 마을 끝자락에 있는 산에는 케이블카를 타거나 하이킹을 할 수 있는 코스가 있었다. 물론 우리는 망설일 것도 없이 두 코스를 다 택했다.

첫날은 케이블카를 탔다. 거침없는 속도로 해발 2,330m의 정상에 올라 마을에선 느낄 수 없었던 눈보라를 경험했다. 쌓여 있는 눈이 한가득인 덕에 이른 가을에 눈사람도 만들었다. 일 년의 반을 눈에 뒹굴며 살아가는 아이들인데도 몇 달 쨍한 날씨를 겪었다고 눈을 보고는 주저앉아 눈사람을 만들기 시작했다.

눈사람을 다 만들고는 '낭떠러지 그네'와 절벽 사이를 이어 놓은 '흔들다리'를 구경했다.

세상에. 나는 그것을 도전할 일이 추호도 없겠지만 혹여나 아이들이 쓸데없는 객기로 훗날 괜한 용기를 낼까 싶어 단단히 주의를 줘야겠다 싶었다. '모든 것에는 100% 안전한 것이 없다.'는 것부터 시작해서 '너희

들은 귀한 사람이니 순간의 유혹에 목숨을 거는 일은 없도록 해야 한다.'
며 떠들어 댔지만, 더 크면 엄마 말이 생각이 나긴 할는지 모르겠다.

까마득한 낭떠러지 바로 앞에 설치되어 있는 그네는 안전장치를 설치
해 두긴 했지만, 가이드가 한 번 '휭' 하고 밀 때마다 보는 사람이 아찔할
만큼 공중에 날려진다. 나의 안전에 대한 신념이 지나친 것이었는지 티
켓을 사서 줄을 서 있는 사람들이 제법 많았다.

흔들 다리는 또 어떠한지. 양쪽 절벽 사이에 이어져 그물로 만들어진
다리는 바람에 휘청거렸다. 헬멧을 쓰고 안전벨트를 매고 이것을 왜 도
전하는 것인가! 밑에는 만약을 대비한 그물조차 없이 바로 끝도 없는 낭
떠러지였다. 10살도 채 안 되어 보이는 아이가 바짝 긴장한 채 건너고 있
을 때는 내 손에 땀이 다 났다.

살다 보면 어쩔 수 없이 눈 질끈 감고 넘어야만 하는 순간들이 많고 많
은데 왜 굳이 저런 스릴을 즐기려 하는지 도통 이해할 수가 없었다. 하지
만 우리가 내려올 때까지 길게 줄이 이어진 것을 보니 꽤 많은 이들이 스
릴을 즐기러 온 모양이었다.

다음 날은 짧은 하이킹 코스를 선택해 나무들을 사이에 두고 낮은 산
을 올랐다. 내 몸에 스치는 이슬 맺은 나무의 향이 어릴 적 엄마 품에 안
긴 듯 포근했다. 산을 오르고 내려오는 길에는 잔잔한 호수를 앞두고 앉
아 피크닉도 즐겼다. 얄팍한 돌멩이를 찾아 물 위에 던지고 옅게 내리쬐
는 햇살이 반가워 모래밭에 누워 시간을 보냈다.

호텔로 돌아가는 길에는 4인용 자전거를 대여했다. 두 아이를 싣고 페
달을 밟던 남편은 구르다 구르다 너무 힘이 들어 결국에는 뒤에서 미는

것을 택했지만. 아이들이 돌아오는 내내 재잘거리며 이야기한 것은 고요한 호숫가가 아니라 땀을 뻘뻘 흘리며 자전거를 밀던 아빠의 고된 모습이었다.

"아빠, 아빠. 4인용 자전거 또 타요!"

아빠의 당황하는 모습을 보는 것이 재미있는 아이들의 농담이긴 했지만, 남편은 몇 번이고 처음이자 마지막이었다며 극구 사양했다.

로자후또르는 모든 것이 서로서로 손에 닿을 것처럼 아담한 마을이었다. 지루할 만큼 오래 머물렀는데도 우리는 흡족하지 못한 듯 그곳을 다시 원했다.

사실 며칠이고 더 남아 있고 싶은 마음도 있었지만, 한편으로는 여행가방에 넣어간 책의 다음 내용이 궁금해 빨리 집에 가고 싶기도 했다. 로자후또르와 함께였던 책은 엘레나 페란테의 『나의 눈부신 친구』였다. 1950년대 나폴리를 배경으로 한 두 친구의 이야기다. 페이지가 몇 장 안 남았을 때부터 집을 지키고 있는 2, 3, 4권이 눈에 아른거렸다.

오랜만에 흡입력이 엄청난 책이었다. 아이들이 수영하는 동안 한쪽에 늘어져 읽거나 새벽에 조금 일찍 일어나 로비에 나가 읽기도 했다. 여행 내내 시간을 쪼개어 책 속의 세상과 연결되는 것은 아이들까지 그대로 닮은 우리 가족의 습관이라 가져갔던 책에도 여행의 추억이 함께 담기곤 한다.

지금도 침대 옆 책장에 꽂힌 엘레나의 책 시리즈를 볼 때마다 로자후또르의 향이 느껴진다. 좋은 책과 함께였기에 더 선명이 기억되는 여행이었는지도 모른다. 곳곳에 옅은 햇살이 비추었다. 아담한 마을과 어울리지 않게 계곡물은 거칠었다. 사람들의 옷차림은 민소매부터 겨울 패딩까지 가지각색이었다. 나뭇잎은 짙푸름에서 눈 쌓인 하얀 눈까지. 자연스럽지 않게 모든 것이 어우러져 있는 곳이었다.

초가을의 루자후또르. 아마도, 언젠가, 또다시, 곧 오게 될 느낌이 강하게 밀려온다.

로자후또르의 자그마한 호숫가

3

너의 말 한마디로 바뀌는 나의 풍경
- 그젤 마을

　마슬레니차는 매년 러시아 봄에 이뤄지는 축제다. 길고 혹독한 겨울이 가고 봄이 오는 것을 축하하기 위한 일주일간의 봄맞이 행사다. 명칭의 어원은 버터라는 뜻의 '마슬라'에서 비롯되었는데, 이 기간에는 고기를 먹지 않는 대신 버터를 사용한 블린을 먹기 때문이다.

　아이들의 학교에서도 마슬레니차가 시작되는 주의 월요일부터 요란스럽다. 짚을 모아 커다란 여자 인형을 만들고 축제가 끝나는 그 주의 일요일에는 짚인형을 태운다. 그러고는 다 같이 춤을 추며 원 없이 블린을 먹고 즐긴다.

　오랜 시간 동안 얼마나 봄을 기다렸으면 이리 긴 축제를 할까. 사실 역사를 되짚어 돌아보면 사순을 앞둔 행사에서 시작되었다고도 하고, 고대 사람들에게 전파된 문화에 뿌리를 두고 있다고도 한다. 태양의 수명이 1년이라 여긴 당시 고대인들이 죽은 태양을 살리기 위해 매해 겨울, 마을의 처녀를 산 채로 태워 제물로 바쳤다는 끔찍한 이야기다.

　후에 산 처녀를 바치지 않아도 태양이 뜬다는 사실을 알고는 여자 인형을 대신 태우게 되었는데, 그동안 죽음에 이르게 한 처녀들에게 사죄하는 마음으로 마슬레니차 기간에 육식하지 않는 문화가 생겼다고 한다.

　아이들은 슬픔이 공존하는 씁쓸한 역사와 전통과는 무관하게 먹고, 마시고, 춤추는 한 주간의 행사에 한껏 들뜨고, 끝나면 거품이 푹 꺼진 카푸치노처럼 다시 잔잔해진다.

　봄을 알리는 마슬레니차가 지나자, 어제까지 내리던 눈 대신 조곤조곤 비가 내렸다. 그동안의 추위를 세수로 씻겨내듯 쉬지 않고 쪼로록 쪼로록. 해가 나긴 했지만 혹시나 아가들 머리와 어깨 위에 잠시 내려앉은 빗방울로 감기에 걸리면 어쩌나 걱정이 되었다. 가려질 리 만무한 내 두 손이라도 활짝 펴 아이들 머리 위에 우산처럼 얹고는 차로 달렸다.

겨울 나라에 사는 딸

겨울 나라에 사는 아들

"어여, 어여 타, 아가들. 비 한 방울이라도 덜 맞게 어여어여."

그때 아들의 다급한 목소리.

"엄마 먼저 타. 엄마는 비 맞으면 안 돼. 엄마는 너무 소중해서 비 맞으면 안 돼."

실랑이를 하다 못 이기는 척 차에 먼저 서둘러 타고 아들이 뒤를 따랐다. 아들의 7살 생일도 채 오지 않은 3월이었다. 그렇게 차를 타고 들른 미술관에서 보낸 오후. 아가들이 주는 달콤함에 이 비쯤은 아무것도 아닌 게 됐다. 홀딱 젖어 며칠을 앓게 된들 그게 뭐 대수였을까.

집에 데려오는 대신 가까운 카페에 들러 달콤한 꿀 케이크를 세 조각이나 시켰다. 몸에 좋은 것만 따져가며 먹이던 엄마가 조르지도 않는데 꿀 케이크를? 나도 평소와 달리 아이들 틈에 내 몫을 시키고 따뜻한 커피 한 잔도 주문했다. 카페에 앉아 나른하게 축 처진 채 아가 새들과 수다 한 바가지를 떨었다. 느린 박자의 하루는 아가들과의 대화를 깊숙한 곳까지 이끌었다.

"엄마, 이 그릇은 겨울 같아."

꿀 케이크가 담겨 나온 두터운 하얀 도자기에 파란 그림이 그려져 있는 '그젤'이었다. 그젤은 러시아의 전통 도자기로 모

러시아의 전통적인 도자기 그젤

스크바에서 50km 정도 떨어진 그젤 마을에 가면 곳곳에 특색있는 그릇, 컵, 장식물 등을 구입할 수 있다. 처음에는 저 투박하고 촌스러운 게 뭐가 예뻐서 다들 사가나 싶었다. 색만 다를 뿐 예전 외할머니네 집 부엌 찬장에 가면 가득히 쌓여 있던 꽃무늬 컵들과 별반 다를 게 없어 보였다.

마음속에서 내쳐진 채 그젤이란 것은 우리 집 식탁 위에 놓일 일이 없을 거라고 선언한 게 10년 전이었는데, '이 그릇은 겨울 같아.'라는 딸의 말에 그릇을 유심히 바라봤다. 추워 보여 따뜻한 외투를 건네줘도 "됐어."라며 눈도 마주치지 않을 것 같은 냉정한 겨울, 그 계절을 그릇에 담아놓은 듯한 모습에 갑자기 마음이 끌렸다.

그젤 마을에 처음 방문한 건 약 10년 전이었다. 남편 회사 상사였던 분이 가족끼리 식사를 하자고 모인 자리에서 갑자기 대화 주제로 꺼내진 그젤. 즉흥적으로 그젤 마을에 가 보자 하셨다. 학교와 회사를 병행하던 말단 직원 남편은 거절할 핑곗거리를 찾지 못했다. 다들 디저트로 마무리할 동안 장소를 급하게 검색하고, 아는 지인을 죄다 연락해 삽시간에 정보를 긁어모아 바로 출발해야만 했다.

모스크바에서 차로 2시간. 가 본 적 없는 낯선 곳을 가이드 역할로 가야 할 판이니 두 시간 내내 남편은 가시방석이었을 것이다. 그젤 마을에 대한 온갖 아는 정보로 시간을 때우다 도착한 마을. 한적한 시골 마을이었지만 곳곳의 공방들에는 그젤들이 꽉 채워진 채 발길을 멈추게 했다.

상사의 와이프였던 사모님은 집집마다 들러 단 한 개도 같은 문양이 없는 그릇들을 차 트렁크에 가득 담길 만큼 사고는 두둑한 현금을 지불했다. 갓 결혼해 모스크바에서 신혼 생활을 하고 있던 우리는 비싼 그릇도 아닌데 쉽사리 접시 하나 사기도 망설여졌다. 그날은 어린아이 주먹 크기의 사자 모양 장식품 하나 사고는 귀엽다며 종일 만지작거리며 돌아 왔을 뿐이었다.

그래서였을까. 힘들고 고됐던 당일치기 여행이 그젤에 대한 기억도 그 다지 아름답지 못하게 만들었나 보다. '그젤? 그 별거 아닌 걸 사러 굳이 2시간을? 차라리 러시아 황실에서 쓰는 임페리얼 그릇들이 낫잖아.'라는 생각을 10년 동안 품고 있었는데, 딸의 한마디에 나는 다시 그젤 마을에 가야 할 이유가 생겼다.

딸에게는 겨울의 그릇이 된 그젤. 아이의 겨울에 따뜻하고 달콤한 케 이크 조각을 담고, 마시멜로 동동 띄운 핫초코를 담는다면 어린 시절의 간식시간은 얼마나 말랑해질까. 말랑한 순간들이 모이고 모이면 행복이 마음에 새겨질 테니 망설일 필요도 없었다.

딸 덕분에 떠난 두 번째 그젤 마을은 겨울날 눈밭을 뛰어다니는 강아 지의 촐랑대는 네 발처럼 콩콩 튀었다. 10년 전에 갔던 이십 대 새댁의 무거운 발걸음과는 달라도 너무 달랐다. 듬성듬성 떨어져 있는 그젤 공 방과 가게들은 한 곳도 빠짐없이 들러보고 싶을 만큼 개성이 뚜렷했다. 당연히 그럴 것이 재료와 방법은 같더라도 그 위에 그려진 그림의 스타 일은 가지각색이었다. 화려한 꽃무늬도 자잘한 꽃무늬도 다 나름의 새침 함이 있었다.

마음의 끌림이 없다며 쳐다도 보지 않던 그젤을 이번에는 제법 많이 담아왔다. 촉박하게 서두를 필요도 없이 천천히 걷고 느리게 골랐다. 그 시절의 사모님처럼 트렁크 가득은 못 실었지만, 네 가족이 식탁에 마주

앉아 티타임을 가질 수 있는 찻잔 네 세트와 디저트 접시 네 개를 챙겼다. 접시 몇 개를 고르면서 난 이미 부자가 된 듯했다. 손바닥에 올려놔도 무게가 느껴지지 않을 만큼 작은 사자 조각상 하나로 즐거워하던 10년 전을 떠올리면 너무 오래전 추억 같아 피식 웃음이 났다.

　마음이 여유로워지니 같은 그릇도 달리 보였다. 유치찬란하던 그젤은 콧대 높은 러시아 아가씨처럼 새초롬한 장식품이 되었다. 사람의 기억은 그 시절에 내가 놓인 상황과 맞물려 시시때때로 변한다. 그젤 마을은 이제 다시 방문하고 싶은 모스크바 근교 여행지로 새겨졌다.
　온 세상이 하얗게 물들 때쯤 딸과 손잡고 하나씩 사 모으는 재미로 들러 볼 마을. 올해도 역시나 딸과의 초겨울 소풍이 기대된다.
　기다려요, 그젤 마을. 올겨울에 또 갑니다.

4 여행은 가볍게, 행복은 두 손 가득

- 벨리키 노브고로드

웃음은 마음의 거미줄을 걷어 내는 빗자루라 했다. 그 겨울이 그랬다. 계절들 사이사이 촘촘히 쌓인 내 안의 거미줄들. 조금만 날이 흐릿해도 몸까지 축축 처졌다.

몸도 여기저기 아픈데 신경 쓸 일이 많아 마음까지 복잡하던 때에 '벨리키 노브고로드'라는 마을에 머물게 됐다. 신기하게도 머무는 동안 마음에 쌓인 거미줄이 조금씩 걷혀 내지던 소리가 들렸다. 시간이 지나면 모든 것이 자연스레 다 해결될 것만 같았다.

숲속의 나무들이 빛 하나 없는 겨울에 더한 그늘을 만드는 동네였다. 차 타고 지나다 "오? 여기서 애들 썰매 타면 재미있겠다."라는 말에 바로 차를 세웠다. 사방에 보이는 거라고는 하얀 눈뿐인 날. 사계절을 꿋꿋하게 버틴 푸르렀던 사철나무도 맥없이 온몸을 하얗게 뒤덮고 묵묵히 자리를 지키는 곳. 울려 퍼지는 것은 눈밭을 가로지르는 '슝~' 썰매 끄는 소리와 '꺄아아악하하하하하하' 하고 비명이 웃음소리로 바뀌는 아이들 소리뿐인 겨울의 마을 어디쯤이었다.

러시아는 겨울이 한없이 길다. 지루하다 생각하면 끝없이 지루해지니 겨울의 즐길 거리를 찾는 편이 이롭다. 사실 겨울이 무서워 '나중에 크면 겨울에 호주 가서 살 거야. 여름의 크리스마스를 즐길 거야.'라고 매년 다짐하던 내가 러시아에 살 줄은 몰랐다.

한데 참 이상하게 난 이곳의 겨울이 처음부터 나쁘지만은 않았다. 어둑하고 고요한 겨울의 찬 바람이 억지로 나의 텐션을 올리고 살지 않아도 돼서 오히려 편했다. 집안에 틀어박혀 온종일 책만 보는 하루여도 그러려니 이해가 되는 이곳의 겨울은 나의 많은 부분과 공기가 통하는 듯 느껴지기도 했다.

거기에 더해 아이를 낳고 보니 내 눈에 들어오는 겨울의 풍경은 얼마나 낭만적인지 모른다. 털모자를 쓰고 아이들의 유모차를 끄는 엄마들, 튜브 썰매에 아이를 태우고 눈 언덕을 오르는 아빠들, 여기저기 떼 지어

썰매장이 되어 준 마을의 언덕

있는 뒤죽박죽 눈사람들까지.

묵직했던 러시아의 겨울이 통통 튀는 오색찬란의 색으로 바뀌어 보이는 해가 많아졌다. 겨울이면 시끌벅적한 아이들의 소리에 꽁꽁 언 발을 꼼지락거리면서도 웃음이 나곤 했다. 이가 덜덜 떨리는 것과는 별개로 또 다른 그 나름의 맛이 있었다.

벨리키 노브고로드는 여행객들이 찾는 마을은 아니다. 우리도 차 타는 시간이 길어져 하루 묵고자 들른 동네였다. 아이들은 강과 이어진 언덕길에서 뭉텅이로 풍풍 떨어지는 눈송이를 맞으며 썰매를 탔다.

언덕을 보자마자 두 개의 커다란 튜브 썰매를 트렁크에서 꺼내고 아이들은 언덕 꼭대기까지 올랐다. 꽤 높은 언덕을 함께 오르자니 생각만 해도 엄지발가락이 다 얼어붙을 것만 같았다. 나는 사진을 핑계로 썰매가 도착할 만한 거리쯤에 자리를 잡고 기다리기로 했다. 아이들은 추위는 아랑곳하지 않고 자기네들 몸보다도 커다란 튜브 썰매를 등에 이고 올랐다. 까악 소리를 내며 오른쪽 경사로 슝, 왼쪽 경사로 슝 마구 몸을 휘날리며 한참을 지나서야 내 발밑까지 쿵 하고 떨어져 앉았다.

"엄마! 너무 재미있어! 엄마도 같이 탈래?"

눈만 빼고 온몸을 방한복으로 휘감았는데도 아이들의 시뻘건 눈 밑에서 콧물, 눈물 흘러나오는 대로 얼어붙었다. 아이들은 마냥 좋았다. 콧물 따위야 손에 낀 장갑으로 볼까지 찌익 하고 모양 내 닦아내면 그만이었다. 엄마는 무서워서 싫다 하니 뒤도 안 돌아보고 또 언덕까지 으차으차 소리를 내며 올라갔다. 그만 가자 하지도 못하고 언덕을 오르는 아이들을 벌벌 떨며 지켜볼 수밖에 없었다.

아이들의 웃음소리는 눈 속에 묻히지도 않고 겨울 공기에 퍼져나갔다. 넘쳐흐르는 즐거움을 두 귀로 듣고 있자니, 내 마음 안에 자리 잡았던 겨울 먼지들을 빗자루로 싹싹 다 쓸어낸 기분이었다. 두 발은 움직일 수 없을 만큼 얼었는데도 아이들을 잘 키우려 매일 고민하던 것들의 정답을 얻어낸 것 같아 마음이 홀가분했다.

아이들에게 바라는 것이 많아질 때면 내 날카로운 감정이 말과 행동에 묻어나곤 했다. 사실 내 행복의 기준은 나에게 있지만, 아이들 행복의 기준은 아이들이 찾아보고 스스로 결정할 일이었다. 발이 시려 나는 오를 엄두도 못 낸 언덕을 아이들은 찰나의 즐거움을 위해 기꺼이 올랐다. 아이들이 커 갈수록 각자가 느끼는 행복의 기준은 점점 더 다르겠지만 내가 정할 것은 아니란 사실만큼은 분명했다. 내가 해 줄 일이라고는 뒤에서 지켜보며 응원하는 것이지 앞장서 바른길을 미리 찾아 뒤따르라 할 것이 아니었다.

그날 아이들은 신나게 놀고 지독한 감기를 얻었다. 하지만 우리는 한 시간의 웃음소리 가득했던 언덕을 기억할 뿐, 침대 속에서 끙끙 앓던 뒷날의 감기는 다 잊었다. 감기가 걱정되어 아이들을 채근했다면 가슴이 폴짝 뛰는 겨울은 마음에 담지 못했을 것이다. 언덕 위에서 밑까지 울려 퍼지던 아이들의 웃음소리, 가파른 언덕에 올라 쿵쾅거리는 심장을 이겨 보려 양쪽 손잡이를 꽉 쥔 장갑 안의 작은 주먹. 얼마나 아름다운 날이었는지 아직도 생생하다.

갑작스러운 장소에서의 추억이 오롯이 채워지다 보니, 엑셀 표에 촘촘히 짜인 여행 계획표는 필요 없어졌다. 하염없이 발 빠르게 다니며 사진으로 남긴 여행도 나쁘지 않았지만, 우리가 서둘러 다니던 곳의 개수만큼 이야깃거리가 늘지는 않았다.

사진을 위해 여러 옷을 맞춰 챙기지도 않는다. 가기 전날 거실에 커다란 캐리어를 펼쳐 놓으면 아이들은 일기장과 읽을 책들을 원 없이 넣고, 함께 추억을 담고 싶은 인형들을 폭신한 옷들 사이에 눕힌다.

"엄마, 리자가 여행을 많이 못 해봤어. 이번에는 리자도 데려갈게."

"엄마, 비스킷은 추운 걸 싫어하니까 이번 여행에는 써니를 데려가는 게 낫겠어."

우리 집 출석 표에 적힌 100여 명의 인형들이 차례로 여행 친구가 되는 것도 사진에 남겨진 또 다른 추억거리다. 몇 명의 인형을 데려갈 수 있는지, 누구를 데려갈지 의논하는 것은 아이들에게 여행 전의 가장 큰 고민일 만큼 중요한 일이다. 여행 가방을 닫을 때 인형들이 숨 쉴 작은 구멍을 남기고 지퍼를 채우는 것도 아이들에게는 칫솔, 치약을 챙기는 것 보다 물론 우선이다.

계획표 없이 여유로운 마음으로 떠났기에 기대가 낮았던 걸까. 짐을 가볍게 하고 떠난 여행은 어김없이 돌아오는 길에 행복이 더 채워진다. 가방의 비워진 자리에 쌓인 이야깃거리들과 추억의 사진들. 이름도 잊히지 않는 벨리키 노브고로드의 마을 어귀 언덕과 벌겋게 언 손가락을 녹이러 들어간 카페 문의 달그락 종소리. 아직 가루가 다 녹지도 않아 잔 밑에 듬성듬성 남아 있는 핫초코 한 잔에 우리는 달콤했다.

여행은 행복을 찾아 헤매는 것이 아니었다. 행복이 뭐였는지 깨닫기 위해 떠나는 여정. 길 곳곳에서 온몸으로 느끼는 사소한 경험들이 차곡차곡 내 몸에 쌓이고, 그것들을 기억함과 동시에 내가 가진 것을 감사하기 위해 떠나는 거였다.

　벨리키 노브고로드의 아담한 마을에서의 여행이 딱 그랬다. 별거 없이 서로의 웃음소리와 추위에 떨다 마시는 핫초코 한 잔에 평범함이 행복이었다는 것을 깨닫게 해 준 날. 이름도 마냥 달콤한 '벨리키 노브고로드!'

신비로운 동화 속 마을에 와 있는 것 같다는 아이들

러시아에서는 여행이 아름다워진다

5 한없이 고요하고 싶을 때
– 비시니볼로쵸크

앞이 보이지 않았다. 네비도 작동하지 않는 인적 드문 시골 안의 시골. 사방에 칠흑 같은 어둠이 깔렸고 바람 소리 하나 없이 고요했다. 심지어 러시아 어디서나 볼 수 있는 나무 한 그루조차 없었다. 차 플래시를 밝히고 허허벌판으로 짐작되는 곳을 기어가듯 서행하는 동안 손에서는 땀이 나기 시작했다. 밤 11시가 넘은 시간, 아이들은 차에서 잠들기 직전이라 그런지 밖이 캄캄하건 내비게이션이 안 되건 관심도 없이 눈만 뻐끔거렸다.

남편과 나는 말 한마디 서로 내뱉지 않고 긴장한 채 지도를 들여다봤다. 한참을 헤매다 사진에서 봤던 2층짜리 호텔을 마침내 발견! 긴 숨이 절로 쉬어졌다. 가로등은커녕 그날따라 별빛 한 점 없었다. 이렇게까지 시커먼 밤 속을 거닐었던 적이 있었나. 겨우 건물 근처에 주차하고 호텔에 전화하니, 어둠 속에서도 보일 만큼 환한 미소를 지닌 언니가 마중 나왔다. 머리부터 발끝까지 꽁꽁 싸매도 추운 겨울밤에 외투도 걸치지 않은 채 달려 나와, 아이들의 손에 들린 짐부터 받아 들었다. 그러고는 '찾느라 얼마나 힘들었니.', '아이들이 춥지는 않았니.', '어서 들어가서 몸부터 녹이자.'라며 친절한 말들을 찬 공기에 실려 보냈다.

호텔은 새로 지어진 듯 깨끗했다. 상냥한 언니의 발랄한 웃음을 보니 불안함과 두려움은 고요함과 평온함으로 금세 바뀌었다. 방안은 역시나 온기가 가득. 커튼을 열자 아무것도 보이지 않는 어둠에 기분이 묘했다. 한 치 앞도 알 수 없는 코앞의 어둠에 오히려 기대감이 들었다. 과연 내일 아침이 밝으면 어떤 그림이 나올까. 우리는 음악을 틀었다. 남편과 나는 소파에 걸터앉아 수다 삼매경에 빠졌고, 아이들은 인형들과 늦은 시간까지 편히 놀게 두었다. 들고 온 책을 꺼내기도 아까운 밤이었다.

느지막이 일어난 다음 날 아침, 창문 커튼을 젖히며 다 함께 '우와!' 소리가 절로 나왔다. 우리만 머문 것이 틀림없는 자그마한 호텔 바로 앞은 호수였다. 꽁꽁 언 호수. 호수 건너편의 작은 마을까지 또렷이 보일 만큼 맑은 겨울날은 아름다웠다. 남편이 차이콥스키의 '녹턴'을 틀자, 아이들은 저 호수에서 흘러나오는 소리처럼 딱 들어맞는 음악이라 했다. 묵직한 첼로 연주가 눈으로 보이는 듯한 장면. 음악 소리와 아이들의 재잘거림도 고요해지는 듯한 평온함, 창밖이 그랬다.

여행 한 주 전, 아들이 학교에 입학하고 첫 소풍을 다녀왔다. 학교에서 점심을 챙겨줄 것을 알면서도 굳이 샌드위치 재료와 간식들을 사서 분주하게 움직였다. 집에 있는 간식 통이 행여나 작으면 어쩌나, 공주가 그려져 있어 친구들이 놀리면 어쩌나 하는 마음에 급하게 새 간식 통을 사고는 뽀득뽀득 씻어서 말려두었다. 멀미를 하면 어쩌지 싶어 한국에서 사 온 멀미약도 바지 주머니에 넣어주고, 새로운 곳에서 화장실을 참다 실수라도 할까 봐 점심 먹기 전에 꼭 화장실 다녀오라는 신신당부도 잊지 않았다.

아들이 돌아오자마자 소풍은 재미있었는지부터 물었다. 마침 바다 동물에 관심이 많은 시기였는데 상어도 보고, 가오리도 보고, 파란 물고기에 악어도 봤다며 줄줄이 설명하느라 바빴다. 뒤이어 엄마 도시락은 입맛에 맞았는지 남기진 않았는지 궁금하던 차에 아들은 엄지손가락을 번쩍 들어 올리며 말했다.

"엄마 도시락, 세상에서 제일 맛있는 최고 샌드위치였어!"

"정말? 우와. 고마워, 아들."

"엄마, 친구가 '딸기송이' 한

아들이 가져온 딸기송이 4개

개를 줬어. '초코송이' 말고, '딸기송이' 말이야. 그래서 내가 4개 줄 수 있냐고 부탁해서 가져왔어."

"응? 그게 무슨 말이야? 과자를? 찬이 안 먹고?"

"응. 샌드위치 싸갔던 통에 담아왔어."

한 달 전쯤 가족들이 다 둘러앉아 초코송이를 먹었다. 아이들이 맛본 첫 초코송이였다. 다들 맛있게 먹으며 '딸기송이도 있대~, 바나나송이도 있대~'라며 갖가지 과자 이야기를 한참 나누었다. 소풍 간 날 친구가 가져온 딸기송이를 보고 가족들도 좋아하겠단 생각에 먹고 싶은 것을 꾹 참고 가져왔다고 했다.

내가 8살쯤이었던가. 학원 버스를 타고 집에 오는데 기사님이 아이들에게 동그란 뻥튀기 쌀과자를 하나씩 나누어 주셨다. 친구들이 아슥아슥 소리를 내며 먹는 동안 나는 뻥튀기를 좋아하는 엄마 생각이 났다. 방바닥을 따뜻하게 데워놓고 간식과 함께 기다리고 있을 엄마를 주면 좋아할 것 같았다. 입맛만 다시며 손에 소중히 꼭 쥐고 있었다. 짧지 않은 거리에 아이들은 아슥아슥 소리를 내며 먹는데 얼마나 먹고 싶던지. 결국 난 끝까지 인내심을 발휘하지 못했다. 두세 입 먹고는 온전하게 못 주는 마음이 내심 속상했는지 엄마를 보자마자

"엄마, 이거 원래 보름달인데, 며칠 지난 보름달이야."

하며 건네주었다. 그 이후 기억은 없지만 분명 엄마와 함께 나누어 먹지 않았을까. 버스에서 엄마에게 생각지도 못했던 선물을 전해 줄 마음에 설레던 순간과 그걸 참아내지 못하고 한 입 한 입 먹다가 며칠 지난 보름달이라 둘러내던 미안함이 아직도 또렷하게 기억난다.

우리 딸도 그 모습 그대로 닮았다. 친구가 여행 갔다 사 왔다며 반 친구들에게 한 조각씩 나누어 준 초콜릿 제 몫을 휴지에 담아왔다. 먹고 싶은 것을 참고 가져온 딸은 엄마 입에 쏙 들어가는 것을 두근거리는 표정 한 가득으로 바라봤다.

"엄마, 맛있어? 엄마 스타일이야?"

너무 맛있어서 웃음이 새어 나오는 맛이라 했더니 딸은 손뼉을 치고 펄쩍펄쩍 뛰었다. 생각해 보면 아이들은 나보다 낫다. 유혹을 참아냈으니. 호텔 창밖을 보고 있자니 사랑받던 시간이 호수에 비쳐 차곡히 떠올랐다.

비시니볼로쵸크는 낮에 둘러보면 '러시아의 베네치아'라 불릴 만큼 아름다운 도시다. 많은 신자가 찾는다고 하는 카잔 여성 수도원은 하늘 높이 치솟은 15개의 돔부터 눈이 간다. 위에서 아래로 시선을 내릴수록 웅장해지는 수도원은 허허벌판 한가운데에 우뚝 솟았다. 수도원은 구전으로 전해져 내려오는 카잔 아이콘의 기적과 함께 신성시 보존되고 있었다.

종교가 없어서인지 러시아 어딜 가나 있는 거대하고 화려한 교회에 익숙해져서인지 아쉽게도 큰 감흥은 받지 못했다. 자연과 어우러진 아름다움에 눈은 갔지만 오랜 시간을 끌지 않고 시내의 '유리 박물관'과 '펠트 박물관'으로 향했다. 두 박물관 모두 당황스러울 만큼 초라했다. 작디작은 시골 상가 건물 2층 한 켠에 마련된 유리 박물관은 아이들도 슈퍼인지 박물관인지 아리송하다며 갸웃거렸다.

펠트 박물관에는 꽤 오래 머물렀다. 20평 남짓의 방안 모든 작품을 만든 작가 할아버지의 자부심에 쉽사리 물러날 수 없었다. 내 키보다 두 뼘은 더 큰 부츠 앞에서 아이들이 사진을 찍을 수 있게 도와주셨고, 양 인형을 가져와서는 아이들을 그 위에 앉게 해 또 사진을 찍으라 안내해 주셨다. 오래된 아코디언을 아이들 무릎에 놓고는 연주법도 알려주셨다. 할아버지의 아낌없이 솟아나는 친절함에 아이들은 어정쩡한 미소로 감사하단 말을 연거푸 전했다.

박물관은 거창하지 않았지만 한 길만을 걸어 온 할아버지에 대한 존경심이 어찌 안 생길 수가 있을까. 뭐 하나 시작하면 3개월을 못 넘기는 나는 옆도 뒤도 보지 않고 한 가지 일에 몰두하여 자부심 가득한 사람들에게 절로 손뼉이 쳐진다. 콧수염 할아버지의 고집과 강단이 흔들림 없는 눈빛으로 충분히 느껴졌다.

펠트 박물관 할아버지가 건네준 양 인형

비시니볼로쵸크. 아직도 입에 잘 붙지 않아 몇 번을 버벅대고야 제대로 된 이름이 입 밖으로 나온다. 수도원, 각종 박물관, 극장, 성당, 마을 제일이라고 소문이 자자한 카페까지 자잘하게 볼 것들이 많았다. 하지만 그 무엇보다도 겨울의 고요함이 어울렸던 곳이었다.

사부작사부작 고양이들처럼 조심스레 돌아다니다 방에 들어와서는 온몸을 녹일 만큼 따끈한 물에 한참을 씻고 소파에 걸터앉는 아늑함. 아마 탁월했던 호텔 덕분이었을 것이다. 혹은 두려움을 한순간 말끔히 씻어 내 준 호텔 직원의 미소에 긴장이 풀린 덕이었을까.

언니의 밝은 미소를 보고 안심하던 내 깊은 날숨이 느껴지는 걸 보니, 어쩜 내 기억의 고요함은 한순간에 각인된 것일지도 모르겠다. 캄캄한 밤이라 다행이었고, 창밖의 호수가 얼어 다행이었고, 마침 배웅 나온 직원이 그 언니여서 다행이었다. 모든 기록이 다행으로 남은 마을이었다.

6 밤이 주는 위로의 소리
- 두브나

    혼자서도 당차던 나는 어디 갔을까. 혼자 기차를 타고 캐나다 여행을 하던 나는, 뉴욕에 가서 공부하겠다고 아빠에게 PPT를 작성해 허락을 맡던 나는, 백두산 천지에 오르겠다고 나선 나는 어디 갔을까.

    러시아에 와서는 '딩동' 초인종 소리에 화들짝 놀라는 겁쟁이로 변해 있었다. 학생의 신분도 아니요, 직장인의 신분도 아닌 나 스스로 여행자라 이름 지어 놓고는 그 무엇도 혼자 결정할 수 없는 하루하루가 점점 숨이 막혀왔다. 아무것도 손대지 않으면서 무언가는 변해있길 바라는 비겁한 날들이긴 했지만, 누군가에게 투정 부리고 싶어 잔뜩 입이 나와 있는 시간이었는지도 모르겠다.

    사람이 깨달음을 얻는 건 예상치 못한 장면과 순간이다. 모스크바에서 가장 큰 도서관의 투어에 참여했다. 처음의 호기심과는 달리 알아듣지 못하는 가이드의 말이 쏟아질수록 나의 관심은 다른 곳으로 흩어졌다. 바래고 낡은 책장, 100년 전에 사용되던 도서대출표, 책들 사이에 폴폴 날리는 먼지로 눈길이 번져갈 때 내 시선은 한곳에 멈추었다.

도서관에서 만난 할아버지와 손녀

  나처럼 집중 못하고 두리번거리는 할아버지. 나이가 80은 족히 넘어 보이는 할아버지는 잘 들리지 않는지 설명에 영 집중하지 못한 채 여기 저기 시선을 훑었다. 옆에는 할아버지 팔짱을 꼭 끼고 있는 여학생이 있 었다. 한 걸음 앞에는 할아버지와 학생 사이쯤의 나이로 보이는 중년의 여자. 동그란 코끝이 어쩜 셋이 똑 닮았는지 말 안 해도 할아버지와 딸과 그녀의 딸임을 알 수 있었다.

  손녀는 계속해서 할아버지 귀에 또렷하고 느린 목소리로 가이드의 설 명을 전했고, 할아버지가 어렵게 한 걸음 한 걸음 옮길 때마다 지팡이 역할을 했다. 엉뚱한 곳으로 가려는 할아버지를 다정한 두 손으로 어깨를 감싸 방향을 잡아주는 것도 역시 그 학생이었다.

할아버지는 혼자 생활하기가 어려워 보였지만 신기하게도 표정은 미소로 일관됐다. 아마도 정신이 온전히 맑던 시절 도서관을 드나들던 독서광이지 않았을까. 할아버지의 어딘가 남아있을 기억의 선을 이어주려 큰길마저 눈에 덮여버린 추운 날임에도 손을 꼭 잡고 도서관에 왔던 것이 아니었을까.

꼭 잡은 그들의 두 손을 보고 '사랑' 이전에 '노력'이 보였다. 예전 기억을 더듬어 보려는 딸과 손녀의 노력. 할아버지에게 한없이 다정하던 손녀의 미소를 보며 눈밭을 헤집고 도서관에 왔을 그들만의 이유를 혼자 상상했다. 두 손 두 발 멀쩡한 나는 고작 숨 막힌다며 핑계만 나열했을 뿐 힘든 한 발짝을 내디뎠던 적이 있는지 얼굴이 붉어졌다.

"여보, 이제 내가 러시아어로 대화할 거니까 자기는 아무 말도 하지 말아줘."

당차게 선언한 건, 새해가 밝던 날 도착한 '두브나'라는 도시였다. 새해 첫날 떠나는 자동차 여행에 두 아이는 일주일 전부터 분주했다. 엄마 대신 가져갈 물건들 리스트를 작성하고는 데려갈 인형들이 춥지 않게 꼼꼼한 바느질로 인형 옷도 여러 벌 만들었다. 소울 메이트 릴리에게는 딸의 작아진 치마로 꽃무늬 옷을, 강아지 인형 비스킷에게는 내복을 잘라 망토를, 코끼리 인형 엘라에게는 새 천으로 코 씌우개를, 또 다른 강아지 인형 허스키에게는 파우치를 만들어 그 안에 쏙 넣었다. 식당에서 틈틈이 할 활동 북도 한 권 만들고 일기장도, 읽을 책도 빠짐없이들 챙긴 것은 아이들 스스로 한 일이었다. 아이들의 여행은 이미 시작된 듯 보였다.

문제는 영하 35도까지 내려가는 날씨였다. 영하 35도. 두꺼운 털장갑을 새로 샀는데도 사진을 찍으려 잠시 벗는 순간 손은 벌게져 간지러움이 올라왔다. 매년 새해 여행을 떠나기는 했지만 그중 최고로 손꼽히는 추위였다.

어두컴컴한 밤이 되어서야 도착한 호텔. 하늘 밑은 별빛들만 사는 마을인 양 한없이 고요했다. 그도 그럴 것이 가로등은커녕 작은 집 한 채 없는 시골의 좁은 골목길을 30km나 달려야 도착한 곳에 나타난 마을이었다. 보이는 것이라고는 밤하늘, 이 끝에서 저 끝까지 다 깔아놓은 반짝이는 모래알들뿐 아무도 살지 않는 곳처럼 아늑하기 그지없었다. 아, 그래. 요즘 내가 원한 건 이런 차분함이었다고.

더 늦기 전에 식당에 들러 간단히 저녁을 먹고 방으로 들어갔다. 갑자기 몸이 기울어진다며 장난치는 아이들을 보며 '어? 그러네?'라고 맞장구쳐주고 있었다. 아이들 성화에 진짜로 그렇게 느끼는 건지 내 몸도 호도독 한쪽으로 떨어지는 기분이었다. 우리가 아리송해하고 있을 때 호텔 직원이 와서는 지금 방이 기울어져 있어 화장실 문이 안 열릴 수 있으니 잠그지 말라 하는 것이다.

"이 호텔은 물 위에 지어졌어요. 출렁이는 물에 한 쪽이 기울어진 채로 얼어버렸어요."

듣기만 해도 덜컥 겁이 났다. 심지어 1월 1일, 그 커다란 호텔에 묵은 손님은 우리뿐이었다. 3년 전 좋은 경치로 상까지 받았다기에 망설이지도 않고 덜컥 예약한 호텔이었는데 캄캄한 호텔에 손님이 한 명도 없다는 사실이 뭔가 께름칙했다.

실상은 이랬다. 리모델링 공사 때문에 이틀간 문을 닫았고 새해부터 30% 인상된 가격으로 예약을 받으려 계획 중이었다고 한다. 그러던 중 갑자기 몇 분간의 컴퓨터 오류로 우리 가족의 방 하나가 가격 인상도 되지 않은 채 예약된 것이다. 취소하라는 전화를 줄 만도 한데 로비의 매니저는 별 상관없다는 듯 한없이 친절했다. 식당에서 주문받던 아저씨는 디저트 시간까지 한 번도 눈치를 주지 않았고, 수영장도 사우나도 다른 날의 똑같은 고객처럼 이용할 수 있도록 정성껏 응대해 줬다.

호텔이 몇 년 만에 쉬는 날이었을 거란 생각에 직원들에게 미안했지만, 주변의 고요하고 차분한 공기에 매료되어 그 마음은 쉽게 잊혔다. 매니저는 "지금은 어두워서 안 보이죠? 내일 아침이 되면 아름다운 자연에 반할 거고, 여름에 온다면 넓은 마당을 마음껏 거닐 수 있어 황홀할 거예요."라 했다. 넓은 공간에 지어진 호텔이었는데도 시골이었기에 가격 또한 저렴했다.

두 아이와 침대에 누워 조용히 책을 펼쳤다. 글자 하나하나가 눈에 옮겨지는 소리가 들릴 만큼 그날의 밤은 포근했고 진정한 몰입이 가능했다. 손에 들린 책은 어디 새 나가는 곳 없이 마음으로 곧장 다가왔다. 책 속의 장면들은 캄캄한 창밖에 방해 없이 그려졌다. 강가 앞 호텔의 유일한 손님이 되어 진정한 평화로움을 처음으로 알아챈 것처럼 위로받았다.

북적거리는 곳에서는 한 울타리 안에 들어가 있어야 뒤처지지 않는 기분이 들어서일까. 진짜 행복은 남들처럼 물들어 버릴 때가 아니라 나를 찾을 때다. 나만 다를 때는 당연히 누구나 불안하다. 어색하기도 하다. 내가 그랬다. 뭐 하나 작은 행동 전에도 주위부터 살폈다. 내 생각을 밖으로 펼쳐내는 게 쉬운 사람은 아니었다. 말 한마디 안 통하는 나라에 살면서 내 어깨는 점점 더 움츠러들었다. 말 한마디 버벅댈 때마다 내가 한없이 무능력해 보였다.

그럴 때 떠난 조용한 여행은 나 자신을 찾는 시간이었다. 나만 느림보인 것 같아 초조할 때 오히려 나의 새로운 모습을 발견하기도 하니까. 두브나의 밤은 나에게 속삭이는 듯했다.

'다 괜찮아. 사람들 속에서 밤새 떠들며 지내는 것을 좋아하던 너도, 먼지 한 점 날아다니지 않을 만큼 조용한 밤에 책에 파고들고 싶어 하는 너도, 그냥 다 너일 뿐이니 다 괜찮아.'

밤이 주는 위로를 톡톡히 받고 또 받은 밤이었다. 두브나의 고요했던 그 밤을 잊을 수가 없다. 내 맘은 아마도 그때부터 많이 괜찮아졌는지도 모른다. 조금 더 편안해진 나로 돌아온 것은 그 밤의 위로 덕이었으니까.

두브나 호텔 앞의 끝없는 골목길

러시아에서는 여행이 아름다워진다

7 눈이 소복이 내려앉은 곳
- 페레슬라블 잘레스키

호수는 끝이 보이지 않았다. 저 끝 하늘과 맞닿은 곳은 어둑하게 내려 앉은 겨울밤의 고요한 노을과 뒤섞여 경계선도 흐릿했다. 어디가 호수고 어디가 하늘인지, 어디가 지상이고 어디가 천국인지도 헷갈리게 하는 신비한 장관이 눈앞에 펼쳐졌다. 이 마을의 이름도 역시 우리에겐 낯설었다. 지나가다 우연히 들른 마을. 내비게이션을 보고 목적지로 달리다 남편이 차를 멈췄다.

"어? 저 옆길로 가면 엄청 큰 호숫가가 있네?"

이미 어둑해진 후였지만 우리는 망설이지 않았다. 이제는 '어?'라는 급 작스러운 말이 예상치 못한 즐거움을 줄 거라는 것을 알기에 당연한 듯 방향을 바꿔 호숫가 근처로 갔다.

"우와~ 이런 곳 처음 봐."

차를 세우자마자 아이들은 어둑한 하늘은 아랑곳하지 않고 꽁꽁 언 호 숫가로 뛰어들었다. 위험하지 않을까 싶었지만 이미 그곳에는 스케이트, 썰매, 얼음낚시를 하는 동네 주민들이 겨울을 만끽하고 있었다. 마을의 사랑방인 양 하염없이 내리는 눈은 상관없다는 듯 장갑도 끼지 않고 뛰 어나온 동네 아이들에 뒤섞여 우리도 호숫가로 내려갔다.

'여기가 러시아구나. 이것이 러시아의 겨울이구나.'

꽁꽁 언 호수 위를 걸으면서도 아이들은 꿈같은 곳이라 믿기지 않는다 했다.

내가 아는 척한 모스크바 도시의 겨울은 아무것도 아니었다. 아이들이 먼저 뛰어 내려간 곳을 뒤늦게 따라가며 남편과 나는 누가 먼저랄 것도 없이 손을 깍지 꼈다. 순간, 둘 다 동시에 행복을 찌릿하게 느꼈던 걸까. 우리는 가슴이 벅찼다. 그곳을 보고 있는 것만으로도 이미 이번 여행을 다 가진 듯했다.

러시아에 처음 와서는 겨울의 추위가 얼마나 무서웠는지 모른다. 한국의 칼바람은 비할 것도 아니었다. 러시아에서 다가올 겨울을 생각하면 진작에 이가 덜덜 떨렸다. 한국에서도 겨울에는 이불 속에 켜 놓은 전기장판 위에서 한 걸음도 나올 수 없었다.

어렸을 적의 겨울은 학교도 안 가겠다고 버티다 내복을 두 겹으로 껴입고 겨우 나설 만큼 두려운 계절이었다. 온몸이 얼음으로 둘러싸인 것 같아 몸을 따뜻하게 해 준다는 음식도 보약도 잘 챙겨 먹었지만, 겨울에 대한 두려움을 쉽사리 거두지는 못했다.

그런데 참 이상하다. 겨울을 기억하면 추워서 벌벌 떨리면서도 마냥 싫지만은 않았다. 오히려 찬 바람보다 마음 따뜻했던 기억이 한 발짝 먼저 떠오른다.

학창 시절 늦은 밤 버스에서 내려 집까지 걸어오는 길, 양쪽 아파트 사잇길을 우리는 '바람골'이라 불렀다. 유난히 그 길을 지날 때면 살을 베는 듯한 칼바람이 사방팔방에서 날아와 파고들었다. 그 길을 혼자 걷던 일은 많지 않았다. 밤 11시나 12시여도 자다 깨어 잠옷 위에 패딩 하나를 걸친 아빠가 마중 나왔다.

춥디추운 겨울날, 아빠의 사랑은 더 깊었다. 아무리 늦은 밤이라도, 아니 밤이 늦을수록 고작 3분이면 오는 그 겨울의 짙은 밤을 믿지 못해 두 딸을 마중 나왔다. 버스에서 내리자마자 '꺅'하고 비명이 나올 만큼 추웠지만 정류장에 서 있는 아빠의 얼굴은 따뜻했다.

"아빠, 나 빵집 가서 빵 하나 사 갈래!"

"응, 그래~"

"아빠, 저기 붕어빵 아저씨 아직 있나 보러 가자."

"응, 그러자."

두 딸이 원한다면 "그래, 그래." 다 해 주고 싶어 애쓰던 아빠였다. 안

되는 일도, 어려운 일도, 버거운 일도 아빠는 "그래, 그래. 하고 싶으면 해야지."라며 끄덕여 줬다. 세월에 파묻혀 아빠는 자꾸 작아졌다. 곳곳에 퍼진 나이 듦에 가슴이 아리지만 지금도 겨울이면 아빠와 걷던 한겨울의 바람골이 떠올라 마음이 한껏 단단해진다.

40년이 넘는 혹독한 겨울을 버티게 해 준 것은 뒤에서 하염없이 바람을 막아주던 아빠 덕이지 않았을까. 넘어져 다시 일어날 때도 손과 마음이 꽁꽁 얼었을 때도 아빠는 아무것도 모르는 척했지만, 변함없이 등 뒤를 지켰다.

"너희는 아무 걱정하지 마. 엄마, 아빠가 항상 뒤에서 버티고 있을 거니까 아무 걱정하지 마."

이 말을 주문처럼 듣고 자랐기에 겨울이 무섭다고 엄살을 부리면서도, 버티고 버티다 따뜻한 이불 속으로 들어가면 된다는 것을 알고 있었다. 곧 겨울이 끝이 날 것이라는 것도 알기에 이겨낼 수 있었다. 그깟 겨울쯤이야.

막상 겨울이 되니 러시아의 실내 난방은 땀이 삐질 나올 정도였다. 주차장까지 가는 길은 한숨 크게 훅 참고 히터를 틀어 놓으면 추운 것은 고작 5분이면 되었다. 길을 걸을 때는 양말을 두 켤레 신고 빠른 걸음으로 숨을 꾹 참고 걸으면 몸에 열이 올라 버틸만했다. 도저히 안 되겠다 싶을 때는 근처 카페에 들어가 잠시 따뜻한 공기에 몸을 적셔 주면 된다.

그렇게 생각하면서부터 겨울이 꽤 괜찮았다. 하얗게 눈 쌓인 골목길을 걸으며 이곳이 소설속 여주인공이 마차를 타고 지나던 길이었을지도 모른다며 상상하게 되었고, 고개만 숙이고 온몸을 움츠리던 겨울이 그제야 영화 속 장면이 되었다.

실제로 러시아의 겨울은 사방이 소설 속, 영화 속의 한 장면 같다. 이야기 속에 들어와 있는 듯한, 말로 표현할 수 없는 풍경에 가슴이 뛰기까지 했을 때는 다음 해 겨울이 기다려지기도 했다. 한국에서 검은색 이민가방에 가득 실어 온 내복과 목폴라는 여행 갈 때 말고는 옷장에서 나올 일도 없었다. 실내가 워낙 따뜻하니 두꺼운 코트 안은 한겨울에도 민소매 티셔츠 한 장이 오히려 나았다.

지나가다 들른 마을 페레슬라블 잘레스키도 겨울 중의 겨울이었다. 기온은 영하 25를 웃돌았고, 한 걸음을 내디딜 때마다 흐르는 콧물이 그대로 얼어붙을 만큼 추웠다. 꽁꽁 언 호숫가 끝까지 가봐도 되냐는 아이들의 물음에 위험하다고 거절했지만, 점으로 찍힌 누군가가 저 멀리서 의자를 놓고 얼음낚시 하는 것을 보니 조금은 안심이 되었다. 동네 주민 몇 명이나 붙잡고 물어도 허허 웃으며 망치로 깨 부숴도 금하나 안 갈 만큼 얼었으니 걱정 말라는 말을 듣고서야 아빠를 동행시켜 허락했다.

아이들은 점이 될 만큼 멀리 뛰어갔다. 입 밖으로 절로 나오는 입김을 발사시켜 더 멀리멀리 뛰어가고는 드넓은 얼음 호숫가에 웃음소리를 가득 채우며 돌아왔다.

"마음이 너무 시원해! 엄마도 뛰어서 다녀와 봐. 가다가다 끝이 보이지 않아서 돌아왔어."

꽁꽁 언 호수 위를 걷는 아빠와 아이들

7살 아이가 표현한 '마음이 시원하다.'는 말은 무슨 의미였을까. 심장이 얼어붙을 만큼 차가웠다는 것일까, 아니면 '우와! 가슴이 뻥 뚫리는 것 같다.'라는 개운함을 말하는 것일까. 어쨌든 두 아이는 마음이 시원하다는 새로운 기분을 느꼈다.

꽁꽁 언 호숫가에 소복이 내려앉은 눈이 아이들에게도 이젠 춥지만은 않은 기억으로 남은 것 같다. 아빠는 앞서 걸으며 아이들이 걸을 길이 안전한지 아닌지 안심시켜 주었고, 엄마는 하염없이 지켜보며 한자리를 지켰다. 안도감. 넘어져 뒤돌아서면 일으켜 줄 아빠가, 어스름한 어둠에서 잘못된 길을 가면 '여기야.'라고 손 흔들며 안내해 줄 엄마가. 아이들에게는 그 안도감이 심어진 겨울의 여행이었다. 행복의 겨울. 춥지만은 않은 겨울. 아빠가 나에게 물려줬듯 이제는 내가 아이들에게 물려준 따뜻한 겨울의 기억, 그거 하나면 됐다.

8 남들과 같을 필요는 없잖아
- 딸돔

러시아는 크리스마스가 1월 7일이다. 동로마제국의 전통을 잇고자 그 레고리력 대신 율리우스력을 따르다 보니 자연히 13일 뒤처진 날이 크리스마스가 되었다고 한다.

평소와 다를 것 없는 겨울날인 12월 25일, 크리스마스 날인데도 아빠는 정상 출근을 해야 했다. 아쉬워하는 두 꼬맹이를 차에 태워 시내로 드라이브를 떠났다. 길거리는 화려한 조명과 여기저기 세워진 높다란 크리스마스트리로 가득했고 하얗게 쌓인 눈 사이로 반짝이는 불빛들, 보고만 있어도 캐럴이 귓가에 맴도는 듯 세상은 온통 크리스마스였다.

행복한 창밖과는 달리 갑작스레 문제가 생겼다. 한참 시내로 향하던 중 핸드폰이 꺼졌다. 고장 난 지 꽤 된 충전기를 '나중에 새로 사야지.' 하면서 미루던 게 잘못이었다. 내비게이션 없이는 코 앞도 못 가는지라 당장 어찌해야 할지 표정이 굳어졌다.

표지판의 꼬부랑글씨는 전혀 도움이 되지 않았다. 놀라지 않은 척 익숙한 건물들을 찾아보는데, 수없이 다닌 길인데도 점점 모스크바 밖으로 빠져나가는 기분이 들었다. 더 가다가는 정말 길을 잃겠다 싶어 우선 차를 세웠다. 차를 타고 얼마나 헤맸는지 이미 날도 어둑어둑. 그날따라 지갑도 가져가지 않아 아이들 밥시간도 놓친 터였다.

그때 우리 앞에 차를 세우고 피자를 포장해 가는 아저씨를 발견했다. 너무 다급했다. 뭐라 불러야 할지도 몰라 영어로 "Excuse me!"라 소리부터 질렀다. 어린 두 꼬맹이를 차에 두고 혼자 내리자니 밖은 너무 어둡고 낯설어 엉덩이는 자리에 딱 붙여 놓은 채 외쳤다. 아저씨가 제발 뒤돌아봐 주기를, 제발. 영어 안 통하기로 유명한 이 나라에, 이 어둑한 골목에, 심지어 차에서는 내리지도 않고 '익스큐즈 미'만 소리쳐 대는 동양인 아줌마에게 아저씨가 다가왔다.

당연히 러시아어를 못하니 영어로 쏟아냈다. 길을 잃었다, 전화기도 안 된다, 네비도 없다. 집 앞의 큰 건물을 알려주며 그 건물로 가려면 어느 쪽으로 가야 하는지 방향만 알려달라, 그러면 가다가 또 다른 사람에게 길을 묻겠다.

유창한 영어로 길을 설명해 주던 아저씨는 "이제 알겠니?"라고 물었고 나는 자신 있게 "응. 여기서 쭉 가다가 사거리에서 왼쪽 맞지?"라고 대답했다. 아저씨는 엄지를 척 내 보이고는 안심의 미소를 짓고 떠났다.

두 아이는 천사 같은 아저씨를 만났다며 기분이 좋아졌다. 아저씨가 알려준 대로 쭉 가다가 왼쪽. 어? 뭐가 이상한데? 아닌가? 차 속도를 낮추고 당황해하고 있는데 뒤에서 빵빵 크렉션이 울렸다. "Follow me!(따라와!)" 차창밖에 얼굴을 내민 사람은 아까 길을 설명해 주던 아저씨였다. 어쩔 줄 몰라 하자 아저씨 옆에 탄 언니가 밝게 웃으며 걱정 말고 따라오라고 손짓했다. 괜찮다고 말할 새도 없이 아저씨는 비상등을 켜고는 30분이 넘도록 우리 앞을 달렸다. 그리고 도착한 곳은 내가 처음 아저씨에게 물어봤던 집 근처 건물 앞 사거리였다. 아저씨는 적색 신호등에 멈췄다. 내 옆에 차를 대고는 창밖으로 고개를 내밀고 "Merry Christmas!" 하며 밝게 웃고는 홀쩍 떠나버렸다. 작은 선물이라도 주고 싶어 가방을 뒤적이고 있었지만 아저씨는 이미 사라진 후였다.

"엄마, 우리한테 산타 할아버지가 왔다 간 거야."

어리둥절해하는 아이들. 우리의 산타 할아버지였다. 아직도 소름 돋는 그날의 기억은 내가 가슴에 품은 러시아 사람들이다. 남들과는 다른 산타할아버지, 어쩌면 우리가 진짜 산타를 만난 건지도 모른다.

딸돔. 들어 본 적도 없는 곳이라 구글을 통해 유일하게 관광지로 검색되는 박물관을 목적지로 두고 달렸다. 눈길에 휩싸인 길을 한 시간이나 달려갔지만 이미 오후 4시가 넘어가자 어둑해진 이곳은 모든 것이 멈춘 듯했다. 박물관은 물론이고 문 연 곳이 없었다. 어쩔 수 없었다. 커피나 한잔 마시고 다음 도시로 가자고 말하려던 차에 가려던 박물관 맞은편, 불 켜진 2층의 노란 건물과 눈이 마주쳤다.
형형색색 조명들이 가득히 장식된 창문 안으로 북적이는 사람들이 보였다. 1월 2일에 단체 관광객인가? 아이들에게 뭐라도 보여주고 싶어 무작정 문을 열고 들어가 봤다. 남녀노소 가리지 않은 30여 명의 사람들이 좁은 건물을 가득 채웠다. 입구에서 망설이고 있는 틈에 짧은 흰머리에 각진 안경, 회색 스웨터에 자주색 조끼를 껴입은 아저씨가 인자한 모습으로 문을 열며 나왔다.

"자하지쩨.(들어오세요.)"

우리가 쭈뼛쭈뼛 느린 걸음으로 안을 맴돌자, 아저씨는 우리를 앞세워 2층까지 안내했다. 미술관이었다. 알고 보니 그 아저씨는 딸돔에 최초의 미술관을 설립한 관장님이셨다. 이미 폐허가 되었던 140년 된 공장을 사서 아트 갤러리로 꾸몄고, 그날은 바로 개관 1주년 되는 첫 생일이라 작은 콘서트가 열린 것이라 한다.

우연히 들른 딸돔의 동네 미술관

우리는 의도치 않게 환영받는 손님으로 그 자리를 함께하게 된 것이다. 2층은 방 3개가 연결되어 다른 작가 작품들이 전시되어 있었고, 가장 큰 방에는 150년 됐다는 그랜드 피아노가 놓여 있었다. 우르르 방으로 몰려 들어간 외국인 가족을 보고는 피아노에 앉아 계시던 아주머니가 더듬더듬 영어로 말을 걸며 다가오셨다.

"오늘은 자유로운 콘서트예요. 노래도 춤도 악기도 모든 것을 편하게 즐겨주세요."

어색하게 미소로 화답하며 빼곡하게 놓인 의자에 앉았다. 곧이어 젊은 아저씨가 나와 피아노 악보를 들고 서서 한참을 이야기하고는 피아노 연주를 시작했다. 어? 음? 에? 근엄한 표정과는 달리 박자도 음도 연이어

실수하며 어렵게 곡을 이어갔다.

연주가 끝났을 때 콘서트에 모여있던 30여 명의 사람들은 우레와 같은 박수를 아끼지 않았다. 나도 덩달아 박수를 보내고 남편을 보니 그제야 귀에 대고 나직이 설명해 줬다. 그 아저씨는 우리가 가려다 못 간 맞은편 박물관의 부관장님이라고 한다. 작년, 갤러리가 새로 생긴다고 했을 때 다들 경쟁자가 생겨서 어떡하냐고 걱정했지만, 오히려 서로에게 예술적으로 영감을 받을 수 있어서 행복했다고. 갤러리의 1주년 생일을 누구보다 진심으로 축하하는 마음에 아마추어지만 홀로 연습한 곡이니, 인내심을 갖고 들어달라 미리 양해를 구했다고 한다.

그 이후로 스페인 아저씨의 기타 연주, 진행자의 노래, 동네에 사는 학생의 수준급 피아노 연주까지 이어졌다. 우리는 더 밤이 되기 전에 2시간을 또 달려 다른 도시로 가야 했기에 먼저 일어섰다. 꿈같은 2시간이었다. 끝까지 자리를 지키고 싶어 했던 딸이 주섬주섬 옷을 입으며 말했다.

"엄마, 내가 자동차 여행을 좋아하는 이유가 바로 이거야. 우연! 계획에 없던 우연이 연달아 이어지는데, 그게 모두 기분 좋은 우연이잖아. 나는 이곳의 우연이 너무 좋았어."

영하 30도의 날씨에도 옷차림이 얇았던 건 서로의 마음이 유난히 따뜻해서가 아니었을까. 날씨도 길도 식당도 만나는 사람도 예측할 수 없는 자동차 여행.

차 타고 가다 경치가 아름다운 장소가 나오면, 그곳에 한참을 머물게 된다.

그 해도 우리는 새해를 다시 시작하기 직전 우리의 마음에 따스함을 전달해 줄 산타를 만났다. 생각지도 못했던 겨울날 두 아이는 다음 도시로 이동하는 두 시간 내내 자기네들도 클럽을 만들어 홈파티를 하고 싶다며 들떴다. 좋은 아이디어였다. 책 없는 하루도 상상할 수 없는 두 아이는 북클럽을 만들어 책을 사랑하는 또래들을 모집한 후 서로의 책들을 소개하고 교환하고 책갈피도 만드는 시간을 기획했다.

두 아이는 두 시간 동안 서로 의견을 더하고 더해 근사한 하루의 계획을 세웠다. 나와 남편은 적극 도와줄 준비가 되었다. 책을 사랑하는 또다른 아이들이라니 어찌 사랑스럽지 않을 수 있을까.

한 달 뒤 우리는 하우스 북클럽을 근사하게 열지도 모른다. 아이들의 계획과 달리 한 번으로 진이 빠질 수도 있지만 아이들은 새로운 곳에서 만난 산타로 공부나 시험 대신 남들과는 조금 다른, 멋들어진 목표가 생겼다.

내년엔 우리에게 어떤 산타가 찾아올까. 또 어떤 꿈을 던져주고 갈까. 벌써부터 콩닥거리는 내년의 겨울이다.

9 내가 가는 길이 정답이야

- 칼루가

내가 상상해 오던 딸의 모습은 핑크 옷에 파묻힌 마냥 어여쁜 공주다. 그 마음이 여전히 마음속에 담겨 있지만, 막상 딸아이가 자라나는 순간들을 보며 다른 바람도 스멀스멀 생겨났다. 남자에게 의존하지 않았으면 좋겠고, 당당한 전문직 여성이었으면 좋겠고, 여자는 그러면 안 된다는 말에 코웃음 쳤으면 좋겠고, '여자애가 말이야.'라는 행여나 듣게 될지도 모르는 말에 '푸핫'하고 비웃어주었으면 좋겠고, 앞치마 입고 요리하는 모습은 어설퍼도 자기 의견을 똑 부러지게 주장했으면 좋겠다는 게 엄마의 솔직한 마음이다.

한국에 잠시 다녀왔을 때 쇼핑하고 짐을 한가득 들고 걷다가 이모할머니가 아들에게 말씀하셨다.

"아들, 원래 이런 짐은 아들이 좀 들어주고 하는 거야. 러시아 가서도 누나 무슨 일 있으면 찬이가 딱 나서서 도와주고 지켜주고 그래, 알았지?"

듣는 둥 마는 둥 하는 장난꾸러기 아들 옆에서 딸이 어여쁜 미소 가득 머금고 할머니를 바라보며 말했다.

"할머니, 저는 스스로 지킬 수 있어요. 걱정하지 마세요."

씩씩하게 앞서가는 딸의 뒤를 따라가며 귀에 속삭여줬다.

"딸, 멋져!"

멋지게 잘 자라고 있구나. 핫핑크 발레복이 제일 좋다는 감성 소녀지만, 마음은 참 단단하게 잘 자라고 있구나. 행여 도움받는 것을 어려워하면 어쩌나, 너무 강한 모습만 보이려 하면 어쩌나, 하는 걱정에 자기 전 또 이 엄마는 주절거림을 참지 못하긴 했지만 말이다.

"누구에게 의존하기도 전에 스스로 나를 지키려 하는 마음은 얼마나 멋진 일이야. 그래도 때론 어른인 엄마도 혼자 해내기 힘든 일들도 많고, 그냥 이유 없이 누구한테 기대고 싶은 날도 있어. 그럴 땐 언제나 도움을 요청하면 돼. 언제든 언제나, 행여나 내 편이 아무도 없다고 생각될 때조차 옆에 그대로 있는 사람이 바로 엄마야. 그러니 꼭 혼자 다 안 해도 돼. 너희를 지켜 주는 게 엄마의 소중한 일이니까. 알았지? 응?"

듣는지 마는지 모르겠지만 나의 꽃송이. 그래, 네가 선택한 그 길이 정답이고 네가 생각한 그 길이 맞으니 그대로 가면 되지. 이런 똑 부러지는 딸을 두고 뭘 더 바랄 것이 있단 말인가.

러시아 우주과학 역사를 살펴보면 누가 뭐래도 자신이 가는 길을 굽히지 않았던 우주 계획의 선구자가 있다. 19세기의 로켓 과학자, '콘스탄틴 치올콥스키'라는 이름도 어렵고, 내세운 이론도 복잡한 우주 비행의 아버지다. 그는 9세에 성홍열을 앓아 청력의 대부분을 상실했음에도 도서관에서 셀 수 없는 책들을 홀로 읽으며 교사가 되었다고 한다. 이후에는 금속 비행기를 논문으로 발표하고 로켓 연구에 전념하다 마침내 세계 처음으로 우주 정거장을 고안했다.

그가 지닌 장애 때문에 모두가 불가능하다 했지만, 나라에서 인정받는 과학자가 되기까지 자신이 정답이라고 믿은 것에 믿음을 거둔 적이 없었다고 한다. 누군가에게는 고집불통이었을 것이고 누군가에게는 꼰대였을지 모르지만, 그는 세계에 기록될 업적을 남길 때까지 그런 것쯤은 신경도 쓰지 않았을 테다.

칼루가는 그가 과학자가 되어 세상을 떠나는 날까지 살았던 곳으로 그의 이름을 딴 거대한 우주박물관이 세워진 지역이다. 우리 집 침대방 창문으로 넘겨 보이는 과학대학교의 벽면 가득 그려진 초상화가 바로 이 사람이었다는 것은 칼루가에 다녀온 후에야 알았다.

한참 우주에 관심이 많은 아이들에게 보여주고 싶은 것이 많았기에 칼루가를 여행지로 택했다. 모스크바에 있는 한산한 우주박물관과는 달리 각 도시에서 몰려온 대형 버스부터 시작해 들어가는 입구부터 인산인해를 이뤘다. 나만 이 과학자를 몰랐을 뿐 러시아에서는 유명한 사람이었나 보다.

미리 우주에 관련된 공부를 해 간대로 아이들에게 설명해 주기 바빴다. 남편 역시 러시아어 설명을 읽어가며 하나라도 더 알려주려 입이 쉬지 않았는데도, 아이들의 발걸음이 멈춘 곳은 거대한 로켓 앞도 꿈에 그리던 대형 망원경 앞도 아니었다.

두 아이는 사람들 욕심에 희생양이 되었던 라이카의 사진에서 눈을 거두지 못했다. 라이카는 인간이 우주에 가기 전 실전 테스트를 위해 목숨

칼루가의 우주 박물관

을 바친 실험견 중 하나였다. 그 당시 우주 비행의 기술력은 왕복이 불가능했기 때문에 이미 죽음이 예견된 실험이었다.

당연히 라이카의 의견은 물을 수도 들을 수도 없었으니 이용 당했다 하는 편이 정확하겠다. 애초에 라이카는 발사 1주일 후 독약이 든 사료를 먹고 안락사 될 예정이었으나, 실제 사망 이유는 견디기 힘든 진동과 소음으로 인한 스트레스 혹은 온전치 않았던 당시 우주선의 기능으로 기온이 급상승하여 질식사한 것으로 추정된다고 한다. 우주로 보내진 지 단 몇 시간 만에.

라이카는 사람에게 버려진 걸 알았을 때 얼마나 두려웠을까. 혹은 그 순간도 충성을 다 하기 위해 훈련받은 데로 버티고 버텼을까.

더 슬픈 것은 우주선 탑승견으로 발탁된 이유가 떠돌이 개였기 때문이라고 한다. 생존력이 강하고 다른 개들에 비해 유난히 사람을 잘 따라 훈련이 가능한 아이였기에. 유난히 사람을 좋아했단 이유로 사람에게 이용 당한 것이다.

다양한 어휘를 꺼내어 아이들이 덜 상처받는 편으로 이야기를 에둘러 설명해 줬지만 이미 아이들은 가슴에 눈물이 맺혔다.

"엄마, 어른들은 욕심이 너무 많은 것 같아. 우주에 꼭 가야만 했던 거야?"

라이카의 희생으로 연구에 많은 진척이 있었고 실제로 4년 뒤에 최초의 우주비행을 한 사람이 기록되었다고 해도 아이들에겐 들리지 않았다. 아이들은 과학자가 되고 싶지 않다고 했다. 과학자보다는 생명을 소중히 여기는 좋은 사람이 되고 싶다며 마음을 바꿨다.

우리는 아이의 호기심을 끌어내 주려 며칠간 책을 읽고 공부하며 박물관에 데려갔지만, 두 아이는 전혀 다른 방향의 다짐을 하고 왔다.

여행에서 돌아왔다. 비록 처음 목표와 반대되는 결과를 이뤘지만, 소신을 굽히지 않은 과학자의 삶을 보고는 아이들의 의견을 더 따라주는 엄마가 되리라 다짐했다.

그리고 바로 다음 날. 학교를 가야 하는 바쁜 아침, 딸은 하얀 교복 상의를 입더니 새로 산 교복이 아니라고 했다. 듣는 둥 마는 둥 하고는 서두르지 않으면 지각하게 생겼다고 아이를 재촉했다.

"조끼 입으면 어차피 안 보이잖아. 오늘만 그거 입을래?"

서두르며 물었다. 아이의 소신을 지켜주겠다고 다짐한 지 채 하루도 지나지 않은 날이었다. 엄마의 마음을 들여다본 듯 아이는 이해 못 하겠단 표정으로 말했다.

"나는 알잖아. 누가 봐서가 아니라 내가 싫은 거야."

남이 얼룩을 보는 게 싫은 게 아니라 본인이 싫은 것뿐이다. 시간은 지체될지언정 나와 다른 딸아이의 머리끝까지 차오른 자애심이 부러워 빤히 처다봤다. 시간이 촉박해 설득하고 싶지만, 이 아이의 특별함을 지켜주고 싶다고 마음먹은 게 겨우 하루 전날이었으니 꼬랑지를 내릴 수밖에.

소신을 굴복하지 않는다면 당당히 세상에서도 자신의 의견을 말할 줄 아는 사람이 될 테니. 세계적인 과학자이던 혹은 평범한 샐러리맨이건 내 의견을 말할 줄 아는 사람의 세상은 끝도 없이 드넓어지는 것은 확실하니까.

"그래, 그래. 얼룩 없는 새 셔츠로 갈아입자. 엄마가 당장 꺼내서 다려 줄게."

잘 크고 있다, 딸. 네가 가는 길이 정답이니, 엄마는 또 응원한다. 엄마 눈치 보느라 너의 의견을 숨기는 일이 없기를. 너를 위해, 나를 위해.

볕이 좋아 멈췄던 칼루가의 들판

Part 5.

비가 오는 날에도
무지개는 뜨니까

Travel becomes beautiful in *Russia*

Travel becomes
beautiful in
Russia

1 끝없는 겨울 뒤, 한 줌의 봄날
– 이바노보

    TV를 잘 보는 편은 아니지만, 세바시나 TED처럼 사람들이 인생에서 얻은 교훈을 강연하는 프로그램은 챙겨보려 한다. 얼마 전, 세바시에 나온 여성 항해사, 김승주 씨의 짧은 강연을 보면서 전쟁으로 많은 것이 멈춘 것처럼 보였던 내 일상들이 '어?' 하는 마음과 함께 진하게 울렸다.

    김승주 씨가 배를 탄다고 하면 항상 받는 질문이 "바다에서 폭풍우를 만나면 어떡하나요?"라고 한다. 바다에 10m가 넘는 폭풍우가 몰아쳐 배 안의 냉장고, 서랍 등 모든 문이 다 열리고 온갖 물건들이 다 쏟아지고 정신이 하나도 없을 상황에서 말이다. 의외로 항해사의 대답은 간결했다.

    "할 수 있는 것이 아무것도 없지요."

    튕겨 나갈 것 같은 요동 속에서 선원들이 할 수 있는 것은 잠잠해지기만을 기다리며 난간을 꼭 붙들고 있는 것뿐이라고 한다. 긴급 상황 대비 매뉴얼이라도 있을 것 같았는데 오히려 기다리는 것뿐이라니.

    폭풍우가 그치고 무지개를 만나는 순간을 기다리며 계속 파도를 헤치고 나아가다 보면 언제 그랬냐는 듯 다시 잔잔한 바다를 만난다는 것이다. 이 몇 문장에 바닥으로 가라앉던 매일의 기운이 한순간 싸악 걷혔다. 전쟁으로 한숨 쉬어지던 러시아의 고된 생활도 끝이 나겠다는 희망이 겨우 생겼다.

무언가를 어찌하려 애쓰기보다는 하루를 꼭 붙잡고 원래 하던 대로 살다 보면 인생이라는 배도 앞으로 나아갈 것이라는 마음가짐. 유일하게 할 수 있는 것은 버티고 있는 것이라니. 얼마나 단단한 마음인가.

이바노보는 모스크바에서 약 250km 정도 떨어진 도시다. 인구 40만 명 정도의 소도시지만 섬유산업이 발전해 면화, 비단, 의류들이 생산되어 섬유 수도라 불리기도 한다. 또, 직물공장 노동자의 대부분이 여성이기 때문에 '신부들의 도시'라 알려지기도 했다. 이 도시는 사실 방 한두 칸 자리의 자그마한 몇 개의 박물관을 제외하면 그다지 볼거리는 없는 곳이다. 러시아에서 가장 가난한 지역 중의 하나라고 하니 기어코 찾아가서 볼만한 거리가 많지 않다.

그럼에도 불구하고 '어디'보다는 '누구'와 '무엇을'이 더 중요하다고 느끼게 한 여행이 바로 이곳이었다. 우리 아이들에게는 이바노보가 다시 가보고 싶은 여행지로 남아있다. 역시나 여행의 기준은 늘 나름인 것이다.

섬유 도시라 하니 우리는 천 시장을 찾아가 보기로 했다. 먹을 것도 팔고 구경거리도 많은 제주도의 오일장 정도를 상상하고 갔는데 차를 주차하면서부터 이곳이 맞나 싶었다. 공장을 상상하게 될 만큼 큰 4층짜리 건물 안이 온통 천 파는 가게들이었다. 옷감뿐만이 아니라 커튼, 수건, 털, 이불부터 시작해 말만 꺼내면 순식간에 다 찾아내 주는 신기한 세상이었다.

아이들은 오는 내내 차 안에서 어떤 천을 살 것이고, 천으로 무엇을 할 것인지 계획이 장대하였으나 막상 가 보니 1m 정도의 소량은 팔지도 않는 거대한 광경을 보고 할 말을 잃었다. 아이들이 원하는 천이래봤자 인형 옷 만들 것, 가방 옆에 달 장식품 만들 것, 책상 옆에 깔아 둘 것 정도

이니 통나무 두께만큼 돌돌 말아져 있는 우람한 천들 모음을 보고 놀랄 수밖에.

살 것이 없어도 사방이 신기한지라 이불을 바꿔 볼까, 재봉틀을 다시 해볼까 고민하며 한 시간을 둘러봤다. 한참 두리번거리다 들어간 집에서 마침내 아이들이 원하던 자투리 조각천들을 발견했다. 심지어 가격도 이 것저것 마구잡이로 모아 kg당 가격을 매기는데 5kg을 채워봤자 겨우 만 원. 자투리 천으로 1kg을 넘기는 것도 쉽지 않아 보였다.

아이들은 그제야 얼굴에 화색이 돌았다. 어찌나 신중한지 집에 있는 100명의 인형 이름을 다 읊조리며 누구에게 어느 천이 어울릴까 의논하느라 정신이 없었다. 가게 사장님은 아이들이 천을 들었다 났다 하는 게 귀찮을 법도 한데 표정만큼은 단골 손님들보다 더 진지한 것이 귀여웠는지 기꺼이 함께 골라주며 즐거워하셨다.

아이들은 호텔에 와서도 모스크바로 돌아가는 차 안에서도 시간 가는 줄 모르고 온갖 자투리 천들을 꺼내어 상상하고 또 상상했다. 밖에 경치 따위는 눈에 들어오지도 않는 모양이었다. 꼭 다시 와야 한다며 머릿속에 이바노보라는 이름만 깊숙이 박아놨다. 엄마가 매 순간 감동하는 한 겨울의 눈 덮인 숲길도 아이들에겐 그저 세상의 천들을 다 모아 놓은 이바노보의 길 어디쯤일 뿐이었다.

춥디추운 날 떠난 것도 모자라 별 기대 없이 방문한 도시였는데 아이들은 그 어느 때보다 신이 났다. 모스크바로 돌아오는 4시간 동안 문득 밖을 바라보니 제법 눈이 녹은 곳이 많았다. 눈 세상에 쌓여 몇 개월을 지내면서 너무 당연하게 느껴졌던 겨울이 이제 돌아갈 시간이었나 보다.

다른 도시에 들를 때마다 눈 맛을 봐야 한다는 아들

모스크바에 돌아와 겨울의 끝자락을 더 실감했다. 꽁꽁 얼어붙어 밟힐 때마다 사르르 소리가 났던 집 앞의 눈밭, 아들이 집 밖을 나오자마자 풍덩 하고 다이빙하던 눈 언덕, 짧은 여행을 마치고 돌아왔을 뿐인데 길 위의 눈들이 질펀질펀 다 녹아버려 신발 위 바지까지 다 더러워졌다. 끝날 것 같지 않던 기나긴 겨울의 꼬랑지마저 떠날 시간이 온 것이다.

이제는 제법 한 줄기의 빛 정도는 기다려도 그리 어색하지 않은 날이다. 두꺼운 패딩을 옷장 깊숙이 정리하기는 아직 이르지만 그래도 낮 시간이 기다려진다. 오늘은 빛 한 줄기 거실에 뿌려지려나. 코로나와 전쟁으로 기나긴 겨울이 한순간에 덮쳐졌지만, 이제는 한 줌의 희망이 보이는 걸까, 서서히.

항해사님의 말이 맞았다. 아무리 거센 파도라도 기다리면 지나간다. 아무리 추웠던 겨울이라도 다 지나가고 한 줌의 봄날이 시작되기 마련이었다. 초조해할 것도, 불안해할 것도, 조바심 낼 것도 없었는데 말이다.

집에 돌아와 지긋지긋할 만큼 춥디추웠던 겨울이 간다니 못내 아쉬워 따뜻한 보르쉬를 끓였다. 한국의 김치찌개, 된장찌개처럼 흔한 러시아의 수프. 한국이 늘 그리운 나에게는 이상하게도 겨울이면 김치찌개 대신 뜨끈한 보르쉬가 더 생각이 났다. 소고기와 보랏빛 비트, 온갖 야채를 함께 넣고 푹 우려낸 러시아의 보양식. 감기 기운 있을 때면 사워크림 한 스푼 크게 넣어 진하게 쭈욱 한 그릇 마시고 나면 그나마 한국에 대한 그리움이 차라리 좀 덜어진다.

아프면 보르쉬를 찾게 될 만큼 정든 러시아지만, 그래도 이 나라는 아직 나에게 겨울과 같은 긴 계절이다. 긴 겨울도 기다리며 살다 보면 나의 봄날, 한국으로 다시 돌아갈 날이 코앞에 다가와 있겠지.

　겨울이 간다. 봄이 온다. 조금 덜 추운, 봄이 오고 있다. 올해도 긴 겨울이 벌써 끝났다.

2 우연히 인연이 맺어질 때
- 카잔

"크바스를 마시고 우울함을 떨쳐내라!"라는 러시아 속담이 있다. 크바스는 천년의 역사를 지닌 러시아의 전통 음료다. 호밀로 만든 흑빵을 발효시킨 서민의 보리차라고나 할까. 톨스토이와 푸시킨의 책에도 가난한 사람들의 일상을 표현할 때면 빵과 함께 마시던 크바스를 등장시킬 만큼 뿌리 깊은 러시아의 음료이자 주류이다.

여름만 되면 길거리에서도 쉽게 볼 수 있고 카페나 슈퍼에서도 생수만큼이나 흔하게 접할 수 있다. 김빠진 맥콜 정도의 맛이라 표현하면 제일 비슷할 것 같다. 도통 손이 가질 않아 미루고 미루다 처음 마셨던 건 카잔에서였다.

카잔은 타타르스탄 공화국의 수도이다. 러시아에 살고 있는 소수민족 타타르인들이 모여 만든 자치 공화국인데, 매장량이 풍부한 석유 덕분에 러시아에서 가장 부유한 지역 중 하나다. 사실 타타르스탄은 이름이 낯설어서인지 꺼려지던 여행지였다.

다만 카잔에는 우리의 착착 아저씨가 산다. 남편이 일하다 만나 연을 맺은 지인으로 모스크바에 올 때면 아이들 주라며 남편에게 '착착'을 들려 보내곤 하는 상냥한 아저씨다. 아이들은 아빠가 달콤하고 끈적이는 착착 상자를 들고 올 때면 "우와, 착착 아저씨 또 모스크바 왔어요?"라고 반가워했다.

착착 박물관에서 시식 중인 딸

　착착은 타타르스탄의 전통 디저트다. 역시나 이가 아리게 달지만, 한 번 입에 넣으면 멈출 수가 없다. 품질 좋은 꿀이 많이 생산되는 러시아의 디저트답게 진한 꿀 향이 먹기도 전에 코끝을 간지럽힌다. 재료도 별거 없이 밀가루, 달걀, 꿀 정도가 다인데 한국의 약과와 비슷한 맛이라 아이들에게는 최고의 선물임이 당연했다. 꿀 케이크라 불리는 '메도빅'과 한국 사람들이 한 번 맛 들이면 홀릭이 되어 버리는 '나폴레옹 케이크'를 포함해 감히 러시아의 3대 달콤 세트라 칭해본다.

착착 아저씨는 우리 가족이 드디어 카잔에 온다며 미리 계획을 다 세워 뒀다. 고맙게도 와이프와 아들까지 시간을 내어 우리를 만나러 와줬다. 약속 장소는 착착 박물관! 우리가 착착 아저씨라고 은밀히 별명을 붙인 것도 모를 텐데 아저씨는 신기하게도 박물관 견학을 함께 하자고 했다.

박물관 2층에서 착착이 만들어지는 전통 방식을 직접 보고 듣고, 또 위층 테이블이 놓인 방으로 이동해 차와 함께 시식했다. 타타르 민족의 전통의상을 서로 입어 보고 사진을 찍으며 어색한 분위기가 조금씩 사그라들었다.

착착 아저씨는 우리와 공원을 거닐다 한적한 레스토랑으로 안내했다. 인원수보다도 훨씬 많은 음식을 넉넉히 시켰고 그때 마셔보라며 주문한 것 중의 하나가 바로 크바스였다. '저는 커피로 할게요.'라는 말이 하나라도 더 좋은 것을 보여주고 싶어 하는 아저씨의 얼굴을 보고는 차마 나오지 않았다.

쌀쌀한 날씨였음에도 오래 거닐다 보니 땀이 맺힌 채 식당에 들어왔는데 크로스 한잔으로 온몸에 수분이 채워지며 더위가 싹 가셨다. 러시아의 음료를 모스크바 땅을 밟은 지 10년 만에 처음 마셔보다니. 심지어 타타르스탄 공화국에서.

말을 전혀 알아듣지 못하면서도 아저씨 가족들이 하는 말을 한 단어라도 귀에 담아보려 바짝 몸을 기울였다. 표정을 보고 웃긴 이야기인 듯하면 함께 웃었고, 안타까운 이야기인 듯하면 함께 아쉬워했다. 아이들은 그 집 아들인 큰 형과 함께 웃고 떠들고 금세 친하게 지냈다. 형아의 짧

착착 아저씨의 아들, 아미르와 함께

은 영어와 우리 아이들의 짧은 러시아어가 뒤섞여 대화가 되고 있는지 마는지 싶었지만, 그들은 어쨌건 웃음만은 끊이질 않았다.

식사를 마친 우리는 볼가강을 끼고 공원길을 산책했다. 잔잔한 야경이었다. 화려하지 않은 조명 덕에 오히려 나지막이 달빛이 내려앉은 볼가강이 더 평온했다. 카잔 크렘린까지 걸어가 하얀 성벽을 바라보며 함께 사진 한 장을 남겼다. 늦은 밤, 우리가 껴입은 옷에 비해 바람이 점점 세지자 고작 아이들의 감기를 핑계로 크렘린 끝에서 이별했다. 러시아어를 못하는 나와 영어를 못하는 아저씨의 와이프는 대화할 수 없었지만, 마지막 인사에서는 서로 꼭 안아주며 눈물이 맺혔다. 말은 통하지 않아도 서로 고마운 마음은 알고 있었기 때문일 거다.

서로가 몇 번을 뒤돌아보며 아쉬운 작별을 한 다음 날부터는 원래의 우리로 돌아와 느린 걸음을 굳이 서두르지 않았다. 워터파크와 연결된 호텔이었기에 아이들은 눈 뜨자마자부터 하루 종일 수영장에서 나오지 않았다. 점심은 수영장 안에서 간단히 끼니를 때우고, 저녁이면 차를 타고 나와 하루도 빠짐없이 야경을 봤다. 하루는 세계문화유산에 등재되었다는 카잔의 자랑, 하얀 크렘린 주변을 산책했고, 또 다른 하루는 볼가강에 떠다니는 별빛을 감상하러 나왔다.

마지막 날은 착착 아저씨가 알려준 바우만 거리에 갔다. 모스크바의 아르바트 거리처럼 온갖 상점들이 즐비해 있고, 예술가들이 초상화를 그려주거나 악기를 연주하는 유명 거리다. 사람들이 많이 찾는 길의 중간쯤에는 커다란 고양이 동상이 있었다. 고양이 배를 만지고 지나가야 소원을 이룰 수 있다는 말을 믿는 사람들이 얼마나 많은지 고양이 배는 반질반질 윤이 났다. 우리도 분위기에 휩쓸려 줄까지 서가며 고양이 배를 문질렀다.

'엄마, 아빠 건강하게 해주세요.'

18세기 중반, 여제 예카테리나 2세는 카잔을 방문했을 때, 깨끗한 거리의 비결이 고양이가 쥐를 다 잡아가기 때문이란 말을 들었다. 그녀는 상트페테르부르크에 쥐가 많아 고민이었던지라 카잔의 고양이 30마리를 데리고 에르미타주에 풀어 놓았고, 그 이후 쥐가 모두 사라졌다고 한다.

그 당시 데려갔던 카잔 고양이의 후손들이 아직도 겨울 궁전인 에르미타주에서 쥐를 잡고 있다고 한다. 믿어야 하나 말아야 하는 이야기를 증명이라도 하듯 한껏 배를 들이 내밀고 누워 있는 고양이 동상 옆에 예카테리나 2세가 실제 카잔에 와서 타고 다닌 마차를 본떠 만든 동상 또한 큼지막하게 세워져 있다.

전해져 내려오는 이야기도 많고, 나라 안의 나라가 있다는 것도 재미난 타타르스탄의 수도, 카잔. 이 도시가 더 특별한 이유는 러시아 정교와 이슬람 문화가 동시에, 심지어 평화롭게 공존하는 도시기 때문이다. 실제로 러시아 내 유일한 타타르 요새인 카잔 크렘린에는 정교회 '성 수태고지 성당'과 이슬람의 '쿨 샤리프 모스크'가 공존한다.

타타르인 사람들이 마음 편히 살아갈 수 있는 이유는 두 종교가 서로를 존중하며 타협점을 찾았기 때문이라는 타타르인의 인터뷰를 본 적이 있다. 서로의 다름을 인정하고 발을 들이지 않는 것이 함께 살 수 있는 이유였다.

남편과 착착 아저씨도 서로를 천천히 배려하고 존중한 덕에 이제는 친구가 되었다. 매사에 적극적인 아저씨는 매사에 조심성 많은 남편이 답답했을 수도 있다. 매사에 꼼꼼한 남편은 매사에 말로 먼저 다가오는 아저씨가 부담스러웠을 수도 있다. 하지만 다름을 다름 그 자체로 인정한 타타르인들처럼, 서로를 한 걸음 뒤에서 배려한 두 사람은 결국 좋은 연으로 묶였다. 스쳐 지나갔을 수많은 사람 중에 우연히 맺어진 두 사람 덕에 우리 가족에게 카잔은 착착 아저씨와 함께 아름답게 담겼다.

3 지금 이대로도 괜찮아
- 코스트로마

여행 에세이를 수없이 읽었다. 부지런하고 열정적이며 도전적으로 여행하는 사람들을 보며 가슴이 두근두근 내가 여행하는 듯한 기분. 그러다가도 한참 읽고 있으면 종종 오히려 겁이 날 때가 있었다. 어떤 이들은 책을 읽으며 여행을 꿈꾸겠지만, 나는 틈 없이 여행하는 이야기들이 서서히 버거웠다.

커다란 배낭 대신 자그마한 가방에 옷 한 벌, 읽을 책 한 권 들고 가는 내 여행 방식이 낯설어졌다. 나는 골목길에 숨겨진 낯선 가게에 들러 귀여운 엽서를 사고, 새벽에 일어나 조용한 숙소 앞 돌길을 걷는 것을 마음에 품고 있는 사람이다. 책들을 읽고 나면 알차게 여행하지 못하는 내 방법이 너무 게으른가 하는 의심이 마음속에 맴돌았다. 여전히 나만의 기준에 확신이 없었을 때였다.

사실 인생을 공장에서 찍어 나오는 기성품 옷처럼 유행에 맞춰 입을 필요는 없다. 한 바늘 한 바늘 정성스레 나만의 방식으로 바느질하다 보면 세상에 둘도 없는 나만의 옷이 만들어지는 것처럼 남에게 맞출 필요도 남들의 속도와 비교할 필요도 없었다.

러시아에는 관광지로 손꼽히는 곳들이 콕콕 정해져 있기에 방학마다

코스트로마의 거리 위에서

러시아에서는 여행이 아름다워진다

다들 가는 곳들도 비슷하다. 우리가 여행 가는 도시를 말하면 "거기를 일주일이나? 왜? 뭐 유명한 게 있어?"라고들 묻곤 하는 것도 어쩌면 당연하다.

처음에는 신이 나서 "작은 마을인데 눈 쌓인 모습이 너무 예쁘다, 이름 모를 카페에 가서 어떤 커피가 나올지 기대하는 맛이 있다, 아무 언덕에 내려 아이들 썰매 타다 보면 시간 가는 줄 모른다, 호숫가를 걸으며 아이들과 얘기하다 보면 노을이 땅 밑으로 내려오기 시작한다." 이러쿵저러쿵 설명하며 들떴다.

그렇다고 정작 우리가 알려준 곳으로 여행을 가는 이들은 없었다. 그럴 만도 한 것이 직장인들의 얼마 안 되는 휴가에 남들 다 가는 유명지부터 다녀오는 것이 보편적인 수순이니까.

코스트로마도 사람들에게는 친숙하지 않은 도시다. 8개의 황금 고리 중 한 지역, 러시아에서 가장 오래된 역사를 지닌 곳이다. 공항과 철도도 도시 안에 있고 박물관도 스물다섯 곳이나 되지만 다른 도시들처럼 사람들이 붐비는 마을은 아니었다.

우리는 제일 먼저 치즈 박물관에 갔다. 러시아 사람들은 식사에 치즈가 빠지지 않고 오를 만큼 치즈에 열광적이다. 마트에 가도 한쪽 냉장 벽면은 둥글고 네모난 갖가지 치즈들이 진열되어 있어 원하는 만큼 잘라서 종류별로 사 갈 수 있다. 치즈에 진심인 사람들이었다. 그러니 치즈 박물관이 별다를 것 없이 작다 하지만 당일 예약은 불가능할 만큼 인기가 많았다.

우리는 마지막 투어 시간 막바지에 도착한 탓에 디테일한 설명을 듣지 못했다. 틈틈이 남편이 통역해 주는 것을 들었지만, 치즈에 대한 설명이 길어질수록 사르르 녹고 있는 두 손 따라 노곤해질 뿐이었다.

치즈 박물관은 노란 체다 치즈 덩어리처럼 연노랑 빛의 사각 건물이었다. 러시아어를 몰라도 누구나 치즈 박물관이라는 것을 단번에 알 수 있을 만큼 또렷이 색으로 말해준다. 러시아 어느 길에서나 볼 수 있는 파스텔 색 건물들에 어우러진 색이지만, 그 골목에서는 바나나우유를 투명 컵에 담아 놓은 듯한 노랭이 건물이 유독 눈에 들어오니 못 찾을 수가 없다.

나오는 길에는 어떤 치즈가 좋은 줄도 모르면서 그림책에서 톡 떨어져 나온 듯한 샛노란 치즈들과 생과일들이 찐득하게 얽혀있는 수제 잼을 잔뜩 사 왔다. 호기심을 참지 못하고 호텔로 돌아가는 길에 빵 한 봉지를 사서 치즈와 베어 먹으며 서로 호불호가 갈렸다.

나는 향만 맡고도 뚜껑을 황급히 덮어 버린 게 구멍 송송 치즈였는데 남편과 아들은 고소하다며 빵과 함께 덩어리째 끝냈다. 기대를 한 움큼 가지고 갔던 스위스의 한 퐁듀 집, 무려 10만 원이 넘는 가격에도 모조리 남기고 와야 했던 그날처럼 나에게는 도저히 더 먹으려야 먹을 수 없는 치즈가 대부분이었다.

그럼에도 우리는 포기하지 않고 '치즈가 유명한 도시라는데 치즈 제대로 한번 먹어볼까?' 하는 마음에 유명하다는 치즈 레스토랑으로 갔다.

우리 부부는 치즈가 곁들여진 그릭 샐러드, 치즈와 함께 어우러진 스테이크, 와인 안주로 치즈 플래터, 익숙한 음식부터 낯선 이름들의 요리까지 양껏 시켰다. 러시아는 어느 식당을 가든 아이들 메뉴는 비교적 저렴하니 두 아이도 키즈 메뉴판을 보며 치즈가 들어간 음식들을 고민 없이 시키고 한껏 기대에 부풀었다.

주방장 손을 한 번 거쳐 돌아
왔을 뿐인데 내가 코를 막거나
입을 못 댈 치즈는 하나도 없었
다. 흔한 모짜렐라나 체다부터
향이 독특한 코스트로마 지역의
전통 치즈까지. 음식과 페어링
이 잘 되어 마지막 코스인 진한
치즈케이크까지도 느끼함 없이
잘 마무리할 수 있었다.

사르르 녹는 구운 치즈와 과일 잼

치즈의 꾸덕함과 고린내가 잘 어울리던 코스트로마는 겨울임에도 가
방이 텅텅 빈 채로 책 4권만 들고 가 머물렀던 여행지였다. 그럼에도 돌
아오는 가방에는 그곳에서 산 치즈와 수제 잼들로 가득 찼다. '돌아가면
엄마표 파스타에도 잔뜩 넣어줄게, 이번 빵에는 치즈를 잔뜩 넣고 구워
줄게, 좋은 와인 한 병 사서 치즈와 제대로 즐겨보자.' 하는 다짐들로 수
다 시간을 채우며 5시간을 달려 집으로 돌아왔다.

잔뜩 사 온 치즈들이 아쉬워 우리는 한 주 뒤에 모스크바에서 한 시간
가량 떨어진 또 다른 치즈마을에 다녀왔다. 코스트로마에서 흠뻑 빠진
치즈 맛을 못 잊는 통에 직접 키우는 소 농장까지 함께 마련된 치즈 공장
을 찾아간 것이다. 갓 태어나 온몸이 젖은 채 눈만 말똥말똥 뜨고 있는
아기 소부터 농장을 가득 채운 소들을 실컷 보고 또다시 가방을 가득 채
울 만큼 치즈도 욕심껏 사 왔다.

이번엔 기대가 컸던 탓인지 아니면 코스트로마의 치즈 맛에 못 미쳤던 것인지 아직도 냉장고 구석에 자리 잡고 있을 뿐 도통 사라지지 않고 있긴 하다. 역시 어깨에 힘 다 빼고 간 여행에서만 건져 올 수 있는 무게들이 있었다.

모스크바에서 6년 동안 자동차 여행을 다니며 우리는 매해 가방이 가벼워졌다. 나는 패션도 SNS도 핫플레이스도 크게 흥미를 못 느끼는 사람이란 것을, 내 우선순위 목록 저 뒤에나 있다는 것을 서서히 알아가는 30대를 거치고 나니 나만의 여행법을 찾기가 쉬워졌다. 때로는 관심사가 바뀌기도 하고 내 여행의 방식이 전혀 다르게 변할 수도 있겠지만, 지금은 많은 거품과 가지들을 걷어낸 채로 여행은 점점 심플해졌다. 내가 좋은 것, 내가 하고 싶은 것, 사진 대신 내 기억에 남기고 싶은 것. 그런 것들을 찾다 보니 떠날 때 가방은 점점 가벼워지고, 돌아올 때 행복은 점점 묵직해졌다.

언젠가 변할지도 모른다. 그래도 지금은 이 여행 방식 그대로가 딱 좋다. 그나저나 치즈 여행 한 번 곧 다시 떠나야 할 것 같은데, 이번엔 어느 계절이 좋으려나. 어설픈 치즈 마을 말고 제대로 된 치즈 사러 코스트로마에 재방문해 보련다.

엄마에게 눈을 담아 준다며 내민 손

4 두려운 첫 발걸음이 내게 준 선물
– 볼가강

"행복해."

양쪽 엉덩이는 기저귀를 차 볼록 튀어나오고, 혼자 잘 걷지도 못해 엄마 손에 의지하던 두 돌 무렵의 둘째. 아들은 다시 찾은 제주도 협재 바닷가 바위에 걸터앉아 철썩이는 파도를 멍하니 바라봤다. 아이의 눈빛이라 하기에는 많은 것이 담겨 있는 눈을 보고는 한참을 함께 기다려 주다 조용히 물었다.

"이제 갈까?"

그제야 아이가 내 손을 잡으며 한 말이다. '행복해.'

아직 발음도 정확하지 않은 꼬맹이. 말하는 것을 엄마가 못 알아들으면 한숨을 길게 내쉬는 자그마한 아이인데, 저 멀리 바다 끝에 보이는 갈매기 형체보다 작은 입으로 '행복'이란 말을 했다.

"엄마, 바다가 수영하는 소리 좀 들어봐."

엄마 얼굴은 쳐다도 보지 않고 '쉿'이라 하는 아이 말을 듣고, 나는 더 묻지도 가자고 보채지도 못했다. 두 돌 아이 옆, 바위 위에 함께 걸터앉

바닷가에 앉은 두 돌 무렵의 아들

아 우리는 한참 동안 파도 소리에 물들어갔다.

두 아이가 감성을 타고난 것인지, 첫째인 딸아이가 어렸을 적에도 반짝이는 질문이 참 많았다. 쏟아지는 질문에 바로바로 함께 이야기를 나누고 싶어 우리 부부는 6살까지 교육기관에 보내지 않기로 했다. 함께 여행했고 뒷산에 갔고 등산하다 꽃 이름도 외웠다. 그러다 둘째가 태어나면서는 '진짜 자연 속에 들어가 보면 어떨까?' 하는 마음에 제주도로 내려갔다. 평생 짊어져야 할 쳇바퀴에 발을 들이기 전, 제대로 된 자연의 기억을 선물해 주고 싶었다.

제주도로 이사 간 언니 덕분에 가능한 시나리오였다. 러시아에서 공부 중인 남편을 대신해 두 아이를 도맡아 키우느라 엄마, 아빠는 무릎, 허리 성한 곳이 없으셨다. 병원 다니며 치료받으시는 동안 짧은 휴가를 드리고 싶은 것도 내 마음을 설득한 이유 중 하나였다.

제주도로 내려간 우리는 매일 바다에 갔다. 날이 좋으면 바닷물에 발을 담갔고, 어느 날은 모래밭에 아이들을 풀어둔 채 바닷물만 길어다 주면 그만이었다. 비 오는 날은 드라이브하며 빗소리와 파도 소리가 뒤엉킨 연주를 듣고, 돌아오는 길에는 단골집 오징어튀김 하나씩 입에 물며 노래를 불렀다. 이모 찬스로 아이들은 따뜻한 기억을 온몸 구석구석에 쌓아갈 수 있었다.

제주도에서 4개월 남짓을 보내다 육지의 일상으로 돌아왔다. 그러다 몇 달 만에 다시 찾은 제주 바다를 보자마자 바다에, 파도 소리에 흠뻑 빠졌던 아들. 바다를 보며 웃었던 시간을, 파도 소리를 들으며 엄마 품에 안겨 자던 낮잠을, 갈매기 수를 세며 먹던 이유식을 기억하고 바다는 행복한 곳이라 마음속 깊은 곳에 새겼나 보다.

아이들에게도 여행은 만들어지는 기억이었다. 장소가 어디든 누구와 함께든 머릿속에 '아, 그때 많이 웃었지. 많이 즐거웠지.'라는 추억으로 떠올려지는 기억. 충분히 만들어질 수 있는 기억. 두 아이 덕분에 지금은 그 기억을 새기러 떠나는 일이 점점 늘어갔다.

러시아에서 학업을 마친 남편은 처음의 목표와는 다른 길을 택했다. 한국으로 돌아가 연구원이 될 줄 알았던 예상과는 달리, 회사도 그만두고 본인의 사업을 시작하겠다 했다. 내 눈에는 여전히 대학생 1학년, 촌에서 올라와 내 손에 꽃반지를 만들어 끼워주던 어리숙남인데 남편은 본인의 일을 원했다.

결혼 전 아빠는 사업하는 남자만 아니면 된다고 했다. 사업하는 사람의 가족이 겪어야 할 마음고생을 딸이 겪는 게 싫었던 것도 다 알고 있었다.

걱정스러워 몇 번을 말렸다. 경험도 없고, 넉넉한 자본을 대 줄 곳도 없고, 모아 놓은 돈도 하나 없는 상황에 사업을 한다는 게 겁이 났다. 여러 핑계를 댔지만 가장 걱정되는 것은 한국에 돌아갈 길이 끊긴다는 사실이었다. 이곳에서 사업을? 그 말은 나는 이곳에 온전히 발이 묶여야 하는 것이구나.

매해 '내년'이면 한국에 돌아간다는 말을 믿고 러시아어도 배우지 않았다. 한국 가면 쓸 아이들 침대며 책상이며 다 봐두었는데 나는 이곳에 더 머물러야만 하는 모양이었다. 당연히 러시아에 살면서 정도 들었다. 매일 눈 뜨면 새로운 아침에 발가락이 간질간질할 만큼 기분도 좋았다. 그 이유는 내가 언제든 한국으로 돌아갈 수 있는 여행객이었기 때문이었을지도 모른다. 한국으로 돌아가기 전 실컷 즐기기만 하면 되는 가벼운 옷차림의 여행객.

숨이 턱 막혔다. 이 터널의 끝을 알 수 없다니. 엄두가 나지 않았다. 엄마, 아빠가 걱정하실까 별일 아닌 듯 말을 전했지만, 엄마, 아빠 또한 우리가 걱정할까 별일 아닌 척 그 말을 받아주었다.

그 후 나는 1년을 넘게 갑갑한 기분과 한 몸으로 지내온 듯싶다. 바람만 스쳐도 날카로운 가시가 쑥하고 돋아났고, 갑자기 밥 먹다가도 남편의 대수롭지 않은 한마디에 엉엉 눈물이 났다. 아이들의 학교를 알아보다가는 러시아어 한마디 못 알아듣는 아이들이 현지 학교에 잘 적응할까 싶어 내 심장은 더 쪼이고 쪼여 숨이 쉬어지지도 않았다.

그때쯤 우리는 제일 추운 날에 차를 타고 떠났다. 히트텍을 입고 방한복에 방한 부츠를 사서 온몸을 둘렀는데도 추위가 살 속으로 파고들 만큼 추운 겨울이었다. 남편은 그날 왜 우리를 차에 태워 그곳으로 갔을까.

오스타쉬코프에서 한 시간 정도 달려 도착한 곳은 볼가강의 수원지였다. 한껏 기대하고 갔는데 날이 너무 추워 입구에 세워진 가게들도 한 집 빼고는 모두 문을 닫았다. 화장실이 급했지만 아무도 찾지 않는 날이었기에 공용 화장실도 문이 잠겨 있었다. 하는 수없이 꾹 참고 다리를 비비 꼬며 볼가강이 시작되는 곳으로 한 걸음씩 자리를 옮겼다.

초라하기 그지없었다. 크지 않은 오두막 하나가 세워져 있었고, 그 안에 사람들이 기도할 수 있는 작은 의자가 놓여 있었다. 자연은 신의 영역이라는 듯 오두막 한쪽에 예수의 사진과 나뭇잎들이 걸쳐 있을 뿐 더한 장식도 없었다. 3,690km의 기나긴 물줄기가 처음 시작되는 공간이었지만 허름했고 하찮았고 변변찮았다. 오두막 밑으로 흐르는 가느다란 물줄기조차 꽁꽁 얼어 안타깝기까지 했다. 맑디맑은 물은커녕 빙하의 퇴적물이 섞인 붉은빛 지하수는 주변의 얼음도 녹슨 듯 붉게 물을 들여 오히려 지저분해 보였다.

'별거 없네.'란 마음으로 푹푹 밟히는 눈을 헤치며 나오다 바람 소리에 뒤를 돌았다. 그 순간 나는 갑자기 울컥 눈물이 났다. 자그마한 오두막 뒤에 하늘까지 솟은 나무가 가득 채워져 있는 숲. 오두막은 우리 네 가족이 들어가 서면 꽉 찰 만큼이나 작았는데 편안해 보였다. '시작이 다 그렇지 뭐.'라고 말하는 것 같았다. 내 등 뒤에 숲들이 나를 둘러쌓고 '다 지켜 봐 주는데, 뭐가 문제냐.' 하는 듯 진갈색의 솟아 오른 나무들이 우직해 보이기도 했다.

'맞아. 시작은 다 초라하지. 시작은 다 그렇지.'

볼가강이 시작되는 초라한 오두막집

나는 남편에게 왜 오두막 뒤의 나무숲이 되어 줄 생각은 못했을까. 당신은 초라하지 않다고, 우리는 당신을 믿으니 마음껏 시작해 보라고 왜 힘을 주지 못했을까. 시작은 비록 허름하고 녹록지 않더라도 그대의 길은 반드시 볼가강처럼 넓은 곳으로 흘러갈 것이라 말해주지 못했을까.

그곳을 빠져나와 삐그덕거리는 다리를 건넜다. 아이들은 날이 찰수록 즐거움도 배가 되는지 눈을 만들어 노느라 정신이 없었다. 나는 조용히 남편 손을 잡았다.

"여보, 다 잘될 거야. 분명히 볼가강처럼 드넓게 먼 곳까지 흘러갈 거야."

남편은 말없이 내 손을 꽉 잡았다. 두렵다고 무섭다고 걱정된다고 그동안 꼭꼭 숨겨둔 마음을 이제야 조금 내비치는 듯 남편은 차로 돌아오는 내내 힘 꼭 준 손을 놓지 않았다.

예기치 못한 깨달음이 절실할 때 우리는 여행을 소망한다. 일상의 꼬임은 반복되고, 한 치 앞도 모를 앞날은 두렵고, 우린 그럴 때 여행 가방을 싼다. 가방 안에 무엇을 넣어갈지 설렐 때도 있지만, 돌아오는 길에는 어떤 마음가짐이 될지 기대할 수 있는 설렘도 있다. 볼가강이 시작되는 마을에 머물렀던 짧은 시간이 그랬다. 제주도의 여행에서 아이들에게 '행복'의 기억이 새겨졌듯이 이곳에서는 우리에게 설렘 뒤에 '희망'이 있다는 걸 깨닫게 해줬다.

처음부터 잘할 수는 없다고, 그게 당연한 거라고. 심지어 볼가강의 시작도 허름하기 짝이 없다고. 그래도 시작이 있다는 것은 우리에겐 선물임이 틀림없다고. 이번에도 조용히 뒤에서 믿고 기다려본다.

희망이 있는 기다림은 항상 아름다웠으니.

5 때론 구름처럼 천천히 흘러가게

- 쿠로니아 사주

여행은 다 다르게 기억된다. 장소에 따라 선명히 머릿속에 남기 마련인데 장소가 주는 특별함이 싫증이 난 지는 꽤 오래됐다. 책이나 미디어에서 보던 관광지를 실제로 보는 것에 더 이상 별다른 감흥을 받지 못할 때가 많아졌다.

이제 어떤 여행은 사람으로 기억하고, 어떤 여행은 맛으로 기억한다. 또 다른 여행은 촉감으로, 밤마다 읽던 책 혹은 아이들과 함께 부르던 노래로 지난 여행을 기억하곤 한다.

쿠로니아 사주는 '냄새'로 기억될 3일간 머무를 장소였다. 이곳은 해안의 모래가 퇴적되어 만들어진 막대 모양의 모래톱 지형이다. 처음에 이곳에 간다고 남편이 지도를 펴내어 보여줬을 때, 파도 한 번에 다 뒤덮일 것 같은 범상치 않은 모습이 영 내키지 않았다.

심지어 아직 러시아는 전쟁이 한창이다. 쿠로니아의 남쪽으로 내려가면 러시아 땅이지만 그 옆은 폴란드, 북쪽으로 올라가면 리투아니아의 땅, 즉 국경 또한 코앞에 둔 곳이었다. 차로 지나치며 드라이브하는 것도 충분해 보이는데, 이곳에 숙소를 잡았단다. 줄넘기 줄 하나 길게 늘어뜨려 놓은 것 같은 곳 중간지점 어디쯤.

공항에서 차를 몰고 가던 첫날은 비까지 내렸다. 쿠로니아 사주는 세계문화유산으로 등재된 곳이기 때문에 들어가기 전 입장료를 내야 했다. 정말 이곳에 꼭 머물러야 하냐며 긴장을 늦추지 않고 있을 때, 양옆에 길게 위로 치솟은 나무들 사이를 비집고 제주도의 향이 흠뻑 몰려왔다.

"어? 여기 왜 제주도 느낌이 나지?"

걱정이 안심으로 바뀌는 익숙한 냄새였다.

쿠로니아 사주에서 머문 호텔

"엄마, 금릉에 갈 때 나던 바다 냄새잖아. 비 온 다음 날 바다에 갈 때!"

딸은 뒷자리에서 반가움에 목소리를 높였다. 사람의 손길이 많이 닿지 않아 양옆의 숲길은 늪지대를 연상케 했다. 추적추적 내리는 비가 땅에 닿을 때마다 톡톡 올라오는 흙냄새 끝에는 제주 바다의 잔향이 남아 있었다. 워낙 가느다랗고 길게 뻗은 지형이라 양옆으로 몇 분만 걸어가면 바로 바다가 나온다. 세상에, 여기 뭐야?

'여름이었으면 여기저기 수영하고 좋았겠네.'라는 마음은 '선선해서 벌레가 없으니 산책하기 좋네.'로 금세 바뀌었다. 지나가다 보면 새빨간 독버섯이 즐비했고 양쪽의 바람을 맞으며 독특하게 배배 꼬인 나무들이 '어서 와, 어서 와.'하는 듯 정겨웠다.

나무들의 온몸을 뒤덮은 이끼들을 보니 이곳이 얼마나 자연 그대로 보존되고 있는지도 알 수 있었다. 이곳은 몇 시간 스치듯 지나면 알 수 없는 곳이겠구나. 모든 여행지가 그렇지만 특히나 여기는 제주도처럼 머문 시간이 길수록 마음을 홀딱 뺏겨 버리는 곳이었다.

숙소는 바닷가 앞이었다. 도착한 날은 비가 쏟아졌다. 오두막처럼 생긴 방안 곳곳에는 커다란 창문이 사방에 뚫려 있었다. 창문 위로 후드득 떨어지는 빗소리가 방 안을 가득 채웠다. 밤새 투르르륵 소리를 내며 창문에 내려지는 빗소리에 지친 몸의 피로가 싹 다 풀리는 듯했다.

다음 날 아침 우리를 깨운 건 창문 틈으로 비집고 새어 들어온 바다 냄새였다. 창밖으로 내다보이는 발트해의 잔잔한 바다는 고요히 내 온몸을 적시듯 짠 내를 내뿜었다. 창문과 창문 사이로 천천히 해가 떠올랐다.

일출을 처음 보는 아이들은 창문에서 얼굴을 붙이고 한참 동안 움직임도 없었다.

아침을 먹고 돌아오는 길 바다 앞에 머물러 마냥 쉬었다. 구름이 천천히 흘러가는 것을 내버려두고 해변 한쪽에 세워진 요트에 앉았다. 공기에 뒤섞여 퍼져가는 차알싹 차알싹 파도 소리를 듣고 있자니 지친 얼굴에 슬며시 미소가 올라왔다. 그래서 남편은 3일이나 머물기로 계획을 세웠나 보다. 보통은 차로 한 번 둘러보고 나가는 이곳에. 쉬어가려고, 쉬어가라고.

아이들은 돌들을 주워 바다에 던지고 모래사장에서 뛰어놀고 신발 끝을 물에 적시며 한참을 놀았다. 충분히 놀고서야 이제 밖으로 좀 나가보려 슬슬 또 움직였다.

비가 내린 다음 날의 흙냄새는 따뜻했다. 풀 냄새, 꽃 냄새, 바다 냄새가 다 뒤엉켜 퍼져가는 향에 취해 차를 몰고 리투아니아와의 국경이 있는 곳까지 가보자 했다. 누구의 땅이었고 누구의 소유이기에 언제부터 내 땅, 네 땅 하는지 모르겠으나 그곳은 한 끗 차이로 '러시아'와 '리투아니아'의 국경이 갈린다. 심지어 우리가 머문 도시도 한때는 독일의 영토였고, 러시아의 커다란 대륙과는 동떨어져 폴란드와 리투아니아를 사이에 둔 외톨이 도시다. 이런저런 말을 나누며 가다가 갑자기 뒷좌석에서 딸이 외쳤다.

"엄마, 여우야!"

산책 중 코 앞에 나타난 여우

　누가 키우는 큰 개이겠거니 하고 차를 세웠다. 하지만 정말 여우였다. 살아 있는 여우. 숲에서 튀어나온 여우. 동화책에 나오는 주황빛 빛나는 털과 별처럼 땡글한 눈을 갖고 길쭉한 코를 수줍게 내민 여우. 복슬복슬하고 탐스러운 털을 수북이 꼬리에 달고 검은 부츠를 신은 듯 네 발은 검게 칠한 실제 여우. 여우는 나무 뒤에 가만히 앉아 우리의 차 소리를 듣고는 횡하니 나는 듯한 속도로 도망가 버렸다.

　얼마간 기다리자 다시 여우가 나타났다. 사람이 주는 먹이를 먹은 일이 있었는지 가만히 앉아 우리를 빤히 쳐다보고 있었다. 조금 더 새초롬하고 조금 더 얄밉게 있어도 될 것을 아기처럼 땡글 땡글 쳐다보는 여우는 영롱하고 눈부셔 하마터면 다가가 쓰다듬을 뻔했다. 창밖으로 손을 내민 두 아이에게 혹시 모르니 창문을 닫으라고 얘기하면서도 나도 모르게 숨소리를 멈추고 찬찬히 얼굴을 쑥 내밀고 바라봤다.

하. 윤기가 좌르르 흐르는 저 주황빛 털. 손에 닿으면 구름이 스친 듯 스르르 흘러가 버릴 것만 같은 보드라움이 눈으로도 느껴지는 저 풍성함. 가만히 서로 눈 대결을 하고 있을 때 멀리서 여우 3마리가 더 다가와 차 주변을 맴돌았다. 뒤에 오던 차도 멈추고 여우를 신기한 듯 바라봤다. 겁도 없이 내려 여우에게 다가가 보는 러시아 사람들을 따라 우리도 슬쩍 차에서 내려 다가갔다.

가까이 오지는 않았지만 도망가지도 않았다. 러시아 사람이 준 소시지 하나를 물고 저 멀리 나무 뒤로 숨어 들어가 먹는 여우 녀석. 아작아작 씹는 것이 여우가 아니라 산책 나온 옆집 개처럼 순하기 그지없었다.

발길이 떨어지지 않아 여우가 모두 저 숲 끝 어딘가로 사라질 때까지 한곳에 머물렀다. 오늘 꼭 가 보아야 할 행선지도 없었고 특별한 계획도 없었기에 가능했다. 천천히 가다가 머물면 그곳이 우리의 장소가 되는 여행이니까. 느린 여행 덕분에 만난 행운의 시간이었다.

여우와의 만남을 상기하며 우리는 더 나아가 리투아니아와의 국경에 도착했다. 국경을 지키고 있는 군인 아저씨가 쩌렁쩌렁 울리도록 소리치는 것을 듣고 황급히 돌아오긴 했지만. 온몸으로 엑스자를 표현하는 것을 보니 더 오지 말라고 경고하는 듯했다. 남북의 휴전선을 넘으면 어찌되는지 어린 시절부터 듣고 키워 온 두려움에 급하게 차를 돌렸다.

같은 땅과 하늘, 숲으로 이어졌지만, 바리게이트로 국경이 나뉨을 표시해 두었다. 중간쯤 심어진 나무의 뿌리가 양쪽으로 나뉘어 이중국적의 나무가 될 것이다. 자유로운 여우들은 두 국경을 넘나들며 아저씨의 외침에 어깨가 한껏 쪼그라들 필요도 없을 텐데, 우리는 국경에 가로막혔다.

돌아오는 길, 아이들은 여전히 여우 이야기를 하느라 지칠 줄 몰랐다. 나는 또다시 흙냄새에 취해 생각에 잠겼다. 갖고도 더 갖고 싶은 사람들과 남의 것을 뺏어야 만족하는 사람들. 초등학교 시절 책상에 연필로 반을 긋고 네 땅 내 땅 하듯 애초에 주인 없던 이 지구를 선으로 다 갈라내온 지난날의 역사.

러시아와 우크라이나의 길어진 전쟁으로 나의 러시아 친구는 다른 나라로 떠났다. 가끔 연락이 오는 친구는 '어딘지 말해 줄 수는 없어. 하지만 다시 만날 날이 분명 올 거야.'라고 했다. 좋은 곳을 누리다 보니 함께 여행을 다니던 친구의 가족들이 생각나 연락을 해 보았지만, 그들은 여전히 러시아로 다시 돌아올 수 없다고 했다.

혹시나 하는 희망이 날아갔다. 누구는 이 전쟁으로 땅을 잃고 집을 잃고 가족을 잃었다. 그들의 날벼락 같은 슬픔에 끼일 엄두도 못 내겠지만, 난 내 마음을 줬던 러시아 친구를 다시는 볼 수 없을지도 몰라 가슴이 아팠다.

다들 너무 욕심을 낸 건 아닐까. 너무 급하게 앗아내려고만 한 건 아닐까. 구름이 흘러가듯 천천히 머물다 보면 세상에 탐낼 것이 그리 많지도 않은데. 바다와 숲이 주는 짭조름한 흙냄새를 맡고 나면 이리 평온한데. 머물러 본 사람만이 아는 고요함. 때론 세상이 조금만 덜 바라고, 그 자리에 머물러 생각에 잠겨본다면 얼마나 좋을까.

바다와 여우와 리투아니아 국경이 버무려진 머릿속은 오히려 생각을 잠시 멈추게 했다. 더 느렸으면 좋았을 세상에 대한 바람으로 고민이 깊어진 3일. 일상으로 돌아오기 아까울 만큼 느려서 좋았던 여행, 머지않아 꼭 다시 오게 될 것이 틀림없는 마을이었다.

쿠로니아 사주의 아침은 바다 냄새와 함께 시작된다.

6 여전히 그대로지만
- 네를, 우글리치

2024년의 새해는 유난히 날이 찼다. 영하 35도, 체감 온도 영하 45도의 날씨에 자동차가 방전될까 조심스러웠다. 예상보다 훨씬 더 낮은 기온에 아이들이 가장 기대하고 있는 다음 도시까지는 한 번에 가기가 쉽지 않았다.

러시아의 겨울은 오후 4시면 이미 어둑해진다. 갑자기 기온이 뚝 떨어진 날씨에 길이 꽁꽁 얼어 속도를 낼 수도 없었다. 끝없이 펼쳐진 길 양옆으로 100년은 넘고도 남았을 거대한 나무숲이 이어져 어둠은 금세 깊어졌다. 가로등은커녕 앞으로도 뒤로도 차 한 대 지나가지 않는 길을 무작정 달릴 수만은 없었다.

중간에 잠만 자려고 들른 도시, 네를. 칠흑 같은 어둠에 호텔 형태는 보이지도 않았다. 차에서 내리자마자 참을 새도 없이 코끝이 얼어버리는 추위에 어디든 들어만 갈 수 있다면 그저 감사한 마음뿐이었다.

문을 열고 들어서자, 운동복을 위아래로 입고 머리는 옆으로 대충 묶은 아주머니가 늦은 밤 우리를 맞이했다. 호텔 식당이라 할 것도 없이 1층 로비에 테이블 몇 개가 놓인 곳에 허기를 달래려 앉았다. 식당을 찾으려면 20분은 넘게 차로 나가야 할 것 같은 시골 안의 시골이라 이곳에서 간단히 저녁을 해결하는 것이 최선책인 듯했다.

보이는 대로 급하게 주문하고 보니 어둑하고 낡고 춥고 지저분한 장소에 홀로 심기가 불편해졌다. 머리를 옆으로 질끈 맨 매니저의 손톱 사이사이에 낀 때를 보니 호텔에 대한 신뢰와 함께 식욕도 뚝 떨어졌다.

아이들이 따뜻한 감자수프, 생선구이, 닭고기 볶음까지 맛있게 먹는 동안 나는 뜨거운 차만 홀짝거렸다. 꾹꾹 참으려 해도 호텔을 예약한 남편에게 불만 가득한 얼굴을 여실히 드러내고 있었나 보다. 달콤한 거라도 먹으면 기분이 나아질 것 같았는지 남편은 눈치를 보며 디저트가 있냐 물었지만, 식당에서 주문할 수 있는 음식은 더 이상 없었다.

그때 옆으로 머리를 질끈 묶은 매니저 아주머니와 주방에 계시던 할머니가 분주히 우리 자리를 오가더니 새해에 선물 받은 말린 과일, 주방 어딘가에 묵혀두던 초콜릿, 방금 끓인 뜨끈한 과일차까지 쉴 새 없이 내오셨다.

쏟아져 나오는 친절에 조금 전 품었던 불만들이 부끄러웠다. 식사 중에 아이들이 잘 먹는다며 흐뭇하게 바라봐 주시고, 의자가 불편하지 않은지 손수 자리도 옮겨주시고, 오늘은 너희의 휴일이라며 식당의 리모컨도 아이 손에 쥐여주던 친절을 알아채지 못했다. 역시나 눈에 보이는 겉모습에만 마음을 두고 뾰로통했다.

다음 날 새벽, 글을 다듬을 게 있어 노트북을 들고 식당에 내려오자, 매니저는 따뜻한 커피를 내주었다. 내가 러시아어를 못하니 손동작으로 이거 마시라는 행동을 보이고는 다시 주방으로 쏙. 입에 맞지 않은 가루 커피였지만 홀짝홀짝 남김없이 마셨다.

네를 호텔 앞에 펼쳐진 황홀한 겨울의 골목길

사람의 안을 들여다보는 일은 내 30대를 바쳐 연습한 일인데도 또 아차 싶었다. 언제쯤이면 제대로 사람들의 안을 맑게 들여다볼 수 있을까. 네를의 매니저에게는 떠나는 날 아침, 미안한 마음을 가득 담아 입이 귀에 닿을 만큼 큰 미소로 죄책감을 덜어내려 홀로 애썼다.

우글리치의 자전거 박물관

다음 마을은 우글리치였다. 차에서 내리자마자 아이들 눈썹이 하얗게 얼어버려 도시마다 빠뜨리지 않는 크렘린 산책을 포기했다. 우글리치를 지나치고 싶지는 않은데 어쩌나, 고민하다 두 아이를 썰매에 태워 지나가는 아주머니를 잡고 물었다. "이 동네 사시나요? 저희는 하루만 지낼 건데 무엇을 보고 가면 좋을까요?"라는 질문이 끝나기도 전에 크렘린 건너편을 가리켰다. 호숫가 바로 앞 골목에 작은 박물관들이 몰려 있으니, 아이들과 함께 가 보라 했다.

꽁꽁 얼어붙은 널찍한 호수를 앞두고 옹기종기 모여 있는 박물관들. 입구도 비좁아 한 명씩 겨우 몸을 들이밀어야 하는 공간에 'музей (박물관)' 이라는 간판들만 겨울 밖 세상에서 삐져나온 듯했다. 몇몇 박물관들을 검색한 후 자전거 박물관에 들어갔다.

사실 입구에 들어서자마자 실망했다. 한 칸의 방 안에 얽혀 있는 녹슨 자전거들을 보고 그냥 나갈까 했지만, 아이들은 한 번도 본 적 없는 자전거들 모습에 들어가 보고 싶다 했다. 티켓을 끊어주는 할머니가 가이드 설명을 신청하겠냐고 물었다. 추가 티켓을 구매했으면서도 기대는 없었다. 이 또한 나의 여전한 편견이었다. 쉽사리 고쳐지지 않고 내 안에 남아 있는 습관. 겉모습만 보고 또 홀로 착각하는 못된 버릇.

가이드는 티켓을 팔던 할머니였다. 러시아의 역사를 거슬러 올라가 최초의 자전거, 기네스북에 오른 가장 작은 자전거, 6m의 대형 자전거, 미국에서 들여온 울퉁불퉁 자전거, 바퀴 없는 100년 전 자전거를 소개하며 아이들에게 직접 타보게 할 뿐만 아니라 행여나 넘어지지 않게 옆에서 보조하는 역할까지 해 주셨다. 설명을 듣고 보니 엉망으로 얽혀 있는 것처럼 보였던 수많은 자전거는 하나하나 자부심이 담긴 역사의 순간들이었다. 그제야 자전거들의 다름이 샅샅이 눈에 들어왔다.

내면을 보는 사람이 되려면 나의 내면이 좋아야 했다. 그러기에 좋은 사람이 되고자 하는 것은 여전히 이어지고 있는 나의 숙제다. 착한 사람이 호구 된다는 말이 진실이라 믿었던 때가 있었다. 없는 용돈을 싹 다 모아 후배들에게 사 준 밥들이, 먼 곳까지 돌고 돌아 직접 차로 데려다준 친절이, 특별한 날 여러 곳을 들러 고른 선물이 다 부질없게 느껴지던 날들. 내가 원해서 그랬던 거였는데도 후회되던 때가 있었다.

그럼에도 좋은 사람이 되려는 방향성만은 굳게 움켜쥐고 있었다. 좋은 어른이 되고 싶었다. 좋은 어른들의 책을 읽고 그 삶을 따라가려 작은 것부터 모방했다. 그런 날들이 채워지자, 주위에 좋은 사람들이 차차 늘어가는 게 느껴졌다.

나에게 화살을 겨눈 사람은 스쳐 지나가게 두고, 나에게 질투와 시기를 지닌 사람은 눈길을 피하는 법도 알았다. 내 진심을 하찮게 여기는 사람이 있다면 괴롭더라도 먼저 뒤돌아서는 것도 배웠다.

친절 하나에 진심의 친절로 되돌려준 사람들, 마음은 있는데 미처 다가가지 못했을 때 먼저 따스하게 다가와 주는 사람들이 남았다. 예전처럼 주위가 북적이진 않지만 지금 내 언저리에는 좋은 사람들, 배우고 싶은 사람들이 고마운 향을 풍기며 서로를 지켜준다.

독서의 시간으로 꽉 채워졌던 깊은 삼십 대를 보내고 나니, 세상이 조금은 편해졌고 조금은 유해졌다. 주변이 실타래처럼 얽힌 것 같은 날엔 나에게 집중하고, 좀 더 괜찮은 어른으로 만들려 애쓰다 보면 시간이 해결해 주는 일들도 꽤 많았다.

그럼에도 불구하고 아직 멀었다. 내면을 볼 수 있는 좋은 사람이 되는 것은 역시나 꽤 어렵다는 것을 또다시 일깨운 여행이었다.

겨울 여행에서 아들은 아직도 네를을 세 손가락 안에 담는다. 방이 추워서 양말까지 껴 신고 자야 했고, 식당은 불이 다 안 들어와 어둑했고, 메뉴도 몇 개 없어 보잘것없던 식당이었는데 뭐가 그렇게 좋았냐고 물었다. 아들은 "친절!"이라고 답했다.

"엄마, 나도 친절한 사람이 되고 싶어. 친절은 스프링이야. 준 만큼 다시 돌아오잖아."

딸이 해준 말이다. 뽀송하고 따뜻한 침대와 화려한 조명에 한껏 차려입은 종업원보다 '친절'이 더 귀하게 자리 잡을 줄 아는 아이들의 맑음. 교육받고 연습한 화려한 말솜씨는 아니더라도, 눈을 마주 보고 웃어주며 메뉴를 하나하나 설명해 주던 매니저의 친절. 이른 아침, 노트북 켜 둔 엄마 옆에 목도리 두르고 앉아 있는 아들에게 뜨끈한 차와 계란을 건네주던 따스함. 엄마는 갈고 닦아도 얻기 힘든, 내면을 보는 맑은 눈을 아이들은 아직 잃지 않고 있었다.

좋은 어른, 따뜻한 어른. 쉬운 말인데 그거 하나 이루기가 아직도 참 쉽지 않다. 추운 겨울에 더 무르익는 친절한 어른. 오늘도 또 다짐해 본다.

7 눈부시게 아름다운 나의 마흔하나
- 리빈스크

　마흔까지 살아 보니 세상은 계획대로 되지 않는 일투성이였다. 이제는 계획을 다부지게 세우거나 꼭 이루리라 큰마음을 먹지도 않는다. 바람이 세차게 부는 날은 몸에 힘을 빼고 나니 '아, 이렇게 되려고 그 일이 무산 됐던 거구나.', '아, 그 일이 계획대로 됐다면 이런 감사함을 느낄 여유가 없었겠구나.' 싶었다. 모든 일들은 다 이유가 있었다. 오히려 더 나은 길이, 다행인 길이 주어졌다.

　내 계획이 무너진 것이 아니라 나는 또 다른 길에 꽃을 피운 것뿐. 때론 하늘이 날 그 길로 데려다 놓았을지도 모를 일이라 여겨졌다.

　여행길에 마음먹고 찾아간 식당이 문을 닫았으면 더 좋은 식당에 갈 기회라고 생각할 여유가 생겼다. 예상치 못한 오르막길을 걷다가 땀에 흠뻑 젖으면 덕분에 안 들러도 될 아이스크림 집에 들렀다며 좋아할 틈 도 생겼다.

　나의 한결 여유로워진 마흔하나로 오롯이 기억하고 싶은 마을, 리빈스 크. 스위스의 융프라우에서, 영국의 런던아이에서, 몰디브의 수중 속에 서, 그리스의 신전에서, 프랑스의 에펠탑에서, 백두산 천지에서, 캐나다 의 나이아가라 폭포에서, 미국의 자유 여신상에서, 중국의 만리장성에서, 이탈리아의 콜로세움에서. 수많은 나라를 여행하면서 느꼈던 벅참이 모두 겸손해질 만큼의 감동이 와르르 쏟아져 마음에 내려앉던 곳이다, 리빈스크는.

리빈스크에서 머물렀던 세모집

내 마흔하나의 새해가 시작되던 이곳 새벽은 더할 나위 없이 아름다웠고, 이루 말할 수 없을 만큼 가슴 벅찼다. 심지어 지금까지 여행이라 여기고 다니던 젊은 날의 곳들과는 달리 눈에 닿는 모든 것이 경이로웠다.

리빈스크에서의 며칠은 감히 글로 담아낼 수가 없다. 사진을 쉴 새 없이 찍다가도 눈에 보이는 것을 담지 못해 다 내려 뒀다. 가만히, 가만히 온몸으로 느끼고 마음에 담기를 택한 곳이다. 초코케이크 위에 뿌려진 슈거 파우더처럼 셀 수도 없이 빛나던 밤하늘의 별들. 새벽에 일어나면 하얀 하늘과 하얀 땅이 이어진 틈 사이로 물방울에 잉크가 퍼지듯 흐릿한 경계선을 알려주는 연하디연한 핑크빛 아침놀.

양말을 세 켤레나 신고, 내복 두 겹에 바지 위에는 또 스키 바지를 입고도 밖으로 나오자 1분도 채 되지 않아 빼꼼히 내민 속눈썹 위에 얼음이 맺히는 추위. 그럼에도 방에 들어가고 싶지 않았다. 공기를 마셨다. 발 방향을 동서남북으로 바꿔가며 세상을 눈에 담았다. 체감온도 45도의 추위가 아름다움을 더하는 듯 세상은 고요했고 하얗디하얬다.

리빈스크에서 머문 숙소는 세모 모양의 이층집이었다. 마당 문을 열고 나가면 꽁꽁 언 호수 위로 또 하얗게 눈이 소복이 쌓인 광경이 저 하늘 끝까지 펼쳐져 있었다. 세모 집 옆에는 자그마한 사우나, 그 옆에는 '찬' 이라고 불리는 욕조 모양의 야외 스파가 있었다. 날이 조금 덜 추웠다면 불을 피워 고기를 구워 먹을 수 있는 샤슐릭 그릴까지. 모스크바는 러시 아가 아니었구나. 나는 러시아에 사는 척을 했구나 싶었다.

감동만 받고 있기엔 아직 어린 두 아이의 추위가 걱정되었다. 아이들 은 차에서 내리자마자 추위는 아랑곳 하지 않고, 마당 한 편에 썰매장을 만들고는 볼때기가 시뻘게지도록 놀았다. 숙소를 설명해 주러 오신 할머 니는 이것저것 알려주시다 말고 아들을 쳐다보며 순간 말을 멈추셨다.

"세상에나, 세상에나. 나는 할머니가 될 때까지 이렇게 아름다운 눈은 처음 본단다. 어머나, 세상에. 어쩜 너는 그리 아름다운 눈을 가졌니?"

인사치레겠거니 했지만 그날 저녁에도 다음 날도 할머니는 아들 눈을 지긋이 바라보며 감탄하셨다. 이렇게 반짝이는 눈은 처음 본다며 아들과 딸의 눈을 몇 번이나 칭찬하셨다. 지극히 평범한 한국인의 작은 눈인데 할머니는 진심이었다.

영하 35도 날씨에 얼음낚시 중인 아들

그리 말하는 할머니의 눈이 오히려 바비인형처럼 얼굴의 반을 차지하고, 속눈썹은 손가락 한 마디는 되고, 초록빛 깊은 눈동자를 지녀 참으로 아름다웠다. 동양인의 눈을 처음 보시는지 가는 날까지 찾아 와 아이들의 눈은 세상에서 가장 아름다운 눈이라며 극찬의 극찬을 아끼지 않으셨다. '아름다운 곳에 사시는 분이라 모든 것이 아름답게 보이시나.'라고 여기려 했으나 남편과 나의 눈을 번갈아 보시더니 "너희 눈을 닮은 건 아니네."라며 호탕하게 웃으셨다.

할머니는 다음 날 우리가 얼음낚시를 하러 갈 때도 아이들을 찾아오셨다. 춥지는 않냐며 목도리를 꼼꼼히 여며주시고, 담요도 가져와 아이들 옷 위에 덮어 주셨다. 그럴 만도 했던 것이 우리는 모터 썰매 뒤에 매달린 수레에 앉아 눈 위를 달리는 동안 추위를 온몸으로 받아내야만 했다. 눈발이 어찌나 날리는지 천막을 머리 위에 덮었는데도 옷 위로 거센 바람이 느껴져 겁이 날 정도였다.

썰매를 운전해 주던 알렉세이 아저씨는 얼음 위를 달리면서도 수시로 뒤를 돌아 아이들이 춥지 않은지 살폈다. 망망대해로 달려 나가는 기분. 마을에서 3km를 달려 호수 중간으로 왔을 때는 무서웠던 마음이 사라졌다. 영롱한 세상에 할 말을 잃었다. 꿈인가? 영화 세트장인가? 현실에 있는 세계가 맞나? 빙글빙글 돌며 사방을 둘러볼수록 세상 위의 나는 자그마한 점일 뿐이었다. 상상할 수 없는 추위에 발가락이 다 얼었는데도 상관없었다. 태어나 처음 느껴보는 감정. 벅참과 평화로움이 공존하는 순간이었다.

아이들은 알렉세이와 함께 커다란 기계로 구멍을 뚫어 낚시하고, 썰매를 직접 운전하고, 아저씨가 잡은 물고기 사진들을 보며 추위를 버텼다. 아직 어린 아가들의 추위가 걱정됐지만 아이들은 숙소로 가고 싶지 않다고 했다. 인생에 두 번은 품기 힘든 세상이란 것을 알아챈 듯 알렉세이가 추천하는 숲속에도 가보고 싶어 했다.

겨울 왕국의 실사판, 리빈스크의 숲속

알렉세이는 아이들을 썰매 뒤 수레에 태워 담요를 덮어주고, 그 위에 천막을 다시 덮고서야 숲속으로 향했다. 숲에 들어서자마자 하늘 끝까지 뻗어있는, 30m는 넘고도 남을 나무들이 눈으로 뒤덮인, 진정한 겨울 나라가 펼쳐졌다. 우리가 사는 지구 내에 이런 세상이 있었다니.

"오친 끄라시바! 오친 끄라시바!(너무 아름다워! 너무 아름다워!)"

라고 외치니 알렉세이는 뒤를 돌아보며 웃었다. 아저씨도 이 마을에 40년 넘게 살았지만, 호수보다는 겨울의 숲이 더 좋다고 했다.

알렉세이는 썰매를 운전해 달리다가 나무에 쌓인 눈을 우리에게 날리며 아이들만큼이나 좋아했다. 가만히 있으면 몸이 언다며 중간중간 아이들에게 도끼질도 시켜주고(미니 도끼로 나무에 눈 터는 정도만) 썰매 운전도 두 아이가 직접 하게 해줬다. 자신이 좋아하는 곳을 누군가 함께 좋아해 주니 신난다는 알렉세이의 마음이 얼굴에 여실히 드러났다.

숲을, 숲이라 하기엔 미안할 만큼 특별했던 겨울 왕국을 한 바퀴 돌고는 처음 출발했던 장소 대신 집 앞에 썰매가 멈췄다. 아이들은 천막을 걷어내고 보니 세모집 앞이라며 눈이 휘둥그레졌다. 사실 사방을 둘러보며 좋아하면서도 아이들은 이미 꽁꽁 언 두 발에 더 이상 서 있을 수도 없을 터였다. 그 마음을 알아채고 집 앞까지 태워다 준 아저씨가 고마웠는지 아이들은 수줍게 "스파시바.(고마워요.)"라고 큰마음을 작게 건넸다.

우리는 꿈만 같던 세상에서 돌아와 허겁지겁 수영복으로 갈아입고는 불이 지펴져 있는 사우나로 들어갔다. 남편은 식당에서 사 온 샤슬릭과 캔맥주를 가져오고, 아이들은 꽁꽁 언 얼음물과 초콜릿 가득 든 파우치를 가져왔다. 사우나가 더워지면 마당에 나오고, 마당이 추워지면 38도의 솔

잎이 둥둥 떠 있는 찬에 들어가고. 뜨끈한 물에 들어가 있는데도 물 밖에 나와 있는 머리카락은 순식간에 하얗게 꽁꽁 얼어 금세 노인이 되었다.

할머니가 찬에 들어갈 때 잊지 말라며 준 모자는 다 이유가 있었다. 러시아 사람들이 사우나에서 쓰는 나팔꽃 모양의 모자, 그 모자의 용도를 여기 와서야 제대로 알았다. 모자가 없으면 들숨 날숨 세 번에 까만 머리카락 사이 사이로 하얗게 얼음이 껴버린다. 하나뿐인 모자를 넷이 돌려쓰며 순식간에 노인이 되어가는 서로의 모습을 구경했다. 머리와 눈썹 위로 눈 깜짝할 새에 눈꽃이 피는 걸 보면서 깔깔 웃느라 그날의 추위쯤은 금세 물속에 다 녹아 흘렀다. 춥지만 춥지 않았다.

사우나 옆에서 뜨겁게 끓던 스파, 찬

조금 전의 세상은 무엇이었을까. 며칠이 지나도 손가락 끝이 얼얼할 만큼 끔찍했던 추위였는데도 '조금만 더, 조금만 더.' 발을 빼고 싶지 않은 세상이었다. 아이들은 눈만 살짝 내밀고 무릎까지 눈 속에 푹푹 빠지는 신비의 세상 위에 멀뚱히 서 있었다. 발가락은 얼어붙어 움직이지 않았지만 나가고 싶지는 않다고 했다.

추위를 버텼기에 눈에 담을 수 있었던 세상. 발가락이 얼어붙을 수 있다는 걸 알면서도 버티려 했던 에너지 덕에 우리는 다시는 갖지 못할, 꿈꾼 듯한 세상을 마음에 뭉텅 담아왔다.

우리 인생의 겨울날도 그렇지 않을까? 손가락이 벌겋게 부어오를 게 겁이 나 피했다면 따스한 방 안에서 편했을 것이다. 굳이 사우나의 열기를 찾아갈 필요도 없었을 테고. 추웠던 만큼 딱 그만큼 따뜻했고, 딱 그만큼 깊이 있는 기억으로 새겨졌다. 이제 더 이상 겨울이 두렵지 않다. 아무리 추운 날이 와도 그날만큼 춥지 않다는 걸 아니까.

오늘 아침 학교 가는 길에 기온은 영하 15도였다. 분명 추운 날이었지만 아이들은 웃으며 장난쳤다.
"에이, 이 정도는 추운 것도 아니지. 귀엽네, 귀여워."
아이들은 겨울을 버틸 힘이 더 채워졌다. 지독하게 추운 날이 지나가면 따뜻함에 대한 고마움이 더 커지는 것도 이제 알아챈 듯하다.
영하 35도의 겨울 숲속과 영상 85도의 사우나처럼.

8 불안했지만, 꽤 괜찮았다
- 다시 모스크바, 트레차코프

10년 만에 다시 찾은 트레차코프 미술관은 여전히 많은 사람들로 붐볐다. 놀이공원의 입구를 닮은 분홍 건물은 변함없이 개구졌고, 마당에 소복이 쌓인 눈도 이제는 반가웠다. 잘 차려입은 남편과 미술관 옆 골목에 주차부터 했다. 긴 코트를 걸치고 단정한 백을 옆에 끼고 높은 굽의 구두를 또각거리며 안으로 들어섰다. 신혼 시절 얼마나 자주 찾았었는지 눈 감고도 미술관 안의 그림들 순서가 그려졌다. 모두 기억이 났다. 그 시절의 설렘 가득한 첫 발자국이 또렷하게 떠올라 가슴이 벅차올랐다.

남편 손을 잡고 지하철과 버스를 번갈아 타며 도착한 미술관 앞에서 발을 동동 굴렀던 13년 전. 모스크바에 오면 제일 먼저 가리라, 백 번도 더 가리라 다짐한 곳이었으니 첫 방문이 얼마나 두근거렸을까. 문밖까지 길게 이어진 줄 끝에 서서 한참을 기다리면서도 마냥 좋았다. 둘이 나란히 등 뒤에 메고 있는 싸구려 배낭을 서로 매만지면서도 뭐가 그렇게 웃음이 났었는지 모르겠다.

모든 것이 새로웠고, 모든 것이 희망찼다. 몇 년 후에는 우리가 함께 꿈꾸던 굵직한 일들이 거창한 문을 열고 시작될 것만 같았다. 그래서였을까. 미술관 안에 들어서는 발걸음 하나하나가 상큼한 레몬이 터지듯 활기로 채워졌고, 청바지와 지저분한 운동화를 신고도 어깨는 활짝 편 채 지나치게 당당했다.

하지만 안타깝게도, 인생은 예상대로 흘러가는 법이 없다고 했다. 그러니 다들 매번 새로운 계획을 다시 세우며 살아가겠지. 우리의 인생도 어김없이 그랬다. 콧대를 세울 만큼 기대하던 삶은 불안으로 바뀌었고, 그 불안의 파도가 예고 없이 연달아 밀려왔다. 한참을 허우적거리다 보니 긴긴 시간을 지나 이제서야 조금 안정을 되찾았다.

다시는 일어설 수 없을 것처럼 바닥을 치던 순간도 다시 떠올려보면 그게 뭐가 그리 대수였을까 싶어 웃음이 난다. 당장 한 달 앞의 일이 걱정돼 남편에게 언성을 높이던 일도 지금 기억해 보면 황당해서 미안했단 말이 절로 나오니까.

어차피 인생은 다 좋은 방향으로 흘러가기 마련이니, 넘치게 좋아하느라 의기양양할 것도 없었고 지나치게 좌절해 마음을 닫을 것도 없었다. 다 지나고 보면 나도 모르게 하늘을 올려다보며 감사하단 말이 나올 시간이었다.

그럼에도 그 10년간 나는 모스크바에서 얼마나 많이 무너지고 다시 일어났을까. 다리에 힘이 탁 풀릴 만큼 힘들던 때마다 나를 번쩍 일으켜 세우고 토닥여 준 것은 여행과 사람이었다. 한국에서 언제나 든든하게 내 뒤를 지켜 준 엄마, 아빠. 어떤 순간이 오더라도 내 편이 되어줄 것이 확실한 내 짝꿍, 그리고 나의 심장 두 아이.

또, 모스크바의 친구들.

처음에 러시아에 와서는 한국 사람들과 어울리지 않겠노라 다짐했다. 해외에서 한국 사람들과 어울리다 보면 별거 아닌 말들도 산더미처럼 불어 돌고 돈다고 했다. 바짝 긴장했다. 아예 이야깃거리를 만들지 않을 다짐을 하고 한국 사람들에게 전혀 마음을 주지 않았다. 힘들 때일수록 입을 더 꾹 닫았다. 머릿속에 가족들에 대한 염려뿐인 남편 덕에 불편함도 외로움도 모르고 지냈다.

서로의 집에 자주 오가던 러시아 친구도 곁에 있었다. 아들을 처음 유치원에 보내던 날, 혼자 훌쩍이며 나오는 내 손을 잡으며 함께 울어 주던 일본인 친구도, 신혼 때부터 또래 아이를 함께 키우며 의지하던 마음 좋은 이웃 언니도 있었다. 러시아에서의 내 우정은 그 셋으로 충분했다.

나의 다짐을 잘 지켜나가고 있다 생각했는데, 아이들을 학교에 보내고 나니 매번 하굣길에 마주치는 한국 엄마들이 있었다. 먼발치에서 '나는 당신들과 어울리지 않을 거예요.'란 마음을 얼굴 가득히 채우고 지낸 지 1년이 지났는데도 그들은 그런 나를 나무라지 않았다. 오히려 천천히 스며들 듯 다가와 주었다.

날이 한껏 설 만큼 예민한 나를, 세심하게 아이들을 잘 키운다며 칭찬해 줬다. 어울림보다 혼자 방에서 지내는 시간이 더 필요한 나를, 차분히 혼자만의 시간을 알차게 지켜간다는 말로 존중해 주었다. 절대 마음을 열지 않으리라 굳게 마음먹은 지난날들이 그들에 의해 조금씩 녹아갔다.

내가 그들에게 마음을 온전히 열게 된 것은 그들과 함께 웃고 떠들던 날들 때문은 아니었다. 아이들의 학교 문제로 마음이 혼란스럽던 시간에 그들은 딸아이가 좋아할 만한 소소한 선물을 사 와 건넸다. 내가 아닌 딸에게 편지를 썼다. '멋지고 큰 꽃을 피우려면 한 번은 화분 갈이를 해야 하는데 지금이 너의 그 시기'라며, '네 꽃이 유독 크고 특별하기에 조금은 힘겨울 수도 있다.'라는 진심의 말을 전했다.

그 무렵 행여나 부담스러울까 싶어 아무에게도 전하지 않은 딸의 발레 공연에서도 그랬다. 편지의 주인공은 눈이 펑펑 쏟아지는 날임에도 꽃다발을 사 들고 와 조용히 아이를 응원하고 떠났다.

"이렇게 큰 무대에 서는 아이라니 너무 아름다워. 넌 역시 다 해낼 수 있는 아이야."

타국에서 만난 이모들의 응원에 우리 아이들은 늘 든든했고, 나는 고마워 울었다. 그들의 진심 어린 마음이 오롯이 느껴졌다.

어찌 잊을 수 있을까. 가슴에서 그들을 지울 수가 없었다. 내 마음이 가장 바닥을 치던 순간에 내 딸과 아들의 머리를 쓰다듬으며 환히 웃어 주던 그들의 따스함. 그것을 마주하며 나는 예민함의 가시를 모조리 뽑아 두기로 마음먹었다.

오래도록 은혜 갚아야 할 사람들을 이 먼 곳 러시아에서 만난 것이다.

신혼 때 몇 시간 동안 미술관 안을 둘러보고 집에 가기 전에는 항상 1층 서점에 들러 책 한 권을 만지작거렸다. 표지에는 그림 〈낯선 여인의 초상〉이 그려져 있었고, 며칠을 읽어도 여전히 읽을거리가 남아 있을 만큼 두꺼운 영어 번역본이었다. 집에 두고 밤낮으로 그림과 설명을 읽어 보고 싶은 마음에 매번 망설였지만, 젊은 날의 여유롭지 않던 우리에게

10만 원이 넘는 책값은 여간 부담스러운 게 아니었다.

다시 찾은 미술관. 우리는 멋들어지게 정장을 차려입고 미술관 안의 그림들을 보기 전에 1층의 서점부터 들렀다. 남편은 10년 만에 간 미술관의 서점에서 '그' 책을 골라 내 앞에 두었다. 이제 이 책값 정도야 형편에 아무 지장이 없지 않겠냐는 지난날에 대한 사과였는지도 모르겠다. 그 책에 이제 난 더 이상 미련이 없었다. 남편의 손짓에 피식 웃고는 친구에게 선물할 책 몇 권과 아이들에게 줄 책갈피 몇 개만 바구니에 담았다.

나의 지난날, 서점에 들를 때마다 발가락이 간질거릴 만큼 너무 좋았던 책. 주인의 눈치를 보며 몇 번이고 들춰보던 책은 이제 더 이상 욕심나지 않았다. 대신 그 추억을 친구에게 온전히 선물하고 싶었다. 그거면 됐다. 지난날의 나의 설렘이 고스란히 친구의 책장에 꽂혀 있다는 걸로 내 마음은 충분했다.

내가 오랫동안 갖고 싶던 무언가를 선물해 주고 싶은 친구를 이곳에서 새로 만났다. 아이 생일날, 애 키우느라 수고했다며 우리 부부를 근사한 식당으로 불러낸 친구도 내 가슴 깊은 곳에 박혔다. 아무리 웃고 있어도 울적한 내 마음을 어찌 읽고는 손을 꼭 잡아주던 친구는 또 어떻고. 내 마음을 꽁꽁 닫은 채 한국에 두고 온 친구만 그리워할 것 같던 이곳에서 새로운 친구들을 만났다. 그 덕에 나는 계속 일어날 수 있었고 뒤돌아보니 꽤 괜찮은 10년이 채워졌다.

새로운 친구들에게 마음이 열리면서부터 러시아에서도 세상 밖으로 조금씩 나올 수 있었다. 한국에서 나의 여름을 함께 기다려주고, 나 대신 우리 부모님을 챙겨주는 친구만 늘상 그리워했다. 그들이 힘들 때 옆에 못 있어 주는 것만 미안해하며 전화기 버튼도 쉽사리 누르지 못했다. 그러다 이곳으로도 살짝 눈을 돌려보니 내가 결정할 수 있는 일이 없다고 생각했던 러시아의 삶이 또 다르게 보였다. 내가 마음 열기를 기다려주는 친구들도 있었다. 남편에게만 의지해야 할 것 같은 내 두려운 어깨에 작은 날개가 돋친 듯했다.

여행과 사람에게 받은 에너지가 내 손을 잡아 준 날들이 모아져, 불안했던 때가 언제였나 싶을 만큼 점점 러시아의 삶도 꽤 괜찮아졌다. 과거의 불안했던 나도 나일 뿐, 편하게 생각하니 그것도 나쁘지 않았다.

여행도 그랬다. 러시아 여행의 아름다운 날들이 뭉쳐지는 동안 힘겨움도 한순간 편해져 있었다. 흘러가 버린 혹독한 겨울의 시간도 이제는 다 괜찮아져 지나간 추억쯤이다. 인생의 파도는 앞으로도 어김없이 오르락내리락하겠지만 끝은 또다시 '감사합니다.'로 마무리된다는 것도 알고 있다. 그 사실을 알고 시작하는 인생의 여행은 걱정이 없다.

다시 시작하는 모스크바의 일상도 이제는 한결 느긋해졌다. 힘들 때는 쉬어가고 아니다 싶으면 다시 돌아가고. 결국은 어떤 길로 가든 좋은 기억 하나씩은 쥐고 나올 테니 일희일비할 것도 없다. 삭막할 줄만 알았던 이곳에서의 10년 동안 나의 여행은 모두 아름다웠다. 결국은 누구나 다 좋은 일 하나쯤은 얻은 채 마무리된다는 확신이 생겼다.

자! 이제는 나의 러시아 삶 제2막이 열리려 한다. 우리의 새로운 여행, 여전히 아름다울 나의 일상. 지나 보면 이 또한 어김없이 빛날 내 마흔의 여행이 다시 이곳에서.

지금처럼 모든 햇살의 에너지가 너희 얼굴을 가득 채울 거란다.

– 상트페테르부르크에서

먼 훗날 마흔하나가 될 두 아이에게

아가들, 사랑하는 나의 아가들.

너희들이 할머니쯤으로 생각하는 마흔하나. 아직 멀고도 멀었으니 상상해 본 적은 없을 거야. 좋은 친구를 만나는 법도, 내가 좋은 친구가 되는 법도 아직은 잘 모르겠지. 사랑에 가슴이 쓰려 몇 날 며칠 이불 뒤집어쓰고 울어도 봐야 하고, 엄마랑은 말이 안 통한다며 방문 쾅 닫고는 '엄마가 속상했으면 어쩌지.' 조마조마 가슴도 졸여봐야 하거든. 뭐든 다 사주는 아빠의 월급이 그리 많지 않았단 것을 알고 미안한 마음이 생기는 날도 올 테고, 생각보다 늦게 보일지도 모르는 너희 재능에 이 길이 아니면 어쩌나 밤잠 설쳐가며 고민도 하게 될 거야. 나 자신은 보이지 않을 만큼 사랑하게 될 내 아이도 품에 안아 봐야 하고 말이야. 그리고 다시 나의 꿈을 찾아야겠다고 다짐하게 되는 그쯤이, 그제야 마흔하고도 하나란다. 아직 멀었지, 너희에겐? 너희가 마흔하나가 되는 날 '아, 그런 말이었구나.'라고 조금은 이해해 줄 수 있을까?

친구처럼 항상 한 곳을 보고 함께 가길

세상 그 무엇보다 소중한,

귀하디귀한 나의 아가들아.

신이 문을 닫을 때는 창문 하나는 꼭 열어둔다는 사실을 알고 있니? 닫힌 문에 집중하지 말고 느긋이 열린 창문을 찾아보라는 것이 신의 뜻이란다. 이 문장 하나만 담아두면 인생의 고비들이 버틸만하다는 것을 말해주고 싶었어.

엄마의 아빠, 너희를 넘치도록 사랑하는 할아버지도 늘 비슷한 말씀을 해 주셨어. 가려는 길만이 정답은 아니라고. 어디에나 다른 길이 있으니 너무 애쓰지 말고 즐겁게 살라고. 모든 것이 감사한 일투성이니 고마운 마음으로 살라고.

엄마가 인생을 좀 여유롭게 사는 맛을 알게 된 것은 그 말이 가슴에 진실로 새겨졌을 때쯤이야. 마흔하나가 돼서야 말이야. 온통 어두운 길만이 눈앞에 펼쳐져 막막하다가도 '분명 다른 길은 있어, 분명 열려 있는 창문이 있어.'란 생각은 숨통을 트여줬단다.

근데 아가들, 정말이더라. 엄마보다 더 오래 살아온 할아버지의 말이 맞았어. 언제나 다른 길은 있었고, 심지어 그 길이 더 나을 때도 많았지. 그걸 알고 나면 조금은 더 편하게 즐길 수 있는 날들이 많아질 거야.

그리고 아가들.

너희가 가슴에 또 하나 새겨두었으면 하는 것이 있어. 엄마는 언제나 너희가 참 자랑스러웠다는 거 말이야. 수없이 너희에게 말했던 것처럼 늘, 항상. 엄마 뱃속에서 나와 힘차게 울던 그날부터, 아니 뱃속에 조용히 찾아와준 그날부터인지도 몰라. 물론 지금도. 언제나 말이야.

사람들이 '아이고, 저희 아이는 유별나요.', '저희 아이는 잘하는 게 없어요.', '늘 말썽이에요.'라고 자기네 아이들을 낮춰 말할 때 마음에도 없는 겸손인 걸 알면서도 엄마는 너희에 대해 그리 말하고 싶지 않았어.

"우리 큰아이는 다른 사람 마음에 공감을 잘 해줘요. 마음이 참 따뜻하답니다. 언제나 당당하고, 세심하기도 하죠."

"우리 둘째는 호기심이 많아서 혼자 실험하거나 창의적인 생각을 잘해요. 밝게 잘 웃기도 하고, 솔직하게 자기 마음을 이야기하는 용감한 아이예요."

돌이켜 보면 엄마가 잘난척쟁이로 보였을 수도 있겠다. 그래도 엄만 엄마 입으로 너희에 대해 없는 마음을 내보이고 싶지 않았어. 너희를 부족한 아이라고 마음에도 없는 말을 입 밖에 내기 싫더라. 세상에서 다시는 캐낼 수 없는 보물이란 걸 이미 알아버렸는걸. 너희들이 태어나던 그 순간, 이미 말이야.

지금도 그게 엄마 자신을 칭찬하는 일이야. 다른 사람들과 어울리기 위해 너희를 애써 낮추거나 억지 겸손을 떨지 않았다는 것이. 사실 엄마는 너희의 성적 따위가 자랑스러운 게 아니었거든.

어디를 가나 해맑은 미소가, 너희보다 어려운 사람에게 먼저 손 내미는 모습이 자랑스러웠어. 너희가 힘들면 다른 사람도 힘들 수 있다고 생각하는 게 자랑스러웠고. 길거리의 고양이에게 먹을 것을 사다 나누어 줄 수 있는 너희의 베풂이 자랑스러웠던 거니까. 함께 경쟁하던 친구가 상을 받았을 때 그 아이가 수고한 시간을 알 것 같다며 손뼉 쳐주는 너희의 진실된 미소가 자랑스러웠어, 너무나.

아가들. 자랑스러운 나의 아가들아.

자랑스럽기만 한 너희가 두려워하던 일을 도전할 때 엄마도 가슴에만 품고 있던 일들을 하나씩 끄집어냈단 사실을 고백할게. 너희가 힘겨운 발걸음을 내딛지 않았다면 엄마 역시 아늑한 소파 위의 삶을 택했을지도 모르겠어. 엄마는 머릿속으로만 꿈꾸는 게으름뱅이였거든.

생김새가 다른 친구들이 다른 말을 쓰는 유치원에 엉엉 울면서 가던 날, 오랜 시간 두 손 꼭 잡고 놀던 친구를 한국으로 떠나보내던 날, 아픈 배를 부여잡고 무대 위에 오르던 날, 한 마디도 못 알아듣는 러시아어로 온종일 수업하는 러시아 학교를 처음 가던 날, 엄마는 너희가 포기하지 않는 것을 두 눈으로 보았어.

눈물을 뚝뚝 흘리면서도 '그래도 해볼래.'라고 오물오물 이야기했을 때 엄마는 '그래, 그래, 장하다.'라고 말로만 흘려낼 수가 없었어.

이루기 위한 꿈이 아니라 무엇이라도 같이 시도해야 하는 시간이었지. 그렇지 않으면 너희 앞에서 너무 부끄러울 것 같았거든. 너희의 도전 조각들이 엄마에게도 희망을 줬단 사실을 기억해주렴. 너희가 엄마를 다시 꿈을 잡는 어른으로 새롭게 태어나게 해줬단다. 엄마의 사십 대가 반짝이도록. 엄마 자신을 더 사랑하게 해 준 나의 대견한 천사와 보물.

사랑하는 애들아.

엄마가 조금은 편안히 웃을 수 있는 이 나이가 되고 보니 말이야. 마흔 하나까지 오는 무수한 날들에 햇빛만 화창하지는 않더란 말이지. 엄마만 그런 것은 당연히 아니야. 엄마의 엄마도 그랬고, 엄마의 아빠도 역시나. 누구나 겪는 일이거든, 누구나.

그런데 비가 오는 날 우산도 있고, 장화도 있고, 함께 빗방울 맞으며 걸어 줄 가족이 있었기에 지나고 보니 괜찮았더라고. 비가 아무리 쏟아진 날이라도 날이 개고 무지개가 뜨고 나면, 언제 비가 왔나는 듯 여유롭게 웃으며 창밖을 내다볼 수 있더라. 그렇더라고, 신기하게도. 반드시 말이야.

엄마의 심장을 내어줘도 아깝지 않을 사랑하는 아가들아.

꼭 기억해 주길 바랄게. 비가 오는 날 엄마는 너희를 위한 우산을 준비할 거고, 우산을 너희 쪽에 기울이고 함께 걸어줄 거란 것을.

미안하지 않아도 될 사람은 엄마, 아빠뿐이니 아무 때나 "엄마, 우산이 필요해요."라고 말만 하면 된단다. 눈빛만 보내도 될 거야. 우리가 함께 여행하며 찐득하게 엮인 소중한 추억들이 우리를 단단하게 만들었으니 눈빛만으로도 분명 충분할 거야.

이런 이야기에 미리 겁을 먹지는 않았지?

지난 한 해를 떠올려 보렴, 사랑하는 아가들아.

거센 바람이 분 날은 손에 꼽힐 거야. 그런 날 말고는 밖에 나가 거닐기 좋은 날들이었잖아. 꽃향기도 맡고, 사슴들 먹이도 주고, 눈밭에서도 뒹구는 날들이었던 거 기억하니? 너희 둘 웃음소리가 러시아 큰 땅에 다 울려 퍼지듯 신났었지. 거의 매일 말이야.

너희의 인생도 그럴 거야. 많고 많은 기분 좋은 날 중 간혹 있을 바람 거센 날에 지칠 필요 없다고 귀띔해 준 것뿐이란다. 그 후에 찾아올 너희의 마흔하나는 아름답고도 평화롭고 여유로울 테니까.

작년 겨울, 집에서 겨울 파티를 했던 날 말이야. 가장 사랑하는 사람 이름을 적는 종이에 너희는 둘 다 망설임 없이 너희들의 이름을 제일 위에 적었단다. 엄마는 안심했지. 건강하게 자라고 있는 아가들의 모습에. 언제나 너희를 지금처럼 믿고 있다면 이 세상 그 무엇이 두렵고 겁이 나겠니. 자신을 그렇게나 사랑하는 아가들에게 세상은 얼마나 아름답게 다가오겠니.

다시 한번 고마워, 아가들.

엄마가 꿈을 이어가는 새벽 시간을 지켜줘서. 엄마의 도전을 지켜봐줘서. 너희 자신을 스스로 사랑할 줄 아는 아이들로 자라줘서.
그리고 사랑한다. 너희도, 너희의 앞날도. 그리고 무지개처럼 찬란히 떠오를 너희들의 꿈도.

언제나 너희 곁을 지켜 줄 엄마로부터.